La casa de Pineapple Street

Jenny Jackson

La casa de Pineapple Street

Traducción de Laura Vidal

SUMA de letras

Papel certificado por el Forest Stewardship Council®

MIXTO
Papel | Apoyando la silvicultura responsable
FSC® C117695

Penguin Random House Grupo Editorial

Título original: *Pineapple Street*

Primera edición: mayo de 2024

Printed in Spain – Impreso en España

ISBN: 978-84-9129-662-1
Depósito legal: B-4525-2024

Impreso en Black Print CPI Ibérica
Sant Andreu de la Barca (Barcelona

SL96621

A Torrey

Los millennials serán los destinatarios del mayor traspaso generacional de bienes en la historia de Estados Unidos: la gran transferencia de riqueza, como se le llama en el mundo de las finanzas. Se espera que decenas de billones de dólares pasen entre generaciones en tan solo una década.

Zoë Beery, *The New York Times*

Vivo en Brooklyn.
Por decisión propia.

Truman Capote

Preludio

Curtis McCoy llegaba temprano a su reunión de las diez de la mañana, así que se llevó el café a una mesa junto a la ventana, donde le diera el sol acuoso de abril. Era sábado, Joe Coffee estaba atestado y Brooklyn Heights rebosaba vida, con mujeres en leggins deportivos que empujaban cochecitos de niño por Hicks Street, familias apresuradas de camino a partidos de fútbol, clases de natación, fiestas de cumpleaños en el tiovivo Jane's Carousel.

En la mesa contigua, una madre y sus dos hijas adultas bebían café en vasos de papel azul y blanco y miraban el mismo teléfono.

—¡Ah, aquí hay uno! En su perfil dice que sus aficiones son correr, hacer kimchi casero y «desmantelar el capitalismo».

Curtis trató de no escuchar, pero no pudo evitarlo.

—Darley, me dobla la edad. No. Me parece que no entiendes cómo funciona esta aplicación.

El nombre de Darley le resultaba familiar a Curtis, pero no conseguía saber de qué. Brooklyn Heights era un vecindario pequeño, probablemente la había visto en la cola de los sándwiches de Lassen o se había cruzado con ella en el gimnasio de Clark Street.

—Vale, muy bien. A ver, este dice: «Hombre cis vegano busca coguardiana de la Tierra. No como nada que tenga cara. Excepto ricos».

—No puedes salir con un vegano. ¡Usan un calzado horroroso! —interrumpió la madre—. ¡Dame el teléfono! Hum. El *güifi* va fatal aquí.

—¡Mamá! Se pronuncia *guaifai.*

Curtis echó una ojeada a la mesa. Las tres mujeres vestían ropa blanca de tenis. La madre era rubia con pendientes de oro y un buen surtido de anillos en las manos; las dos hijas eran castañas, una alta y flaca con melena lisa hasta los hombros y la otra de formas más redondeadas, con pelo largo ondulado recogido en un moño suelto. Curtis agachó de nuevo la cabeza y arrancó un pedacito de su bollo de semillas de amapola.

—«Bi y no monógamo busca madre rojilla para que me ayude a derrocar el patriarcado. ¡Dame un toque y nos vamos a bailar!». Creo que me está dando un ictus —murmuró la mujer mayor—. No entiendo una sola palabra.

Curtis reprimió una carcajada.

—Dame el teléfono, mamá.

La hija de pelo ondulado recuperó el iPhone y se lo guardó en el bolso.

Con un sobresalto, Curtis cayó en la cuenta de que la conocía. Era Georgiana Stockton; habían hecho juntos el bachillerato en Henry Street diez años atrás. Consideró saludarla, pero entonces sería evidente que había oído toda la conversación.

—En mis tiempos era todo mucho más fácil —rezongó la madre de Georgiana—. Salías con tu acompañante al baile de puesta de largo o, si no, con el compañero de cuarto de tu hermano en Princeton y sanseacabó.

—Sí, mamá, pero los de mi generación no son unos esnobs elitistas de aquí te espero —dijo Georgiana y puso los ojos en blanco.

Curtis sonrió para sí. Se imaginaba perfectamente manteniendo la misma conversación con su madre, tratando de explicarle por qué no tenía intención de casarse con la hija de una amiga suya solo porque tenían propiedades adyacentes en Martha's Vineyard. Mientras miraba a Georgiana por el rabillo del ojo, esta se puso en pie de un salto.

—¡Ay, qué horror! Me he olvidado la pulsera de Cartier en el BMW de Lena y está a punto de irse a casa de su abuela en Southampton!

Georgiana se colgó el bolso al hombro, recogió su raqueta de tenis del suelo, dio sendos besos en las mejillas a su madre y a su hermana y echó a correr. De camino a la puerta, su raqueta de tenis chocó con la mesa de Curtis, le derramó el café, empapó su bollito de semillas de amapola y lo dejó frunciendo el ceño, sorprendido.

1
Sasha

Había una habitación en la casa de Sasha que era un portal a otra dimensión, y esa dimensión era 1997. Allí Sasha descubrió un ordenador iMac en forma de huevo con carcasa de plástico azul, un anorak de esquí con un taco de etiquetas de papel retieso de remontes todavía enganchadas a la cremallera, un fajo arrugado de tarjetas de embarque y una cachimba de cristal con un viejo mechero amarillo escondida al fondo de un cajón. Cada vez que Sasha mencionaba a su marido que le encantaría meter las reliquias de los años de instituto de su hermana en una caja, este ponía los ojos en blanco y le decía que tuviera paciencia. «Vendrá a por sus cosas cuando tenga tiempo». Pero Sasha albergaba sus dudas y se le hacía raro vivir en una casa en la que había una habitación cerrada a cal y canto, igual que un santuario dedicado a un hijo muerto.

En los días buenos, Sasha reconocía lo asombrosamente afortunada que era de vivir en una casa así. Una vivienda de cuatro plantas de piedra caliza en el estilo tradicional de Brooklyn, un palacio inmenso, solemne, que podría haber albergado diez de los apartamentos de una sola habitación en los que había vivido

Sasha con anterioridad. Pero, en los días malos, tenía la sensación de vivir en una cápsula del tiempo, en el hogar en que había crecido su marido y del que nunca se había marchado, lleno de sus recuerdos, de historias de infancia, pero sobre todo de trastos de su familia.

Cuando Sasha y Cord llevaban tres semanas en la casa, Sasha invitó a sus suegros a cenar. «Voy a hacer tartaletas de champiñón y ensalada con queso de cabra», escribió en el correo electrónico. Se pasó toda la mañana amasando la pasta para las tartaletas e incluso fue andando al mercado lujoso de Montague a por semillas de pomelo con las que espolvorear la ensalada de brotes de lechuga. Pasó la aspiradora en el comedor, quitó el polvo a las estanterías y metió una botella de Sancerre en la nevera. Cuando llegaron sus parientes políticos, traían tres bolsas de tela de L.L. Bean.

—¡Huy, pero si no teníais que traer nada! —exclamó Sasha, horrorizada.

—Sasha —gorjeó su suegra mientras abría la puerta del armario para colgar su chaqueta de bouclé de Chanel—, qué ganas de que nos lo contéis todo sobre vuestra luna de miel.

Llevó las bolsas a la cocina y procedió a sacar una botella de vino blanco de borgoña, dos arreglos florales en sendos jarrones bajos, un mantel con estampado de flores de lis y tres fuentes de horno estriadas de Williams Sonoma con sus correspondientes tapas. Lo dispuso todo en la encimera y a continuación, igual que una mujer en la cocina de su casa de hace cuarenta años, abrió un armario y sacó una copa para servirse su vino.

—He hecho tartaletas de champiñones —se aventuró Sasha sintiéndose igual que una mujer en la mesa de productos en promoción de Costco intentando vender quesos procesados recalentados.

—Ah, vi tu correo, cariño, deduje que te referías a que querías una cena de tema francés. Tú avísame cuando te falten diez minutos para servir y meteré mi *coq au vin* en el horno. También tengo endivias a la provenzal y he traído de sobra, así que igual tu ensalada no hace falta. Los candelabros están en ese cajón de ahí, vamos a ver cómo has puesto la mesa y qué es lo que falta.

Por solidaridad, Cord se comió la tartaleta y la ensalada, pero, cuando Sasha lo sorprendió mirando las endivias con deseo, le dedicó una débil sonrisa que decía: «Tú cómete las dichosas endivias si quieres, pero igual esta noche duermes en el sofá».

Era un arreglo nuevo para todos, y Sasha supo que tardarían en acostumbrarse. Los padres de Cord, Chip y Tilda, llevaban años quejándose de que vivían en una casa demasiado grande para los dos, de que quedaba demasiado lejos del garaje, de que estaban cansados de tener que despejar ellos mismos la nieve y sacar las bolsas de reciclaje a la acera. Eran inversores en un edificio de apartamentos a dos manzanas de allí —el antiguo cine de Brooklyn Heights era ahora cinco condominios de lujo— y habían decidido quedarse el dúplex, al que se mudaron a lo largo de una semana con la sola ayuda de su viejo Lexus y el marido de su empleada del hogar, al que pagaron trescientos dólares. Parecía una liquidación demasiado rápida para una vivienda en la que habían vivido durante cuatro décadas, pero es que, aparte de la ropa, Sasha no tenía muy claro qué se habían llevado sus suegros a la casa nueva. Si hasta habían dejado la cama con dosel de dos por dos en su dormitorio, y a Sasha se le hacía bastante raro dormir en ella.

Los Stockton habían decidido dejar que Sasha y Cord se mudaran a su casa vacía y vivieran allí todo el tiempo que quisieran. Luego, cuando algún día la vendieran, repartirían el dinero entre Cord y sus dos hermanas. El acuerdo incluía otras cláusulas destinadas a evitar impuestos de sucesión innecesarios, pero Sasha se desentendió de ese papeleo. Los Stockton le habían permitido casarse con su hijo, pero en su fuero interno sabía que preferirían que los sorprendieran haciendo un trío con la compañera de bridge de Tilda que enseñarle sus declaraciones de la renta.

Después de cenar, Sasha y Cord recogieron la mesa y los padres pasaron al salón a tomar una copa. En un rincón de la habitación había un carrito bar con viejas botellas de un coñac que les gustaba servirse en copitas ribeteadas en oro. Las copitas, como todo lo demás en aquella casa, eran una reliquia y tenían su propia historia. En el salón había cortinajes de terciopelo azul, un piano y un sofá con patas terminadas en garra sobre bola que había estado en la mansión de un gobernador. Sasha cometió la equivocación de sentarse en él una vez y le salió tal sarpullido en las pantorrillas que antes de irse a la cama tuvo que ponerse loción de calamina. Había una lámpara de araña en el recibidor, un reloj de pared en el comedor tan estrepitoso que la primera vez que lo oyó dar la hora Sasha gritó un poco y, en el estudio, el gigantesco óleo de un barco en un mar oscuro y amenazador. Todo el lugar despedía un aire vagamente náutico, lo que resultaba curioso puesto que estaba en Brooklyn y no en Gloucester ni en Nantucket, y, aunque sin duda Chip y Tilda habían pasado veranos navegando, casi siempre alquilaban barcos con tripulación. La cristalería tenía timones grabados, los posavasos eran reproducciones de cuadros de veleros, en el baño había una carta de navegación enmarcada e incluso las toallas de playa tenían diagramas de nudos marineros. Algunas tardes Sasha se dedicaba a deambular por la casa, pasando la mano por los marcos y candeleros antiguos susurrando «¡Cierren escotillas!» o «¡Baldeen cubiertas!» y riéndose sola.

Sasha y Cord terminaron de llevar los platos a la cocina y se unieron en el comedor a los padres de Cord, quien sirvió a cada uno de los dos una copita de coñac. Sabía pegajoso y a medicina e hizo a Sasha extrañamente consciente de los pelitos dentro de sus fosas nasales, pero se lo bebió igualmente para no desentonar.

—Entonces ¿estáis contentos aquí? —preguntó Tilda mientras cruzaba una de sus largas piernas por encima de la otra. Se había puesto elegante para cenar y llevaba una blusa colorida, falda de tubo, medias transparentes y tacones de ocho centímetros. Los Stockton eran de estatura considerable; con tacones, la madre era mucho más alta que Sasha, y quien dijera que aquello no era una demostración de poder mentía como un bellaco.

—Nos encanta. —Sasha sonrió—. Me siento afortunada de vivir en un sitio tan bonito y espacioso.

—Pero, mamá —empezó a decir Cord—, estábamos pensando que nos gustaría hacer algunos cambios.

—Pues claro, tesoro. Es vuestra casa.

—Eso es verdad —convino Chip—. Nosotros ya estamos instaladísimos en Orange Street.

—Qué amables sois —intervino Sasha—. Justo estaba pensando que el vestidor del dormitorio es un poco estrecho y si quitáramos esa estantería empotrada del fondo...

—Huy, no, tesoro —la interrumpió Tilda—. No deberías quitarla. Es perfecta para poner toda clase de cosas sueltas: calzado de fuera de temporada, sombreros, cualquier cosa con ala que no quieres que se aplaste. No te harías ningún favor quitándola.

—Ah, bueno, vale. —Sasha asintió con la cabeza—. Bien pensado.

—¿Y qué me decís del mobiliario de este salón? —Cord lo intentó de nuevo—. Pondríamos un sofá cómodo, y, si cambiáramos esas cortinas de terciopelo, tendríamos más luz.

—¡Pero si se hicieron a medida para esta habitación! Las ventanas son enormes y si quitáis esas cortinas os sorprenderá lo difícil que es encontrar otras que vayan bien. —Tilda meneó la cabeza con tristeza y su pelo rubio brilló a la luz de la lámpara de araña—. ¿Por qué no esperáis a llevar aquí una temporada, a familiarizaros con la casa y a pensar en lo que puede haceros sentir más cómodos? Queremos que os sintáis en casa, en serio. —Dio unas palmaditas firmes a Sasha en la pierna antes de ponerse de pie y hacer un gesto con la cabeza a su marido mientras daba pasitos hacia la puerta—. Bueno, será mejor que nos vayamos. Gracias por la cena. Voy a dejar aquí la cazuela Le Creuset y así la metéis en el lavaplatos (son comodísimas, no hace falta fregarlas a mano) y me la llevo la próxima vez que vengamos a cenar. O, si no, nos la traéis a casa. Y quedaos los jarrones, me he dado cuenta de que andáis algo escasos de decoración para la mesa.

Se puso la chaqueta, color marfil y rosa con un toque de malva, se colgó el bolso del brazo y, seguida de su marido, salió, bajó las escaleras y emprendió la vuelta a su recién decorado y en absoluto náutico apartamento.

Cada vez que alguien preguntaba a Sasha cómo se habían conocido Cord y ella, contestaba: «Ah, en la consulta de su psicoterapeuta». (Era una broma, los WASP no van a terapia). En un mundo de Match y Tinder, su noviazgo resultaba más pintoresco que un baile *country*. Sasha estaba sentada en la barra del Bar Tabac bebiendo una copa de vino. Se le había muerto el teléfono, así que había cogido un crucigrama del *New York Times* que alguien había abandonado. Estaba casi terminado —algo que ella nunca había estado ni siquiera cerca de lograr— y, mientras estudiaba las soluciones, Cord se acercó a la barra a pedir y empezó a charlar con ella, admirado por aquella mujer tan guapa que además era un hacha haciendo crucigramas.

Una semana después habían quedado para tomar cócteles y, a pesar del hecho de que «su relación estaba totalmente basada en una mentira», una frase que Cord empezó a usar con regularidad en cuanto descubrió que Sasha ni siquiera era capaz de terminar el crucigrama de los lunes, el suyo fue, en gran medida, el romance perfecto.

Es decir, fue el romance perfecto para dos adultos de carne y hueso y funcionales con una cantidad normal de bagaje, autonomía, consumo de alcohol y apetito sexual. Pasaron su primer año juntos haciendo todas las cosas que hacen las parejas de treinta y pocos en Nueva York: susurrándose confidencias en el rincón de un bar en fiestas de cumpleaños, empleando ridículas dosis de esfuerzo en conseguir mesa en restaurantes que servían ramen con huevo, metiendo a hurtadillas tentempiés comprados en tiendas de alimentación en cines y arreglándose y quedando con otras personas para tomar un brunch cuando en realidad están secretamente deseando llegar a ese punto en una relación en que puedan pasarse los domingos tirados en el sofá comiendo sándwiches de beicon del *deli* de al lado y leyendo el *Times* dominical. Por supuesto, también discutían. Cord llevó a Sasha de acampada. Se les inundó la tienda y se burló de ella porque le daba miedo hacer pis sola de noche y Sasha lo insultó y le dijo que no volvería a poner un pie en Maine. La mejor amiga de Sasha, Vara, los invitó a la inauguración de su exposición en una galería y Cord se la perdió porque tuvo que trabajar hasta tarde y no entendió la magnitud de su transgresión. A Cord le salió un orzuelo que le daba aspecto de conejito medio rabioso y Sasha se burló de él hasta hacerle enfadar. Pero, en líneas generales, su amor era de cuento.

A Sasha le llevó un tiempo deducir que Cord era rico, algo incomprensible considerando que se llamaba Cord. Su apartamento era bastante bonito, pero normal. Su coche era un auténtico cacharro. Vestía ropa anodina y era un maniático en el cuidado de sus cosas. Usaba una cartera hasta que la piel se agrietaba, llevaba cinturones que le había comprado su abuela en el instituto y trataba su iPhone como si fuera un código nuclear que tuviera que llevar en un maletín esposado a una de sus muñecas, o al menos cubierto por un protector de pantalla y una funda más gruesa que una rebanada de pan. Sasha debía de haber visto *El lobo de Wall Street* demasiadas veces, porque había creído que los ricos de Nueva York llevaban el pelo engominado y siempre pedían botellas en las discotecas. En lugar de ello, al parecer usaban jerséis hasta que les salían agujeros en los codos y mantenían una relación estrecha y poco saludable con sus madres.

La obsesión de Cord con su familia rayaba en lo enfermizo. Su padre y él trabajaban a diario codo con codo, sus dos hermanas vivían en el mismo vecindario, quedaba a cenar con ellas cada dos por tres y hablaban por teléfono más de lo que hablaba Sasha con nadie. Cord hacía cosas por sus padres que a ella le resultaban inimaginables: iba con su padre a cortarse el pelo; cada vez que se compraba una camisa, le regalaba una igual a su padre; compraba el vino francés que le gustaba a su madre en Astor Place, y le daba unos masajes de pies que obligaban a Sasha a salirse de la habitación. ¿Quién daba masajes de pies a su madre? Cada vez que los veía, pensaba en esa escena de *Pulp Fiction* en la que John Travolta compara un masaje de pies con el sexo oral y se ponía tan nerviosa que le salía un tic en el ojo.

Sasha quería a sus padres, pero las vidas de ellos y la suya no estaban entreveradas de esa manera. Se interesaban más o menos por su trabajo de diseñadora gráfica, hablaban con ella cada domingo y se intercambiaban algún mensaje de texto entre semana. En ocasiones, cuando Sasha los visitaba, le sorprendía comprobar que habían cambiado de coche sin decirle nada y una vez hasta tiraron una pared que había entre la cocina y el salón.

Las cuñadas de Sasha eran simpáticas con ella. Le mandaban mensajes en su cumpleaños, se aseguraban de preguntarle por su familia, le prestaban una raqueta y ropa de tenis para que pudiera jugar durante las vacaciones. Pero de alguna manera Sasha seguía teniendo la impresión de que preferirían que no existiera. Podía estar contando algo a la hermana mayor de Cord, Darley, y, en cuanto Cord entraba en la habitación, Darley dejaba de escucharla y se ponía a hablar con él y a preguntarle cosas. Georgiana, la hermana pequeña, podía hablar y estar en apariencia dirigiéndose a todo el mundo, pero Sasha se daba cuenta de que sus ojos nunca se apartaban de sus hermanos. Aquella familia era una unidad, un circuito cerrado que Sasha no parecía ser capaz de penetrar.

Los Stockton tenían negocios inmobiliarios. Al principio y por esa razón, a Sasha le extrañó que su casa estuviera tan abarrotada. ¿No deberían vivir en un espacio etéreo y austero como los que salen en *Architectural Digest*? Luego resultó que el interés de la familia por el mercado inmobiliario no consistía tanto en la venta de apartamentos individuales como en la inversión a gran escala. El abuelo de Cord, Edward Cordington Stockton, había heredado una modesta fortuna de su familia. En la década de 1970 usó el dinero para comprar propiedades en el Upper East Side, cuando la ciudad bordeaba la bancarrota. Compró el pie cuadrado a cuarenta y cinco dólares. El valor del pie cuadrado de sus propiedades ascendía ahora a mil doscientos dólares y los Stockton eran extraordinariamente ricos. A continuación y junto con su hijo, Chip, el padre de Cord, compró propiedades frente al río en Brooklyn, adentrándose en los barrios de Dumbo y

Brooklyn Heights. En 2016, cuando los testigos de Jehová decidieron deshacerse de sus propiedades en Brooklyn Heights, los Stockton aprovecharon la ocasión y se unieron a un grupo de inversores para adquirir el famoso edificio de Watchtower, además del antiguo hotel Standish Arms. Edward Cordington había muerto, pero Cord trabajaba ahora con su padre y representaba la tercera generación de hombres Stockton en el mercado inmobiliario neoyorquino.

Paradójicamente, la familia Stockton había elegido vivir en la sección frutal de Brooklyn Heights, las tres manzanas que formaban Pineapple Street, Orange Street y Cranberry Street, las calles de la piña, la naranja y el arándano, respectivamente, situadas en un promontorio frente al río. A pesar de lo mucho que invirtieron en la reconversión de viejos edificios en el vecindario, instalaron su residencia en una sección protegida de cambios significativos gracias a la Comisión de Conservación del Paisaje. Varias de las casas del vecindario tenían pequeñas placas que decían «1820» o «1824». Había diminutas casas blancas de tabilla. Había jardines frondosos escondidos detrás de verjas de hierro forjado. Había antiguos establos y cocheras. Incluso las tiendas de la cadena CVS parecían casitas de un pueblo inglés, con paredes de piedra recubiertas de hiedra. A Sasha le gustaba especialmente una casa en la esquina de Hicks Street y Middagh Street, una antigua farmacia con la palabra DRUGS, «medicamentos», escrita con azulejos en la entrada.

La familia por parte de madre de Cord tenía un abolengo quizá más ilustre aún. Tilda Stockton, de soltera Moore, procedía de una larga estirpe de realeza política. Tanto su padre como su hermano habían sido gobernadores de Nueva York, y ella había salido en reportajes sobre la familia en *Vogue* y *Vanity Fair*. Se había casado con Chip Stockton a los veintiún años, y, aunque nunca había tenido un trabajo convencional de nueve a cinco, se había granjeado una reputación como exitosa consultora de eventos, principalmente poniendo en contacto a sus amistades ricas de la alta sociedad con sus organizadores de fiestas preferidos. Para Tilda Stockton, una velada no era una velada sin un enfoque, una temática, una decoración de mesa y una etiqueta indumentaria. Cosas todas ellas que daban ganas a Sasha de esconderse debajo de un montón de servilletas de cóctel con iniciales bordadas.

Sasha pasó los meses que siguieron a su boda intentando aclimatarse a su nuevo hogar de Pineapple Street. Decidió que era una arqueóloga dedicada al estudio de la antigua civilización de sus parientes políticos. Pero, en lugar de la tumba de Tutankamón, desenterró un cenicero hecho por Darley en sexto curso que parecía una seta deforme. En lugar de los papiros del mar Muerto, encontró un trabajo de Cord de la escuela elemental sobre tipos de piñas. En lugar del Ejército de Terracota, descubrió un cajón lleno de cepillos de dientes de cortesía de un dentista de Atlantic Avenue.

De los cuatro dormitorios, el peor era el de Darley, pero ninguno estaba completamente vacío. El antiguo cuarto de Cord se despejó cuando este se fue a la universidad, pero seguía albergando unos candelabros bañados en plata, un juego de jarrones decorativos estilo mandarín y una colección de cuadros enmarcados que la familia había comprado a lo largo de los años pero no tenía dónde colgar. En la habitación de Georgiana seguían sus libros de texto y álbumes de fotos de la universidad, además de un estante lleno de trofeos de tenis, mientras que el dormitorio principal contenía aún, si no la ropa y las joyas, sí la decoración y los muebles de sus anteriores residentes, y a Sasha le resultaba extremadamente difícil llegar al orgasmo mientras el cabecero de caoba que probablemente había pertenecido a un congresista o a un secretario de transportes daba golpes contra la pared.

Mientras encajaba sus maletas vacías en los ya atestados armarios se preguntó si le permitirían cambiar las cortinas de la ducha. Esperaría unos meses antes de plantearlo.

Chip y Tilda decidieron organizar una fiesta de inauguración de su nuevo apartamento en Orange Street y pidieron a sus hijos y a los cónyuges de estos que llegaran temprano. Era un miércoles por la tarde porque la mayoría de sus amigos pasaban los fines de semana en sus casas de campo y a algunos les gustaba salir los jueves por la noche. La vida social neoyorquina de los padres Stockton existía únicamente de lunes a miércoles, antes de que sus amigos se dispersaran por los confines de Long Island y el condado de Litchfield.

—¿Qué me pongo? —preguntó Sasha a Cord de pie delante del vestidor. Nunca sabía cómo vestirse para estar con aquella familia. Era como si hubiera un tablero de inspiración que consultaran todos los demás pero que Sasha nunca lograba visualizar.

—Ponte lo que quieras, cariño —contestó Cord sin ayudar lo más mínimo.

—O sea, que puedo ir en vaqueros.

—Bueno, tanto como vaqueros… —Cord frunció el ceño.

—¿Me pongo un vestido, entonces? —preguntó Sasha, irritada.

—A ver, mamá ha dicho que el tema es «imparables».

—No sé lo que significa eso.

—Yo voy a ir con la ropa de trabajar. Seguro que casi todos hacen lo mismo.

Cord iba a trabajar con traje y corbata, así que eso le daba tanta información a Sasha como si llevara pijama de quirófano o un mono de bombero. Estaba perdida, de manera que fue a lo seguro, con una bonita blusa blanca metida por dentro de unos pantalones azul marino y los pendientitos de brillantes que le regaló su madre cuando se graduó en la universidad. Se pintó los labios y, cuando se miró en el viejo espejo encima de la chimenea, sonrió. Se sentía clásica, como Amal Clooney a la salida de la ONU para irse a cenar con George. Clarísimamente imparable.

Cuando llegaron al apartamento, las hermanas de Cord ya estaban allí, Georgiana con un precioso look bohemio, con la larga melena castaña que le caía en cascada por la espalda, un vestido vaporoso hasta los tobillos y nariz pecosa, y Darley enfundada en un mono con cinturón salido como mínimo de *Vogue Italia*. Su marido, Malcolm, estaba a su lado, y Sasha respiró de alivio. Tiempo atrás había encontrado en Malcolm un aliado en el extraño mundo de los hermanos políticos e incluso tenían un código que se repetían en voz baja cada vez que las cosas se ponían raras: NMF, «no es mi familia», y que los exoneraba de cualquier situación en la que se sintieran testigos externos de estrambóticos rituales WASP, como aquella vez en julio en que los Stockton insistieron en hacerse una foto de familia para la felicitación de Navidad y obligaron a todos a vestirse en tonos azules y blancos y a posar en semicírculo alrededor de Chip y Tilda, sentados en sendas sillas. El fotógrafo estuvo casi una hora dándoles órdenes y el sol los abrasó mientras Berta, la empleada doméstica, entraba y salía para encender la barbacoa y el personal de jardinería regaba las plantas con cuidado de no mirar a nadie a los ojos. Sasha se había sentido como un familiar de Mitt Romney y la experiencia en general le había resultado humillante, pero al menos había podido intercambiar miradas de sufrimiento con Malcolm. Juntos eran estudiantes extranjeros unidos en su constatación de haber desembarcado en un país profundamente chocante.

Berta había estado todo el día preparando la fiesta de inauguración de la casa y la mesa del comedor gemía bajo el peso de bandejas de plata con gambas en hielo, rosbif servido en tostadas melba redondas y crujientes, salmón ahumado en pan tostado con mantequilla y minitartaletas de cangrejo. Había servido copas de vino blanco y las había dispuesto en una bandeja que sostendría cerca de la entrada de manera que los invitados pudieran empezar a beber nada más llegar. El vino tinto estaba prohibido, por supuesto, principalmente por las nuevas alfombras, pero también porque ensuciaba mucho los dientes de quienes lo bebían. Tilda estaba obsesionada con las dentaduras.

Empezaron a llegar los invitados y Sasha reconoció a muchos asistentes a su boda. Los Stockton habían invitado a tantos amigos a la boda que Sasha se había pasado el convite estrechando manos e intentando recordar nombres, y solo descansó cuando sus primos la llevaron a la pista para que bailara con ellos el *Baby Got Back*. Todo muy elegante.

Cord conocía a todo el mundo y pronto se fue al estudio a enseñar a un caballero calvo la colección de relojes de pulsera de su padre. Esta incluía algunos relojes militares raros, unos cuantos Patek Philippe vintage, además de varios Rolex con esfera galvanizada, y era una herencia del abuelo de Cord. Los relojes eran tan valiosos que varias casas de subastas habían ofrecido a Chip venderlos, pero este había declinado la oferta. Jamás los tocaba ni los miraba, pero Cord decía que a Chip le gustaba saber que siempre tenía dinero en el apartamento, como quien esconde fajos de billetes debajo del colchón. (Sasha era de la opinión de que tenía más que ver con la aversión familiar a desprenderse de cosas).

Georgiana estaba sentada en el sofá hablando en cuchicheos con su madrina, mientras Darley y Malcolm concedían audiencia a un pequeño grupo de su club de tenis de Montague Street y les enseñaban fotografías de sus hijos en el iPhone. Georgiana tenía un aire atractivamente desaliñado, con la chaqueta sobre los hombros y las muñecas cubiertas de pulseras de cuentas desparejadas, mientras que Darley presentaba un aspecto atildado y caro, con el pelo castaño cortado a la altura de los hombros, maquillaje muy discreto y un relojito de oro y sus anillos de casada como únicas joyas. Sasha se quedó incómoda en la periferia, sin saber muy bien cómo insertarse en una conversación. Fue un alivio cuando una mujer con un casco de pelo rubio fue derecha hacia ella y sonrió de oreja a oreja.

—Hola, querría otra copa de chardonnay, por favor —dijo la mujer y le tendió una copa sucia con huellas de grasa.

—Ah, soy Sasha —repuso riendo Sasha llevándose una mano al pecho.

—Pues gracias, Sasha —contestó la mujer alegremente.

—Ah, vale.

Sasha se sobrepuso. Llevó la copa a la cocina, la llenó con una de las botellas de la nevera y regresó con ella al comedor, donde la mujer la cogió con un «gracias» susurrado antes de volver a la mesa, donde su marido estaba comiendo rosbif. Sasha fue hasta el salón en busca de Cord, pero la interceptó un hombre rollizo con pajarita que le dio su plato sucio y asintió con la cabeza antes de proseguir su conversación. Desconcertada, Sasha llevó el plato a la cocina y lo dejó en la encimera. Lo mismo ocurrió cuatro veces más antes de que Sasha llegara hasta Cord y se pegara a su lado sin soltar una copa de vino y contando los minutos para poder irse a casa. ¿Acaso olían que no era de sangre azul? ¿Es que su educación de colegio público era un tufo que desprendía su pelo, como si se hubiera pasado el día entre fogones? Paseó la vista por la habitación y estudió a las mujeres. Eran un atajo de caniches elegantes y Sasha se sintió como un conejillo de indias temblando de nervios.

Por fin se fueron los invitados y Chip se llevó a Cord a su despacho para darle un artículo que había recortado del *Journal*. (Chip y Tilda seguían recortando artículos, se negaban a reenviar enlaces como todo el mundo).

—¿Lo has pasado bien? —preguntó Darley mientras se sujetaba un mechón de pelo brillante detrás de la oreja.

—Sí, ha sido muy agradable —dijo Sasha haciendo un esfuerzo.

—Menudo plan para una velada —dijo Darley irónica—. Con un montón de gente mayor que no conoces.

—Ha pasado una cosa un poco rara —confesó Sasha—. La gente no hacía más que darme platos sucios. A ver, que no me importa, pero ¿con vosotras también lo han hecho?

—¡Huy! —Darley rio—. ¡Qué cosa más absurda! ¡No me había fijado en que vas vestida igual que Berta! ¡Deben de haber pensado que eras del catering! Joder, ¡Malcolm!

Llamó a su marido para contárselo.

Todos rieron y Cord le acarició los hombros a Sasha para asegurarse de que también a ella le parecía divertido y esta les siguió el juego, mientras para sus adentros se juraba que jamás en la vida volvería a ponerse una blusa blanca para ir a una fiesta de los Stockton.

2
Georgiana

Georgiana tenía un problema, y ese problema eran sus mejillas traicioneras. Siempre se había sonrojado con facilidad, pero últimamente tenía la sensación de haberse convertido en un personaje de ciencia ficción que lleva todas sus emociones a flor de piel. Empezaba notando calor en aumento en la cara, un leve picor en el cuello y a continuación, zas, se ponía colorada como un tomate.

Lo que durante años había constituido un rasgo casi adorable se había convertido en un lastre ahora que Georgiana tenía un trabajo de verdad y, lo que era aún peor, un encaprichamiento bobalicón, infantil y humillante por un colega. Se llamaba Brady y Georgiana ni siquiera se atrevía a mirarlo durante las reuniones. Apenas habían hablado; él la superaba en edad —tendría treinta y pocos años— y era un director de proyecto sin razón alguna para fijarse en una personita ruborizada con la vista siempre nerviosamente clavada en el suelo, pero, cada vez que Georgiana se cruzaba con él por los pasillos, coincidía en una sala de reuniones o se lo encontraba en la fotocopiadora, tenía que apartar los ojos como si él fuera un eclipse solar y necesitara una de esas ridículas gafas de papel.

Trabajaban en una organización sin ánimo de lucro que tenía las oficinas en una vieja mansión en Columbia Place que conservaba la distribución de una casa. Para llegar hasta su mesa, Georgiana atravesaba un bonito vestíbulo en el que la recepcionista, Denise, estaba sentada detrás de una mesa de caoba maciza, subía una escalera de caracol, cruzaba una majestuosa sala que hacía las veces alternativamente de sala de conferencias y de cafetería, y a continuación un espacioso dormitorio con cuatro mesas para el departamento de solicitud de ayudas económicas hasta un cuartito que originalmente debió de estar destinado a una doncella o a un ama de cría. Trabajaban como sardinas en lata, pero resultaba de lo más encantador. El despacho para dos personas de Georgiana tenía un ventanal que daba al oeste de la Promenade al otro lado del East River. Los baños de la mansión estaban repartidos por la casa y decorados con mapas de las distintas regiones con las que cooperaban, y colgado encima de la impresora, junto con instrucciones para cambiar el tóner, estaba el retrato con marco dorado de una duquesa tomando una lección de arpa.

La mansión pertenecía al fundador de la organización, el heredero de una fortuna del sector farmacéutico. En su juventud había viajado por el mundo y constatado la falta de atención médica en los países en desarrollo, así que había creado una ONG para enseñar a organizaciones locales a construir sistemas de salud eficientes. Operaban sobre todo gracias a las ayudas de entidades como la Fundación Gates y el Banco Mundial, y también tenían unos cuantos mecenas acaudalados. Georgiana estaba en el departamento de comunicación, de manera que su trabajo consistía en hacer la pelota a los susodichos mecenas y en seleccionar fotografías de la labor de la organización en otros países para la página web, editar artículos sobre sus proyectos para el boletín online y gestionar las redes sociales. No es que las redes sociales le interesaran especialmente, pero, como tenía menos de treinta años, todos daban por hecho que así era, y durante la entrevista la ayudó a conseguir el trabajo mencionar, como quien no quiere la cosa, que tenía mil ochocientos seguidores en Instagram. (¿Quién no? Bastaba eliminar los ajustes de privacidad y publicar alguna que otra fotografía de tus amigos guapos en una fiesta).

Pero aquella era la principal diferencia entre Georgiana y Brady: ella era una modesta empleada de apoyo que se dedicaba a *fangirlear* los éxitos de la organización y a escribir para el boletín, mientras que Brady estaba en el centro de la acción. Había trabajado en Afganistán y Uganda, salía en las fotografías que publicaba Georgiana hablando con un grupo de médicos en un hospital de campaña, jugando al fútbol con unos niños adorables delante de una pancarta con información sobre vacunas, mirando a los ojos de un médico en la India mientras repasaban unos planes de distribución de anticonceptivos. Brady era la estrella de la función, y Georgiana se dedicaba a pintar telones desesperada por que se fijara en ella y al mismo tiempo temiendo el momento en que lo hiciera, convencida de que se pondría colorada como un tomate.

Era viernes y Georgiana estaba junto a los buzones debajo de las escaleras ordenando sobres por destinatarios, los nacionales en una caja y los internacionales en otra. Mientras los ordenaba, comprobaba de nuevo la dirección para asegurarse de que estaba bien; había actualizado la base de datos de la organización para poder hacer envíos masivos sin necesidad de escribir cada dirección individual, pero el sistema seguía teniendo leves imperfecciones. Estaba intentando descifrar un sobre, absorta en sus pensamientos, cuando una voz la sobresaltó.

—¿Estás bien?

Era Brady. Se inclinó junto a ella para coger su correo de una caja que llevaba su nombre.

—Sí, solo estaba mirado si esta dirección es correcta.

Georgiana le enseñó la carta. Estaban tan cerca uno del otro que podría haberle besado de haberse abalanzado lo bastante rápido. «Por Dios, ¿se puede saber qué hago pensando en abalanzarme para besar a esta persona?». Por un momento odió su propio cerebro.

—Yo la veo bien. ¿Cuál es el problema? —preguntó Brady.

—Pero ¿es nacional o internacional? No viene el país —contestó Georgiana, perpleja.

—Emiratos Árabes Unidos —leyó Brady despacio, señalando la última línea de la dirección.

¿Estaba temblando el sobre? Georgiana tuvo la sensación de que sí.

—Vale, ¿pero no debería venir un país debajo? —preguntó.

—Emiratos Árabes Unidos es un país.

—Ah. Creía que... —Georgiana no terminó la frase.

—Está en la península arábiga, junto a Arabia Saudí y Omán.

—Sí.

Georgiana no había oído aquello en su vida.

—Dubái es una de sus ciudades.

—Es verdad, con esas islas de palmeras que se ven desde el espacio exterior. —Georgiana asintió vigorosamente con la cabeza. Dubái sí le sonaba—. Y los centros comerciales y coches deportivos.

—Sí, pero esa no es la parte a la que queremos proporcionar atención sanitaria.

—Sí, claro, por supuesto que no —estuvo de acuerdo Georgiana.

¿Era posible que se hubiera puesto más en ridículo todavía? No estaba segura.

—En cualquier caso, el sobre está bien. —Brady sonrió (¿o quizá se estaba riendo?) y la saludó con una inclinación de cabeza antes de irse con su correo.

Georgiana tiró el sobre a la caja de internacional y se tocó la mejilla. Estaba ardiendo.

Aquella noche Georgiana fue a una fiesta de cumpleaños en Williamsburg y se despertó el sábado por la mañana con una resaca tan intensa que le dolían hasta los dientes. Mensajeó a Lena varios emojis de calavera y Lena le contestó invitándola a su casa. Kristin ya estaba allí y abrieron el sofá cama del cuarto de estar de Lena para convalecer juntas en horizontal. Pidieron sándwiches de queso fundido y patatas fritas y una ración de aros de cebolla de Westville porque, aunque todas afirmaban que no les gustaban los aros de cebolla, qué mal podrían hacerles unos pocos en el lecho de muerte. Miraron a señoras ricas pelearse en el canal de televisión Bravo y a las tres, cuando el novio de Lena volvió del gimnasio, se rio de ellas al verlas tumbadas igual que tres degeneradas oliendo a vodka.

A Georgiana le encantaba salir, pero casi disfrutaba más de los días de resaca con Lena y Kristin. A veces iban al cine, se dormían y se perdían la película entera; a veces decidían sudar e iban a una clase de barre y se pasaban la hora entera rezongando, gimiendo y recibiendo miradas furiosas de los entrenadores, y a veces se rendían e iban a la cafetería de Clark Street y pedían Bloody Marys con la excusa de que eran buenos para la resaca hasta que volvían a estar borrachas y tenían que irse a casa a dormir la siesta.

Georgiana, Lena y Kristin habían ido juntas al instituto y

se habían hecho la promesa de vivir las tres en un gran apartamento cuando fueran mayores. Al final no compartieron piso, pero sí barrio, y disponer de tres apartamentos para estar juntas resultaba aún mejor. Lena era asistente de dirección de un tipo rico que se dedicaba a los fondos de inversión alternativos y que la apreciaba tanto que estaba dispuesto a pagarle de más a cambio de que prometiera no dejarlo nunca. Reservar vuelos y mesas en restaurantes no era la carrera profesional con la que había soñado Lena cuando se graduó en historia del arte, pero ganaba tres veces lo que le habían ofrecido en Christie's, de modo que se quedó. Su jefe le transfería regularmente sus puntos de las compañías aéreas a su cuenta, y a aquel paso no tendría que volar nunca más en clase turista, algo que le parecía un precio justo a pagar por renunciar a sus sueños. Kristin trabajaba para una start-up tecnológica y lo odiaba bastante, pero no tenía que ir nunca a hacer la compra, desayunaba y comía en la cafetería de la oficina y llenaba un táper con ensalada y salmón a la parrilla para llevarse a casa después del trabajo. Puesto que salían cinco noches a la semana, Kristin paseaba su táper de bar en bar y las otras dos se burlaban de ella sin piedad porque siempre parecía a punto de montar una comida de cinco platos en pleno bar Sharlene's, en Flatbush Avenue.

Mientras seguían tumbadas en el sofá cama comiendo aros de cebolla, Georgiana les contó su debacle con Brady a propósito del correo. Había dedicado más tiempo del que le habría gustado admitir a hablar a sus amigas de su enamoramiento, de modo que, aunque esta historia era la menos favorecedora en una buena temporada, se sentía en la obligación de mantenerlas informadas, ahora que por fin había algo que contar.

—Pero, George, ¿cómo puedes no saber que los EAU son un país? —preguntó Lena incorporándose en la cama y mirándola con desesperación.

—Bueno, ¡porque no soy una estudiosa de fronteras internacionales! ¡Me gradué en literatura rusa! —se defendió Georgiana.

—La has cagado, tía —convino Kristin—, pero por lo menos te habló, ¿no? Quiero decir que se ofreció a ayudarte, y eso es bueno.

Estaba intentando animarla, pero Georgiana no se lo había puesto fácil y lo sabía. Dedicaron el resto de la tarde a debatir cómo podía Georgiana recuperar su prestigio ante Brady, sugiriendo tácticas de conversación que iban de lo aburrido a lo absurdo. «¿Sabías que el umbral de pobreza en los EAU es de veintidós dólares al día?». «He oído que la cetrería es muy popular en los Emiratos». «¿Es verdad que la aerolínea Emirates tiene los mejores pijamas gratis para primera clase?». Sus amigas eran un desastre para estas cosas, pero a Georgiana le gustó que aquella conspiración les proporcionara una excusa para pronunciar muchas veces el nombre de Brady.

Georgiana no estaba segura, pero después de aquello empezó a tener la sensación de que veía más a Brady. Lo descubría detrás de ella en la cola del carrito del café y saludándola con un rápido gesto de la mano, se cruzaba con él saliendo de una reunión cuando ella iba camino de la biblioteca. Brady solía almorzar con otros dos directores de proyecto de la primera planta y Georgiana los había oído hablar de fútbol de primera división y de alguien que fabricaba cerveza casera. En la oficina casi nadie almorzaba sentado a su mesa; prácticamente todos se llevaban comida de casa o salían a comprar una ensalada o un sándwich y se lo comían en la mesa grande al final de las escaleras del segundo piso, y Georgiana nunca había concedido demasiada importancia a con quién comía. En ocasiones leía cosas en su teléfono o una revista mientras comía restos de arroz frito o un trozo de pizza, en otras charlaba con quien estuviera allí en ese momento. Cuando Brady y uno de sus amigos de la primera planta se sentaron al otro lado de la mesa una tarde, Georgiana estaba comiendo una ensalada y leyendo noticias deportivas en el teléfono. La saludaron con una inclinación de cabeza y ella siguió bajando por la pantalla de su móvil, ahora completamente incapaz de concentrarse en las palabras que tenía delante, pero desesperada por parecer ocupada.

—¿Qué hacéis este fin de semana? —Brady empezó la conversación mientras desenvolvía un sándwich y abría una lata de refresco.

—Vamos a Filadelfia a visitar a la familia de mi mujer —contestó su amigo—. ¿Tú?

—Creo que vienen unos amigos de la universidad, así que el sábado por la noche iremos al Long Island Bar —dijo Brady antes de dar un mordisco a su sándwich.

Georgiana lo miró, Brady se dio cuenta y le sonrió. ¿Lo decía para que lo oyera ella? ¿Quería que fuera al bar a encontrarse con él? No. Eran imaginaciones suyas. Estaba hablando de sus planes de fin de semana como cualquier persona normal y daba la casualidad de que ella estaba allí y le había sonreído porque no era ni un psicótico ni un completo misántropo.

Georgiana se limpió las comisuras de la boca con su servilleta de papel, cerró la tapa de su ensalada y murmuró: «Adiós, chicos». No podía quedarse allí y fingir que comía. Solo estar cerca de Brady la hacía sentir como si se hubiera tomado diez expresos y habían empezado a temblarle las manos.

Lena y Kristin no sabían interpretar la situación. ¿Estaba Brady solo dando conversación o quería quedar con Georgiana? Fuera como fuera, esta vivía en Brooklyn Heights y de cuando en cuando iba al Long Island Bar en Atlantic Avenue, así que no sería raro que coincidieran allí. Por tanto, el sábado por la noche Georgiana se vistió con esmero, dedicó diez minutos extra a secarse el pelo y se calzó unas botas que le apretaban un poco los dedos pero le quedaban genial con los pantalones vaqueros. Lena, Kristin y Michelle, otra amiga, fueron dando un paseo con ella. Llegaron al bar a las ocho y pidieron tequilas con soda y limón y para cuando se los terminaron Brady no había aparecido aún. Kristin y Michelle tenían otra fiesta a la que querían ir, así que se despidieron, pero Lena se quedó a hacer compañía a Georgiana. Pidieron otra copa y cotillearon sobre la hermana de Lena, que se había prometido al hombre más aburrido del planeta; luego sobre una antigua profesora del instituto, que se había fugado con el instructor de squash y a continuación sobre la madre de Georgiana, quien se negaba a blanquearse los dientes porque lo consideraba perjudicial, pero había empezado a beber vino tinto con pajita cuando estaba en casa para no manchárselos más, con lo que ahora bebía el doble y dos veces más deprisa, algo que era igualmente nocivo para su salud. A medianoche Brady seguía sin aparecer, de modo que se fueron y se despidieron con un abrazo en la esquina. Georgiana entró en su apartamento, se retiró el cuidado maquillaje con una toallita y se metió en la cama con una camiseta de baloncesto vieja. Se sentía sola y patética, pero sabía que por toda la ciudad había chicas que, como ella, pasaban las noches de sábado esperando a que ocurriera algo, con una copa en la mano, leyendo un libro en una cafetería o con la vista fija en sus teléfonos, solas y haciendo tiempo hasta que su vida de verdad empezara.

Por la mañana se vistió con ropa blanca de tenis y se reunió con su madre en el Casino, el club en Montague Street del que eran socias. Estuvieron jugando una hora y, con cada golpe de raqueta, Georgiana sintió que liberaba un poco de su frustración.

Era una contrincante dura al tenis, golpeaba fuerte y llevaba dando clases desde los cuatro años, pero su madre era como una pared móvil. A pesar de sus casi setenta años, tenía tan perfeccionado el juego de pies que nunca necesitaba correr; no daba golpes fuertes, pero los devolvía todos y su estilo era tan impecable que obligaba a Georgiana a correr por toda la pista detrás de la bola. Jugar al tenis era y siempre había sido la forma de comunicación más limpia entre Georgiana y su madre. Le resultaba difícil hablar con Tilda; su madre era de esa generación que detesta las conversaciones incómodas y se cierra en banda ante el más mínimo atisbo de conflicto o de acritud. Cuando Georgiana era adolescente esto la ponía furiosa, la manera en que su madre congelaba cada intento de cercanía sincera por su parte. Pero el tenis las había salvado. Cuando no podían hablar, jugaban. Su madre la animaba, elogiaba sus mejores golpes, le daba consejos estratégicos y se admiraba de su agilidad. Georgiana no estaba segura de gustar a su madre, pero lo que sí sabía era que la consideraba buena jugadora de tenis.

En un universo alternativo, después del tenis se habrían ido las dos a hablar de sus cosas tomando un brunch y Georgiana le habría confesado a su madre la humillación vivida en el Long Island Bar. Le habría contado todo lo referido a Brady, la admiración que le profesaban los otros directores de proyecto, lo segura que se sentía en ocasiones de que la estaba mirando, la atracción tan fuerte que sentía y que la hacía soñar con él de forma habitual y despertarse feliz de haber estado en su compañía y al mismo tiempo destrozada porque solo hubiera sido en sueños. En lugar de eso, guardó la raqueta en su funda, cruzó detrás de su madre las grandes puertas batientes del Casino y caminó por Henry Street hasta su nuevo apartamento, donde su madre puso en la mesa un almuerzo preparado por Berta, servido en su vajilla de flores preferida con servilletas a juego, y las dos comieron leyendo el periódico y sin hablar salvo para leer en voz alta alguna noticia interesante.

Se le hacía raro ver a sus padres en su casa nueva. Georgiana había vivido en la casa de Pineapple Street toda su vida y cada mueble, cada arañazo en los pasamanos de madera, cada mancha en las encimeras de granito eran parte esencial de su familia, como si el lugar se hubiera impregnado de su ADN y el ADN de la familia hubiera absorbido el de la casa. Había pensado que sus padres vivirían siempre en un caserón de piedra caliza viejo y lleno de corrientes de aire en el que chirriarían y envejecerían entre antigüedades, así que verlos trajinar alrededor de una isla de cocina de mármol brillante era un poco como ver a Benjamin Franklin jugando a la Nintendo.

Más extraño todavía que ver a sus padres en su nuevo apartamento era pensar en la mujer de Cord viviendo en el hogar de su infancia. Al principio Georgiana se había mostrado receptiva con Sasha, pero después habían ocurrido dos cosas que echaron a perder cualquier posibilidad de una relación cálida y cercana entre cuñadas. La primera fue un mes antes de la boda, cuando Cord se presentó en casa de Darley borracho y con los ojos hinchados porque Sasha se había negado a firmar el acuerdo prematrimonial, se había marchado de su apartamento y no había vuelto. En algún momento de la semana siguiente, Sasha había reaparecido. Cord no quiso volver a hablar del tema, y ni Georgiana ni Darley conocían los detalles. La segunda ocurrió la noche de la boda. Georgiana y Darley se reunieron con los invitados más jóvenes en un bar de Stone Street para seguir la fiesta. Sam, un primo de Sasha, llevaba toda la noche esnifando cocaína y estaba siendo de lo más indiscreto. Acorraló a Georgiana en un extremo de la barra y le preguntó sin rodeos cómo era de rica su familia.

—¿Qué? —había contestado Georgiana con una risa incrédula.

—Joder, tu hermanito, Cord, es evidente que tiene dinero para aburrir. Solo hay que oíros hablar. Y todos esos clubes a los que vais... A Sasha le pega haberse casado con un tío rico. Cuando se vino a vivir a Nueva York cambió. Y ahora ahí la tienes, dándose el sí con un pijo del partido republicano y escuela privada.

—Cord no está afiliado a ningún partido —se defendió Georgiana como si con eso rebatiera algo de lo que había dicho Sam.

Pero cada vez que pensaba en ello en combinación con las negociaciones de Sasha respecto al acuerdo prematrimonial, se ponía de mal humor. Y ahora Sasha estaba viviendo en su casa.

Aunque era domingo, el padre de Georgiana estaba trabajando en el segundo dormitorio, donde había instalado su despacho. Cuando terminó de comer, Georgiana preparó una taza de té English Breakfast con leche y dos cucharadas de azúcar y llamó con suavidad a la puerta. Su padre estaba leyendo un número antiguo y amarillento de *The Wall Street Journal* con una lupa, sus gafas estaban en la mesa. Georgiana le dejó la taza junto al codo y lo besó en la mejilla.

A Georgiana le gustaba pensar que su padre y ella tenían una relación especial. Mientras que Darley y Cord se llevaban solo dos años y eran, respectivamente, el mejor amigo del otro, Georgiana era una década más joven (le gustaba provocarlos diciendo que eran «millennials geriátricos» mientras que ella estaba en el umbral de la generación Z). Era casi como ser hija única, tanto Cord como Darley estaban ya en la universidad cuando ella cursó tercer grado y, puesto que sus padres sabían que no tendrían más hijos (Tilda siempre esbozaba un alarmante gesto de tijeras cortando cada vez que lo mencionaba), la mimaron y se aseguraron de hacer con ella todas esas cosas que habían estado demasiado ocupados para hacer cuando sus otros hijos eran pequeños: llevarla a París cuando cumplió diez años, llevarla a cenar a restaurantes entre semana, ir siempre que podían a todas sus competiciones del instituto y la universidad.

—¿Qué tal el tenis, George? —preguntó su padre mientras doblaba el periódico y se recostaba en su silla.

—Pues ha estado bien. Necesito correr más, creo que he perdido velocidad desde que no juego todos los días.

En la universidad de Brown había estado en el equipo de tenis y, sin ese régimen de entrenamiento, había engordado más de dos kilos. No le importaba gran cosa, solo le preocupaba que su madre empezara a ganarla.

—¿Y el trabajo qué tal?

—Bien. Esta semana debo terminar un boletín, pero ya tengo toda la información. Me falta editar y maquetar.

Cada mes Georgiana solicitaba información a los directores de proyecto sobre su actividad y a continuación componía un refrito a partir de fragmentos de sus someras respuestas.

—Cuando lo tengas, tráeme un ejemplar para que pueda leerlo. —El padre sonrió.

A Georgiana le gustó oír esto. Sus padres la habían apoyado en su decisión de trabajar en el sector de las ONG al terminar la universidad. Mientras que Cord había seguido los pasos de su padre y trabajaba con él, ni Georgiana ni Darley estaban interesadas en la inversión inmobiliaria. Lo que probablemente era bueno, porque de este modo, cuando su padre se jubilara, la transición sería fácil. Todos sus socios conocían a Cord, la mayoría se sentían cómodos hablando con él incluso sobre la más espinosa de las cuestiones, y se esperaba que con el tiempo asumiera la dirección de las sociedades. Su padre ya disfrutaba de las ventajas de tener a Cord trabajando con él y había delegado «la gestión de las relaciones» con las personas más difíciles en su hijo.

—¿Qué es esto? —preguntó Georgiana cogiendo un recorte de periódico de la mesa. Su padre había escrito su nombre en un pósit amarillo pegado a él.

—Ah, es la crítica de un libro que he pensado que te interesaría. Sobre una buena samaritana, como tú —respondió el padre riendo.

Georgiana leyó la reseña por encima. Era de la biografía de una heredera romana del año 408. Melania la Joven era hija de una de las familias senatoriales de Roma que se había convertido al cristianismo y quería seguir siendo virgen. Por desgracia, sus padres la habían casado a los catorce años, pero Melania logró hacer un trato con su marido: si le daba dos hijos, después tendrían un matrimonio célibe y dedicarían su tiempo a obras cristianas. Cuando su padre murió, Melania heredó sus propiedades, sus tierras, su fortuna y cincuenta mil esclavos. Para servir a Dios decidió regalar su herencia, pero resultó más difícil de lo esperado. Los esclavos se negaban a ser libertados. Desconfiaban de las intenciones de Melania y les preocupaba que ya no fuera a protegerlos de los bárbaros y la hambruna. Luego resultó que tenían razón, y muchos murieron de hambre.

—Pero bueno, papá. ¿Qué es lo que te ha hecho pensar en mí? ¿Es que quieres casarme en contra de mi voluntad? —bromeó Georgiana.

—Pues lo cierto es que he estado buscando a alguien que me libre de ti, pero hasta ahora no he tenido suerte. —Chip levantó una ceja.

—Gracias, papá.

Georgiana le dio un beso en la coronilla. Le hacía gracia que su padre pensara en ella como una «buena samaritana», cuando sabía muy bien que libertar a cincuenta mil esclavos y escribir boletines de noticias para una organización sin ánimo de lucro eran grados muy distintos de beneficencia.

Georgiana se despidió de su madre y volvió con su raqueta a su apartamento, donde se duchó y pasó el resto del día en la cama leyendo una novela y mensajeándose con Lena y Kristin. Al parecer, la fiesta a la que había ido Kristin después del Long Island Bar se había desmadrado bastante y un amigo común algo loco, Riley, había bebido tanto bourbon que se durmió en el metro y amaneció en Canarsie.

A la mañana siguiente Georgiana se preparó un sándwich de queso y aguacate, se vistió y llegó a la oficina antes de las nueve. Rebuscó entre el caos del archivo fotográfico material para su artículo y eligió las cuatro mejores imágenes. Cogió las setecientas palabras de libre asociación de ideas sobre el proyecto en Uganda y logró redactar una pieza coherente y bastante conmovedora sobre una clínica materno-infantil. Casi el dos por ciento de las mujeres de Uganda mueren por causas obstétricas y solo la mitad recibe cuidados después de dar a luz. Al proporcionar un lugar seguro y limpio en el que quedarse, la clínica podía dar cursos sobre lactancia a las madres y dispensarles la atención médica que necesitaban. Las fotografías de las mujeres con sus hijos recién nacidos en brazos, sonriendo con ojos cansados, emocionaron a Georgiana de una forma que no había esperado.

Era curioso, Georgiana siempre se había considerado bastante viajada para alguien de su edad. Había estado en Francia, España e Italia; había hecho un safari en Kenia y visto los glaciares de Alaska; incluso había caminado por la Gran Muralla china con su clase del instituto. Pero su trabajo la había hecho darse cuenta del poco mundo que había visto en realidad. Había visitado lugares turísticos, ciudades ricas y pensadas para entretenimiento de los pudientes. Nunca había visto pobreza real; nunca había sido testigo de cómo viven algunas personas en partes del mundo para las que *Condé Nast Traveler* no tiene lista de mejores restaurantes.

A la una y media estaba muerta de hambre, así que sacó su sándwich de la nevera y fue hasta la gran mesa de comedor. Todos los demás ya habían comido, así que se sentó sola y se puso la servilleta en el regazo. Cuando alguien retiró la silla que tenía al lado, dio un respingo.

—¿Está libre este sitio? —preguntó Brady.

—Por supuesto —contestó Georgiana.

Tenían la mesa entera para los dos y sin embargo se estaba sentando a su lado. Georgiana había dejado su teléfono cargando en su mesa, así que no tenía qué mirar, nada en lo que simular estar concentrada mientras comía.

Brady abrió una caja de cartón y sacó un sándwich humeante de queso fundido.

—Hoy comes tarde, ¿no?

—Sí, estoy con el boletín y he perdido la noción del tiempo.

Georgiana pescó un trozo solitario de aguacate de su bolsa con autocierre.

—¿Es sobre el maravilloso trabajo que hemos estado haciendo en las islas Palm?

Georgiana lo miró sobresaltada mientras Brady simulaba estudiar su sándwich con expresión inocente.

—Pues no, es sobre nuestro proyecto de sufragar operaciones de nariz a las debutantes en sociedad indigentes de Mónaco —contestó.

Brady dejó escapar una carcajada sorprendida y Georgiana sonrió.

—Muy gracioso —dijo Brady—. ¿Qué tal el fin de semana? ¿Qué has hecho?

—Jugar al tenis, salir con amigas, nada muy emocionante. ¿Y el tuyo?

—Pues un poco desastre. Se suponía que iba a salir con unos amigos de la universidad el sábado, pero en el último momento uno se hizo un esguince de tobillo y terminé pasando la noche con él en urgencias esperando a que le hicieran una radiografía.

—Vaya. Qué faena.

—Pues sí. Me apetecía mucho salir. —Miró a Georgiana con expresión cómplice—. Ir al Long Island Bar.

—Me encanta ese sitio —murmuró Georgiana.

—Sí. —Brady meneó un poco la cabeza—. ¿Dónde juegas al tenis?

Pasaron los veinte minutos siguientes hablando sobre deportes en la ciudad, en qué canchas de tenis podías jugar con el carné del departamento de parques, del supervisor de las pistas de Fort Greene que te reservaba pista si le llevabas un sándwich de beicon, huevo y queso. Hablaron de la liguilla de baloncesto de Brady, un grupo de amigos que en ocasiones se dejaban llevar tanto por el juego y se ponían tan agresivos que luego volvían a sus trabajos como socios en prestigiosos bufetes con un ojo a la funerala.

Los dos se habían terminado sus sándwiches y de mala gana arrugaron sus servilletas de papel cuando una reunión cerca de allí se terminó, se abrieron unas puertas dobles y el lugar se llenó de colegas volviendo a sus mesas. Brady ladeó la cabeza y sonrió antes de empujar su silla.

—Hasta otro rato.

Recogió la basura de Georgiana con la suya y se dirigió al piso de abajo. Por su parte, Georgiana volvió flotando a su despachito en el cuartito de servicio sin saber si sería capaz de escribir una palabra más para el boletín o se pasaría las tres horas siguientes mirando por la ventana y recreando cada palabra que había dicho Brady mientras notaba cómo la cara se le encendía una y otra vez de placer.

3

Darley

Los hijos de Darley estaban obsesionados con la muerte. Tenían cinco y seis años y todos decían que se trataba de una fase normal del desarrollo, pero, en su fuero interno, a Darley le preocupaba que fueran almas atormentadas que se harían tatuajes en la cara al llegar a la adolescencia. Era última hora de la tarde y estaban en el parque infantil de Brooklyn Bridge, cerca de los toboganes. Darley había encontrado un lugar soleado en las escaleras de piedra y tenía un ojo puesto en sus hijos que corrían y el otro en su teléfono, con el que hacía la compra online. También estaban en el parque algunos compañeros del colegio de sus hijos, con sus niñeras, y los adultos se habían saludado con una inclinación de cabeza pero, en lugar de charlar, cada uno se había refugiado en su pantallita reluciente.

Los niños habían estado intentando subir al tobogán de seis metros de altura, los cinco en fila, animándose mutuamente en un poco habitual despliegue de cooperación. Poppy era la cabecilla, daba órdenes a los otros niños con una vocecilla aguda que más parecía de gaviota que humana, y por un instante Darley se preguntó si estaba mal odiar el timbre de una voz infantil. Se centró en su teléfono y fue comprando metódicamente ingredientes para la cena: salmón para ella, macarrones con queso para los niños, chuletas de cerdo para Malcolm. Estaba sopesando la probabilidad de que Hatcher comiera pollo que hubiera estado en contacto con romero cuando reparó en que todos los niños se habían congregado junto al columpio. Parecían mirar alguna cosa y Darley vio a Poppy ir hasta el límite del parque a coger un largo palo y volver corriendo con él. La tarde era cálida y Darley olía el mar. El río quedaba justo al otro lado de los árboles y podía oír los transbordadores con sus lúgubres sirenas, también trinos de pájaros, y sintió una dulce satisfacción. Había días en Nueva York en que se moría por escapar, anhelaba la playa, un jardín, un lago cristalino, pero luego había otros como aquel en que el parque arbolado le parecía perfecto y se preguntaba cómo había podido contemplar alguna vez otra clase de vida.

De pronto Poppy se le acercó. Hatcher la seguía.

—Mami, ¿puedes arreglarla? —preguntó.

Sostenía algo en los brazos extendidos y Darley tardó varios segundos en asimilar de qué se trataba. ¿Era un suéter? ¿Una bolsa de papel? ¿Era...? Era una paloma. Y estaba muerta.

Aquella noche la madre de Darley fue a cenar a casa de esta acompañada de Georgiana, Cord y Sasha. Mientras Darley servía el vino, Poppy, muy erguida en la silla y con un nugget de pollo clavado en el tenedor, anunció:

—Hoy mami se ha enfadado conmigo.

—¿Y eso, Poppy, cariño? ¿Qué ha pasado? —preguntó la madre, dispuesta a acudir en defensa de Poppy.

—Encontré una paloma debajo del tobogán del parque y la

cogí. No sé si la mordió un perro o estaba enferma, pero se había muerto.

La mesa entera guardó silencio un instante.

—¿Qué hicisteis con ella? —preguntó la madre de Darley, horrorizada.

—Mamá la cogió y la tiró al cubo de reciclaje —dijo Poppy con tristeza y mordisqueando el nugget como si fuera una manzana de caramelo en un palo.

—¿Al reciclaje? ¿No la tiraste a la basura normal? —preguntó Sasha alarmada.

—Pues claro que la tiré a la basura normal. Luego vinimos a casa y les escaldé las manos y estos niños no van a volver a salir de casa en la vida —anunció Darley mientras se llenaba la copa de vino hasta el borde.

Ese era el problema de Sasha; siempre podías contar con que hiciera el comentario más irritante sobre cualquier situación. Tenía un talento especial para ello.

Después de cenar, su madre y sus hermanos se fueron y Darley tuvo a Poppy y a Hatcher a remojo en la bañera largo rato. Preparó un baño de espuma de lo más espumoso, echando todo el jabón posible sin incurrir en el riesgo de que los niños cogieran una infección urinaria o se les irritaran los ojos. Les refrotó el pelo hasta que rechinó de limpio y a continuación los envolvió en toallas y les puso crema en las piernas y la espalda antes de mandarlos en busca de sus pijamas. Malcolm trabajaba hasta tarde aquel día, de modo que los metió en su cama y les leyó un cuento detrás de otro sobre duendes que se llevan los dientes y trols, autobuses escolares mágicos y casas en árboles. Eran aún lo bastante pequeños para confundir a menudo lo real con lo inventado. Los dos creían en la magia y Darley a menudo se debatía entre intervenir con la verdad y dejarlos soñar. Últimamente Hatcher no hacía más que pedirle que le construyera una máquina para encoger cosas, de manera que pasaban largas tardes pegando cajas de cartón y dibujando botones y mandos, pero las sesiones de juegos siempre terminaban con Hatcher desconsolado, disgustadísimo porque las máquinas no sirvieran para encoger nada. Poppy hablaba sin cesar del duendecillo de los dientes, contaba los días hasta que se le cayera el primero. Un día, Darley le había dicho por decir que el primer diente se le caería a los siete años, pero Poppy lo había creído a pies juntillas y se había indignado ante la injusticia de que una compañera de clase hubiera perdido uno a los cinco años y medio. Cuando Poppy preguntó qué hacía el duende con todos los dientes que se llevaba, Darley se apresuró a mentir diciendo que se los daba a bebés que necesitaban dientes, lo que dio pie a toda una serie interminable de rebuscadas falsedades sobre cómo el duende les metía los dientes en las boquitas y que esa era probablemente la razón por la que los bebés lloraban tanto.

Cuando Darley terminó de leer el cuarto cuento, acompañó a los niños a su habitación y los metió en la cama. Mientras ayudaba a Poppy a estirar la sábana encimera hasta la barbilla, su hija la miró, repentinamente espabilada.

—Mami, ¿qué pasa cuando te mueres?

—Bueno, cariño, es lo que decimos siempre. En realidad no sabemos lo que pasa cuando nos morimos, pero en cierto sentido continuamos siendo parte del mundo. Nuestros cuerpos se entierran y pasan a ser parte de la tierra, luego crecen encima plantas, hierba y flores y nosotros somos parte de esas plantas y luego puede venir un animal y comérselas, y entonces también somos parte de ese animal... Y así para siempre.

Darley le retiró con suavidad a Poppy el pelo de la frente y miró a su hija fruncir un poco el ceño por efecto de la concentración.

—Entonces el pájaro que se ha muerto hoy...

—¿Sí, tesoro?

—Como lo has tirado a la basura, ¿será parte de la basura para siempre?

—Bueno, no, alguien lo enterrará —mintió Darley—. Te quiero mucho, tesoro, que duermas bien.

Apagó la luz y salió de la habitación absolutamente convencida de que sus hijos iban a ser unos completos inadaptados.

Darley y Malcolm se intercambiaron dos clases de votos matrimoniales: los que dijeron en la iglesia ante Dios y sus amigos y familiares y los que se susurraron más tarde aquella noche, cogidos de la mano y riéndose de las pestañas postizas que seguían pegadas a las almohadas como arañas, de las horquillas que Darley no dejaba de encontrar alojadas en las profundidades de su mata de pelo lleno de laca. Cogidos de las manos, con las alianzas capturando la luz, susurraron: «Prometo no esperar nunca que me hagas la maleta, prometo no esconderme nunca en el despacho y fingir que trabajo cuando tengamos invitados, prometo no sentarme nunca en el asiento trasero mientras me llevas a algún sitio como si fueras mi chófer, prometo no acostarme nunca con nadie que no seas tú».

Darley tenía amigas, tenía primos, tenía una vibrante vida social llena de personas a las que podía llamar para tomar un cóctel, jugar al tenis, hacerse una manicura o incluso es posible que para pedir un riñón, pero en nadie confiaba tanto como en Malcolm. Su marido era, sin lugar a duda, la mejor persona que había conocido. Juntos tenían un matrimonio distinto del de cualquiera de sus amigos, en el sentido de que nunca jamás se mentían. Era asombrosa la facilidad con la que la mentira estaba entretejida en la vida de casi todos los matrimonios. Una amiga de Darley, Claire, tenía una cuenta bancaria de la que nunca había hablado a su marido. Su madrina escondía bolsas con compras detrás de la puerta del estudio y esperaba a que saliera su marido para guardar su ropa nueva en el armario, después de cortar las etiquetas y enterrarlas en el fondo del cubo de la basura. Su mejor amiga se escapaba de cuando en cuando a hacerse un corte de pelo o un tratamiento facial y le decía a su marido que tenía una reunión, no porque a este le fuera a importar, sino porque quería tener algo para ella sola, decía. Darley no entendía esas cosas. Era incapaz de funcionar en una relación donde el engaño fuera algo habitual y sabía que Malcolm sentía lo mismo.

Cuando decidieron casarse, Darley se sintió incapaz de pedir a Malcolm que firmara un acuerdo prematrimonial. Era como prepararse para un futuro divorcio y trazar una gruesa línea entre lo que era suyo y lo que era de Malcolm. En cualquier caso, además, no tenía la sensación de que el dinero fuera suyo. Pertenecía a sus abuelos y a sus bisabuelos. Ella no había hecho otra cosa que gastarlo: en colegios privados, vacaciones, ropa y también en la muerte lenta que suponía criar hijos en la ciudad más cara de Estados Unidos. El abogado de la familia le explicó a Darley que tenía dos opciones: que Malcolm firmara el acuerdo y pactaran una cantidad irrisoria que recibiría anualmente en caso de divorcio, o bloquear su fondo fiduciario, renunciar al dinero y que pasara directamente a sus hijos cuando fueran adultos. Darley lo consultó con Malcolm y este le dijo que le correspondía a ella decidir. Él firmaría el acuerdo, o bien Darley podía renunciar al fondo y los dos usarían sus carísimas educaciones para salir adelante por sí solos. Y eso hizo Darley. Renunció a su herencia y lo apostó todo al amor.

Para entonces Malcolm ya ganaba más dinero del que la mayoría de los americanos podría siquiera soñar. No solo era un genio, sino que poseía esa clase de intelectualidad obsesiva que tanto se valora en el sector financiero. Siendo adolescente, empezó un blog sobre las características distintivas de varios modelos de aeroplano tan exhaustivo que Boeing lo vinculó a su página web. Estudiaba las rutas de vuelo e identificaba ineficiencias, las conclusiones las publicaba en su blog y las enviaba por correo electrónico a las compañías aéreas. Se matriculó en una escuela de negocios y, después de graduarse y en sus ratos libres, se sacó la licencia de piloto y empezó a aprovechar los fines de semana para sobrevolar la Costa Este de un lado a otro, a menudo aterrizando solo para comer un sándwich cerca del aeropuerto antes de despegar otra vez con su Cessna. Darley lo acompañaba, copiloto solo de nombre, conformándose con limpiar el parabrisas, comprobar los niveles de aceite y mirar por la ventana mientras Nueva Inglaterra se desplegaba bajo ellos. Una vez llevaron sacos de dormir e hicieron noche en un aeródromo en Virginia Occidental y al amanecer se levantaron y volaron a casa a tiempo para almorzar.

A Malcolm lo contrataron nada más terminar la escuela de negocios en el Global Industrials Group del Deutsche Bank. Sabía bastante más de aviación que cualquiera de los otros socios y no tardó en construir relaciones más profundas con los clientes que el resto de sus colegas. Deutsche Bank lo trasladó entonces al Aviation Corporate and Investment Banking Group, donde siguió ascendiendo a gran velocidad. A diferencia del resto del sector bancario, donde el pedigrí tenía enorme importancia, la división de Aviación era internacional, todos los negocios se hacían en inglés, era un sector en el que el grado de conocimientos importaba más que las relaciones. Malcolm viajaba continuamente, podía volar diez horas solo para asistir a la presentación de una idea de negocio y otras diez para volver a casa ese mismo día. Igual que un bumerán. Para la mayoría de las personas, este ritmo de viaje resultaba agotador, para Malcolm era volar. Sí, claro, lo hacía como pasajero y no como piloto, pero todo ese mundo le encantaba. A diferencia de los clásicos banqueros que tenían que volar a Molina, en Illinois, o a Mayfield Heights, en Ohio, donde tenían su cuartel general las industrias que eran sus clientes, los banqueros de líneas aéreas tenían reuniones en las mejores ciudades del mundo: Londres, París, Hong Kong y Singapur. Además, con su triple estatus de socio de élite en tres líneas aéreas —tarjeta ConciergeKey de American Airlines, Global Services de United, Diamond 360 de Delta—, viajar nunca suponía para Malcolm la experiencia humillante que es para el común de los mortales. Pasaba los controles de seguridad como si tal cosa, se llevaba el portátil a la sala VIP, embarcaba el último y en cuanto llegaba al avión ponía su asiento en posición horizontal. No le interesaban ni el champán ni las toallas calientes, solo trabajar con las mínimas interrupciones posibles y despertarse descansado y a tiempo para reunirse con el conductor uniformado que lo esperaba en su destino sosteniendo un letrero con su nombre.

Esto dejaba a Darley sola con los niños, pero en realidad siempre se sentía acompañada. Malcolm le mandaba mensajes al despegar y al aterrizar, desde el coche que lo llevaba al hotel y al terminar sus reuniones. Darley sabía dónde estaba en cada momento, desde Brisbane a Bogotá. Malcolm la llamaba por FaceTime desde sus casi siempre idénticas habitaciones de hotel y le traía tantos pijamas de diferentes líneas aéreas que Darley tenía una sección entera en el vestidor llena de estuches de plástico sin abrir.

Malcolm tenía colegas que usaban sus viajes de negocios como una especie de bufet sexual y activaban Tinder en cuanto aterrizaban en algún sitio. Un tipo de su equipo tenía novias en Sídney, en Santiago y en Frankfurt, a las que visitaba una y otra vez. ¿Pensaban estas mujeres que su novio americano se iba a enamorar de ellas y llevárselas a Nueva York? ¿O solo les interesaba el sexo periódico con un tipo rico que pasaba por la ciudad y las invitaba a cenar y les hacía regalos? Darley no sabía hasta qué punto estaba enterada la esposa de aquel colega de Malcolm de lo que este hacía y tampoco era asunto suyo. Mientras él bebía pisco sours con desconocidas jóvenes y bonitas, Malcolm estaba en su habitación de hotel hablando por teléfono con ella.

Darley y Malcolm se conocieron en la escuela de negocios, se casaron el verano después de graduarse y, sin saber cómo, se quedaron embarazados enseguida (bueno, sí supieron cómo, fue de la manera tradicional, pero aun así les pilló por sorpresa). Cuando Darley volvió a quedarse embarazada solo seis meses después de nacer Poppy, se sintieron como si les hubiera caído una bomba encima que ponía fin a su juventud. Mientras trabajaba como asociada en Goldman Sachs, Darley se las había arreglado para compaginar un hijo y una carrera profesional, pero era imposible trabajar ochenta horas semanales con dos niños de menos de dos años. Dejó el trabajo para que Malcolm pudiera conservar el suyo, pero aun así Darley jamás habría salido adelante sin los padres de Malcolm. Los Kim eran todo lo que la familia Stockton no era. Soon-ja y Young-ho Kim se habían mudado a Estados Unidos desde Corea del Sur a finales de la década de 1960; los Stockton habían llegado en el Mayflower. Los Kim se habían hecho a sí mismos de la nada. Young-ho se costeó un doctorado y se labró una exitosa carrera profesional como químico; el padre de Darley heredó su fortuna y todos sus negocios de su padre. Los Kim además eran comunicativos, cariñosos y funcionales. Después de la boda, Soon-ja insistió en que Darley los llamara por sus nombres de pila, algo que al principio le costó trabajo. Había crecido llamando «señor» y «señora» a los padres de sus amigos. Había oído que las familias coreanas eran aún más formales, así que, durante su primer año de matrimonio, Darley los llamó principalmente «Er...» para evitar decir el nombre. Los Kim llenaban a Darley de regalos, jamás se presentaban en su apartamento sin una vela de ochenta dólares comprada en unos almacenes o unas bonitas servilletas de tela con estampado provenzal. Cuando nació Poppy, Soon-ja se mudó al apartamento el día que la salus se fue y estuvo seis meses durmiendo en el sofá, turnándose con Darley por las noches, dando a Poppy biberones de leche materna para que Darley pudiera descansar, bañando a la niña y cortando las diminutas lunas crecientes de sus blandas uñitas. Poppy y Hatcher eran tan suyos como de Darley y toda sensación de formalidad entre las dos mujeres había desaparecido en el caos de aquellos días llenos de pechos al aire, manchas de leche y loción para la cicatriz que atravesaba el abdomen de la recién parida.

Después de la paloma, después del baño, después de pasarse casi una hora encargando regalos de cumpleaños para los nueve niños que celebraban fiestas en las semanas siguientes, Darley se puso el pijama y se metió en la cama. Malcolm llegó a casa a medianoche, entró y cruzó sin hacer ruido por la cocina hasta el baño del fondo, donde se dio una ducha y lavó los dientes antes de retirar con cuidado las sábanas para meterse en la cama. Medio dormida, Darley lo buscó y enroscó su cuerpo alrededor del suyo. Aunque dormía sola la mayoría de las noches, su sueño era más profundo si entrelazaba las piernas con las de Malcolm. Por la mañana los niños trataron a Malcolm con la reverencia que suele reservarse a los astronautas y los campeones olímpicos, enseñándole dibujos que habían hecho la semana anterior en el colegio, cantando canciones que habían aprendido en el autobús, contándole historias largas y enrevesadas sobre alguien llamado Kale cuyo hermano mayor había ido a una fiesta en un castillo inflable en Queens donde había más de cincuenta camas elásticas.

Malcolm hizo tortitas caseras, para lo que puso la cocina patas arriba. Se trataba de una decisión curiosa, dado que Darley tenía una caja de magdalenas de arándanos compradas en Alice's Tea Cup, pero esta se sentó a la mesa con una gran sonrisa en la cara y sorbió café y miró cómo la barbilla de Hatcher goteaba sirope. Después de desayunar, cogieron sus patinetes para ir a entrenamiento de fútbol en la plaza, donde una docena de alumnos de jardín de infancia vestían camisetas rojas a juego y constantemente se olvidaban de lo que estaban haciendo y cogían el balón con las manos. Darley tenía mil recados que hacer, sabía que debería estar usando ese tiempo para ir a clase de yoga o jugar al tenis con su madre, pero quería estar con Malcolm, de manera que se acurrucó a su lado en el banco y le susurró cosas sobre los otros padres: la madre que organizaba una cena en su apartamento de diez millones de dólares en Cobble Hill pero jamás pagaba su parte del regalo que hacían a la profesora por Navidad; la pareja vecina de calle que consiguió un permiso municipal para hacer una fiesta al aire libre pero, en lugar de decírselo a los vecinos, invitó a todos sus amigos y estuvo atronando con la música hasta las dos de la mañana; el abogado discretísimo que vestía siempre jerséis de Green Bay Packers los fines de semana y después aparecía en la portada del *New York Times* al lado de un juez del Tribunal Supremo.

Después del fútbol llevaron a los niños a comer a Fascati, a la biblioteca a coger prestados varios libros y a continuación al parque de los Juguetes Rotos, donde rebuscaron entre bicicletas viejas. Aquella noche, Darley se durmió enroscada alrededor de Malcolm y apenas se enteró cuando este se levantó a las cuatro de la mañana para ir a terminar una presentación en la oficina antes de coger un avión a Río de Janeiro esa misma noche. Cuando saltó la alarma de Darley a las seis, cayó en la cuenta de que estaba exhausta. Tenía ganas de quedarse en la cama, le pesaba la cabeza y se notaba atontada, pero se obligó a levantarse, a hacer café y a preparar el almuerzo a los niños. Los despertó, les sacó ropa, les hizo el desayuno: tostada con aguacate para Poppy, de mantequilla de cacahuete para Hatcher, yogur de coco para Poppy, de fresa para Hatcher. Se puso unos vaqueros, una camiseta gris holgada y una gorra de béisbol, abrochó los cascos a los niños y medio caminó medio corrió por la acera mientras ellos montaban sus patinetes camino del colegio. Ya en la puerta, los dejó con el guarda de seguridad y aparcó los patinetes junto a la pared, donde docenas de Mini Micros de colores tapaban la fachada de piedra igual que decoraciones de una casita de pan de jengibre. Había muchos vecindarios en Brooklyn donde no se podía dejar un patinete fuera y sin candado durante seis horas, pero, en el pequeño enclave de los Heights donde vivía Darley, esta tenía la impresión de que podía perfectamente perder el monedero siete días seguidos y recuperarlo cada vez.

De vuelta en casa, trató de reunir fuerzas para ir al gimnasio, pero no se sentía bien. Le dolían los brazos y las piernas, le dolía el cuello, y solo caminar desde la puerta delantera hasta la cocina era como marchar por la nieve o hundida hasta la cintura en un barrizal. Se sentó en el sofá y debió de quedarse dormida, porque de pronto se despertó y tuvo que ir corriendo al baño a vomitar. Se tumbó en el suelo sin importarle que fuera el baño de los niños ni estar encima de una figurita llena de aristas de Buzz Lightyear, tampoco que la alfombrilla amarilla tuviera evidentes manchas de pis. Pasó la hora siguiente vomitando, mareada y febril. Cuando reunió fuerzas, se arrastró hasta su dormitorio, donde se quitó los vaqueros y acercó una papelera a la cama. A mediodía llamó a su madre.

—Darley, estoy saliendo de casa, ¿te puedo llamar luego? —contestó esta.

—Mamá, creo que tengo gripe estomacal. Malcolm está de viaje. ¿Puedes recoger a los niños del colegio?

—Vaya, tesoro. Vamos a ver cómo lo arreglamos. ¿A qué hora hay que ir?

—Salen a las tres menos cuarto.

—Muy bien, cariño, a las tres menos cuarto.

A las tres Darley estaba dormitando, sudando y pasando frío entre las sábanas húmedas, cuando oyó la puerta principal abrirse y cerrarse, oyó las mochilas caer al suelo en dos golpes secos, oyó los trinos, los gritos y el clamor que siempre parecían rodear a sus hijos. Con la tranquilidad de tenerlos ya en casa, volvió a quedarse dormida y soñó que estaba en una casa desconocida, cruzando una habitación tras otra, buscando a alguien, quien fuera. Se despertó y volvió a vomitar. El reloj decía que eran las siete y media. Cuando se estaba limpiando la boca con un pañuelo de papel y tratando de decidir si tenía fuerzas para ir al cuarto de baño a beber agua, llamaron con suavidad a la puerta.

—Pasa, mamá —dijo Darley con voz débil.

—Darley, soy Berta —dijo la voz vacilante de la empleada doméstica de su madre—. Lo siento, pero tengo que irme ya.

—¡Ah, Berta! —Darley se sentó en la cama olvidando que no llevaba pantalones—. Gracias por venir. ¿Dónde está mi madre?

—La señora Stockton ha tenido una crisis con uno de sus arreglos de mesa. Los nidos de pájaro que encargó para la cena de «Vuelos de la imaginación» tenían insectos y han estropeado los centros de frutas, pero no pasa nada. He dado de cenar a los niños pasta y brócoli, lo que pasa es que no quieren irse a la cama todavía.

—Muchas gracias, Berta.

Darley intentó ponerse de pie, pero le sobrevino otra oleada de náuseas.

—Lo siento, pero tengo que ir a casa a cuidar a mis nietos.

La hija de Berta era enfermera y a menudo tenía turnos hasta tarde y contaba con su madre para que la ayudara.

—Por supuesto, Berta. Llamaré a uno de mis hermanos. Muchas gracias por venir. ¿Te importa ponerles una película antes de irte?

Darley sabía que, si les ponían una película, sus hijos la dejarían tranquila durante al menos una hora y media. No podía enfrentarse a ellos, le preocupaba asustarlos (la obsesión que tenían con la muerte no ayudaba) o, lo que sería aún peor, contagiarlos.

Berta asintió con la cabeza y cerró la puerta con suavidad. Darley cerró los ojos. Georgiana trabajaba a la mañana siguiente. Cord y Sasha trabajaban a la mañana siguiente. Su madre…, en fin. Ya había demostrado lo que estaba dispuesta a hacer. Cogió el teléfono.

—¿Soon-ja?

—Darley, amor, ¿cómo estáis tú y los peques?

—No muy bien, Soon-ja. Creo que tengo gripe estomacal. Estoy vomitando y Malcolm se va a Brasil por un negocio que…

—Voy ahora mismo. Estoy cogiendo ya el coche. Llegaré a las nueve como tarde. Aguanta, amor, y no te preocupes de nada.

Darley se recostó en la almohada; el sonido de los personajes de dibujos animados cantando en voces agudas y siniestras se coló en sus sueños febriles de nidos de pájaro y palomas.

Cuando se despertó a la mañana siguiente, el sol se colaba ya por entre las persianas. Oyó a Soon-ja en la cocina preparando el desayuno. Tenía el estómago y la garganta doloridos, los ojos arenosos, y estaba segura de que olía peor que el hámster del colegio que se habían llevado de vacaciones de primavera. Pero se encontraba mejor. Hasta que le dio la vuelta al móvil en la mesilla y vio el mensaje de Malcolm: «Me han despedido».

4

Sasha

En cumpleaños y días festivos, ocasiones especiales en que fluía el vino, la familia hacía sobremesa y se dedicaba a rememorar, a contar historias de mal comportamiento y travesuras del pasado. Cord hablaba de la vez en que primero se emborrachó y a continuación se perdió por París con sus compañeros de instituto cuando se suponía que tenían que estar en el Louvre haciendo bocetos en un viaje escolar. Georgiana recordaba cómo se escapaban de noche del club en Florida. Disfrutaban de sus coqueteos con el comportamiento transgresor y reían a carcajadas a pesar de que todos se sabían de memoria esas historias contadas una y otra vez. A Sasha le encantaba oírlas, pero jamás contribuía con una suya. Sabía que no era buena idea. Comparadas con las historias de su familia, las aventuras más locas de los Stockton eran como pasar una noche bebiendo cerveza sin alcohol durante un campamento de matemáticas.

Lo cierto era que Sasha procedía de una familia de lo más salvaje. Sus primos tenían una pésima reputación en el pequeño pueblo costero a las afueras de Providence donde creció, y si la mayoría no tenía una larga lista de antecedentes penales se debía solo a que el tío de Sasha era jefe de policía. La mayoría de sus travesuras se saldaban con una mera amonestación o una advertencia. Pero los primos de Sasha se emborrachaban y robaban lanchas de recreo para dar una vuelta con ellas, pasaban noches enteras esnifando coca en barcos fondeados en la bahía, se colaban en bodas en las mansiones de Newport y aseguraban conducir mejor bebidos que sobrios, una afirmación que desmentían sus parachoques abollados y cercas rotas. Cord podía romperse un brazo esquiando; el primo de Sasha, Brandon, se lo rompía al caerse del balcón de un segundo piso borracho de Jameson mezclado con pastillas de cafeína. Era otro nivel de mal comportamiento. En personas ricas, estas andadas resultaban divertidas, pero Sasha sabía que cuando las hacía su familia parecían simplemente vulgares.

Después del desastre que supuso su fiesta de compromiso —su hermano mayor, Nate, terminó expulsado del Explorer's Club por intentar dar de comer una pierna de cordero al oso polar disecado—, Sasha obligó a su padre a leer la cartilla a toda la familia antes de la boda. Les recordó que su tío no era el jefe de la policía de Nueva York y que, por mucho que en Providence fueran libres de portarse como unos payasos y unos degenerados, estarían avergonzando a Sasha delante de su nueva familia si mostraban esa clase de comportamiento durante la boda. El sermón fue recibido con gran jovialidad por sus primos —nada les gustaba más que les recordaran sus escandalosas transgresiones pasadas— y en el convite de la boda se comportaron como auténticos lunáticos, desmantelando un arreglo floral para poder beber champán de un jarrón gigante.

A pesar del comportamiento de la familia (o, a decir verdad, en parte gracias a él), a Sasha le encantó su boda. Fue lujosa, fue elegante y lo bastante desenfrenada para que nadie pudiera olvidarla. El convite se hizo en la Down Town Association, un club privado en Pine Street fundado por J. P. Morgan solo para hombres banqueros. Cord almorzaba allí varias veces a la semana y Sasha y él habían asistido a catas de champán y conferencias por las tardes, en una ocasión incluso a una cena italiana con maridaje de vinos tan aburrida que Sasha terminó emborrachándose sin querer de barolo solo para sobrevivir. El club tenía tres plantas de glamour neoyorquino demodé, con techos azul cielo, pasamanos de madera oscura, una cámara humidificadora para cigarros y una enorme barbería de mármol detrás del aseo de caballeros donde se rodó la película de Jodie Foster *Plan oculto*.

Cord y Sasha se dieron de comer tarta mutuamente, Cord hizo girar a su encantada madre en la pista de baile (todas esas clases de cotillón que había recibido en su infancia sirvieron por fin para algo) y Sasha trató de no ser menos con su suegro, quien bailó con ella el vals al son de *Firework*, de Katy Perry. Malcolm y Darley se desmelenaron por una vez. Malcolm se ató la corbata alrededor de la frente igual que un personaje de *Desmadre a la americana* y cuando un amigo de la familia se confundió al salir del baño y sorprendió al compañero de habitación de Cord de la escuela de negocios metiendo mano a un primo de Sasha en la barbería, se echó a reír y le dijo a todo el mundo que era la mejor fiesta a la que había asistido en los últimos diez años.

Puesto que (rompiendo la tradición) la familia de Cord pagó la boda, Sasha insistió en costear la luna de miel. Encontró una oferta en internet para un complejo vacacional en islas Turcas y Caicos, un hotel en la playa en el que cada suite contaba con jacuzzi propio con vistas al mar. Se había hecho la ilusión de que quizá recibieran un tratamiento especial por estar de luna de miel, una subida de categoría o pétalos de rosas en la almohada, pero cuando el autobús del complejo los recogió en el aeropuerto enseguida comprendió que el lugar estaba lleno de parejas como ellos. Mientras planeaban su enlace, Cord había expresado su desdén por las «fábricas de bodas», quejándose de esos sitios que ofrecían un convite detrás de otro, celebraciones hechas en serie que tenían el encanto y la personalidad de una fiesta de fin de curso en un instituto de extrarradio. A Sasha le preocupó que le desagradara un lugar que era claramente una prolongación de esas fábricas, pero Cord hojeó encantado el folleto del hotel y enseguida se puso a planear partidos de tenis, paseos en bicicleta y reservas para cenar.

Aunque habían ido a tropecientas bodas, en realidad no habían viajado juntos demasiado y Sasha pronto se dio cuenta de que tenían ideas muy distintas de lo que significaba estar de vacaciones. Para Sasha, vacaciones equivalía a ponerse el traje de baño al amanecer, ir a la playa y moverse de ella solo para pedir una bebida fría o un aperitivo salado. Para Cord, al parecer, estar de vacaciones significaba no parar un momento, igual que una Roomba humana, pasando de una actividad a otra sin solución de continuidad. Reservó un barco para ir a Caicos Central y poder así patear unas cuevas oscuras y pegajosas llenas de murciélagos. Contrató un piloto para una ruidosa excursión en helicóptero sobrevolando la isla. Fueron en coche al famoso restaurante de buñuelos de marisco y engulleron los chiclosos fritos acompañados de botellas heladas de cerveza Turk's Head. El último día, Sasha le suplicó que la dejara quedarse tumbada en la playa y, mientras Cord se dedicaba a explorar el diminuto arrecife con gafas y tubo de bucear, se tumbó en la toalla caliente y no hizo absolutamente nada excepto tomar el sol hasta tener la cabeza por completo despejada.

Tenían dos botellas de champán enfriándose en la suite y la intención de bebérselas antes de irse. Después de tostarse en la playa hasta el anochecer, volvieron a la habitación, no sin antes pegarse un chapuzón en una de las seis piscinas que había por el camino. Estaban dándose el último remojón en una climatizada, un jacuzzi gigante en realidad, rodeado de buganvilla rosa chillón, cuando por entre las flores apareció otra pareja. Los saludaron con una inclinación de cabeza y se fueron al otro extremo de la piscina. Acababan de casarse (cómo no) y eran de Boston. Después de cinco días solos, Sasha y Cord tenían ganas de socializar y, para cuando oscureció, estaban pasándolo tan bien que invitaron a la otra pareja a su suite para tomar una copa. Se trasladaron del jacuzzi común gigante al más pequeño en la terraza cerrada de su dormitorio. Cord descorchó el champán con un cuchillo, un truco que había aprendido a hacer con un sable para las fiestas, y todos experimentaron el delicioso subidón que da beber vino espumoso con el estómago vacío y una ligera insolación. Hacia el final de la segunda botella, el tipo de Boston le quitó a su mujer la parte de arriba del biquini y la cosa se puso rara. ¿Cómo no se había dado cuenta Sasha de dónde se habían metido? Habían invitado a otra pareja borracha y medio desnuda a su suite de hotel sin ser conscientes de estar propiciando una fiesta sexual. Cord, que tenía un talento para manejar situaciones incómodas comparable al de un diplomático extranjero, se apresuró a mencionar que tenían reservas para cenar, dio un albornoz a la mujer en topless y los echó a los dos de allí. Ya solos, Sasha y Cord se tiraron al suelo de risa y juraron decir a los amigos que les preguntaran que habían sobrevivido a la luna de miel sin violar los votos matrimoniales y no darían más información.

Sasha entendía que Cord la quería, pero no la necesitaba, y eso era tal vez lo que más la atraía de él. Era comedido en sus manifestaciones de afecto —de acuerdo, le gustaba mucho el sexo y siempre era amable—, pero no decía «te quiero» cada vez que se despedían por teléfono, no le compraba flores ni regalos sin que hubiera una ocasión especial para ello, no le decía que era lo mejor que le había pasado en la vida. Y así era como Sasha quería que fueran las cosas. Después del dolor de su primer amor, no quería saber nada de gestos románticos. Había conocido la tumultuosa cara B de esa clase de pasión.

Sasha se había enamorado en el instituto. El chico se llamaba Jake Mullin, pero todos lo llamaban simplemente Mullin. Se conocían desde los once años, cuando los pusieron en el mismo programa para alumnos con talentos y capacidades especiales de su escuela pública, en un aula dentro de una caravana junto al aparcamiento. Mullin la ponía nerviosa y Sasha estuvo años evitándolo. Daba la impresión de que apenas cuidaban de él. Nunca llevaba abrigo e incluso en días nevados de invierno recordaba verlo en una esquina del patio con una camiseta negra de Metallica. Su familia vivía al otro lado del muelle, en una casa verde desconchada con verjas de hierro y, mientras la madre de Sasha le preparaba bolsas de almuerzo con corazones dibujados en servilletas y palomitas hechas en casa, Mullin nunca parecía llevar nada. Ni siquiera usaba mochila. Pasaron unos años antes de que Sasha cayera en la cuenta de que comía gratis después de hacer cola en la cafetería con una pequeña tarjeta plastificada en la mano.

Mullin sabía dibujar. Sasha nunca se había fijado, no había prestado atención, pero un día, cuando ya estaban en bachillerato, pasó junto a su mesa y vio un pájaro tan realista que dio un respingo. Sasha era capaz de dibujar casi igual de bien, pero ello se debía a que se lo tomaba en serio, pasaba todo su tiempo libre en el estudio del colegio, elegía optativas relacionadas con pintura o cerámica. Mullin en cambio podía pasarse una clase de lengua sombreando con cuidado las detalladas venas de una hoja y, cuando la hora tocaba a su fin, arrugar el folio y tirarlo a la papelera.

Empezaron a salir el verano anterior al penúltimo año. Alguien había descubierto un embalse en el pueblo de al lado, al final de un largo camino de tierra, justo antes de la autopista. La verja estaba cerrada, pero si aparcabas y caminabas diez minutos por senderos umbrosos llegabas a un lago espectacular en el centro del cual sobresalía una torre de piedra. Sasha y sus amigos pasaron todo el verano con una gran panda de chicos bebiendo cerveza y fumando hierba en la orilla, bañándose desnudos y saltando de la torre. Sasha no sabía muy bien cómo había empezado lo suyo con Mullin, pero a lo largo de dos calurosos meses fue cada vez más consciente de si él estaba en el agua o tumbado al sol en una roca y de querer estar donde estuviera él. El primer beso se lo dieron junto a la torre y metidos en el agua. Cuando Mullin se separó, rio y dijo: «Como no vayamos a la orilla, creo que me voy a ahogar».

Después de aquello, no se separaron. A los hermanos y primos de Sasha les encantaba Mullin. Trabajaba de jardinero y había ahorrado dinero para comprarse una lancha, una Boston Whaler. Los sacaba a navegar siempre que querían y llevaba una caja de cerveza Coors Light y bolsas de patatas fritas para que pudieran pasar días enteros anclados junto al banco de arena bebiendo y bañándose. El carácter sombrío que había mantenido a Sasha alejada de Mullin cuando eran más jóvenes se había disipado, y durante los dos últimos años de instituto fueron inseparables, los padres de Sasha incluso le permitían quedarse a dormir en su casa. Todos entendían de forma tácita que, en ocasiones, Mullin necesitaba alejarse de su familia. Su padre bebía y su hermano era cocainómano. Mullin compartía habitación con él y a veces llegaba a clase con aspecto exhausto y harto.

Mullin tenía menos que Sasha, pero era generosísimo. Siempre insistía en pagarlo todo, sándwiches, bebidas o gasolina cada vez que Sasha llenaba el depósito. Si iba a cenar a su casa le llevaba regalos a su madre: kilo y medio de carne de la carnicería, un paquete de maíz, una bolsa blanca con manzanas. Sasha sabía que era inusual que sus padres dejaran a su novio dormir en casa, de manera que trataba de ser merecedora de su amabilidad y nunca mantenían relaciones sexuales allí, se limitaban al asiento trasero del coche, el barco, la playa de noche.

Cuando Sasha ingresó en Bellas Artes, Mullin la llevó a cenar para celebrarlo. Fueron a la mejor de las dos pizzerías que había en el pueblo y, puesto que el padre de Mullin era amigo de la camarera, esta les sirvió a hurtadillas dos gruesas copas llenas de un vino tinto pegajoso. Sasha se iba a estudiar en Copper Union, en Nueva York, la mejor escuela de arte del país, famosa por ser gratuita. Mullin no había solicitado plaza en Bellas Artes. No le interesaba ni dibujar ni pintar; eran cosas que solo hacía cuando se aburría. En lugar de ello, en otoño iría a la Universidad de Rhode Island. Viviría en casa e iría y vendría todos los días, conservaría su trabajo en la empresa de jardinería. No había solicitado plaza en ningún otro sitio.

Al llegar el verano y conforme la marcha de Sasha a Nueva York se hacía inminente, Mullin empezó a estar cada vez más irritable con ella. Una noche fueron al cine y Sasha se encontró con un chico de su clase de francés trabajando en el bar. Pidió palomitas y él contestó en francés que las palomitas eran asquerosas y que llevaban días dentro del cristal. Sasha rio y aun así las cogió. Mullin se pasó toda la película callado y cuando terminó volvió al coche sin decir palabra. En el camino de vuelta no abrió la boca hasta que, cuando faltaban unos ocho kilómetros para llegar a casa de Sasha, le exigió que parara el coche. A continuación le gritó por coquetear con otra persona delante de él y dio un puñetazo a la guantera. Se bajó del vehículo y echó a andar por la carretera. Sasha estuvo siguiéndolo un rato pero al final se rindió y se fue. Dos días después, fue a verla tarde por la noche, llorando, y Sasha lo perdonó.

Lo mismo ocurrió cuando fue a visitarla durante su primer año de universidad. Un chico de su residencia se detuvo a saludar a Sasha y Mullin se volvió loco y la acusó de estar engañándolo. Dio un puñetazo a la pared de su cuarto de baño, rompiendo un azulejo y llenando el suelo de sangre. Se fue y un par de días después empezó a llamarla para disculparse. La llamaba una y otra vez hasta que Sasha tuvo que silenciar el teléfono. Entonces Mullin fue a la casa de la familia de Sasha y estuvo hablando con el hermano pequeño de esta, Olly, quien al día siguiente la llamó llorando. Toda su familia estaba de parte de Mullin. «Ya sabes que tiene una vida familiar muy jodida —decían—. Te quiere y lo has abandonado».

El fin de semana siguiente Mullin se presentó en el colegio mayor de Sasha y, cuando esta rompió con él, se negó a aceptarlo. Estaba decidido a recuperarla. Le mandaba regalos por correo, le enviaba flores, le compró un anillo de compromiso de diamantes que Sasha sabía que no se podía permitir. Sasha quería terminar con él, quería espacio para pasar página, hacer amigos y empezar una nueva vida, pero no podía. Quería a Mullin a pesar de todo y además sabía que ella era lo único que tenía. Cuando lo imaginaba durmiendo en su cuarto, con el hermano despierto y poniendo música a todo volumen, su padre borracho y tropezando con los muebles, se le rompía el corazón. Ella se había ido y él no tenía adonde ir. Aquel verano lo pasaron discutiendo y reconciliándose, a Mullin le daban ataques de celos y a continuación lo consumían los remordimientos. Los amigos de Sasha llegaron a odiarlo, su madre decidió que lo mejor sería que rompiera con él para siempre, sus hermanos y primos en cambio estaban más decididos que la propia Sasha a que la relación funcionara. Cuando Mullin pegó a un chico por hablar con Sasha en una fiesta y esta terminó envuelta en el altercado, tuvo que comparecer ante un comité disciplinario de Cooper Union y se prohibió a Mullin la entrada en el campus. Para Sasha aquello fue la última gota. Estaba haciendo algo que le gustaba, iba a graduarse sin tener que pagar un crédito estudiantil y Mullin iba a echarlo todo a perder. Su corazón se endureció. Se había terminado.

Su familia no se lo perdonaba. Seguían viendo mucho a Mullin, seguían saliendo en su barco, tomando cervezas con él en el embalse y el banco de arena. Cada vez que Sasha iba a casa por vacaciones, sus hermanos le dejaban bien claro que habían quedado con Mullin a cenar en Bluffview, o a tomar copas en el Cap Club. Cuando dos años después llevó un novio a casa, lo trataron con frialdad y, como llevaba el pelo por debajo de las orejas, lo llamaron «hippy» a la cara. Cuando el chico rompió con Sasha unas semanas después, esta no lo culpó. ¿Quién querría tener nada que ver con una familia como la suya?

Diez años después, Sasha aún veía a Mullin siempre que iba a visitar a sus padres. Seguía siendo amiguísimo de sus hermanos, seguía yendo a su casa a ver la Super Bowl, seguía sacándolos en su barco, que ahora era más grande y mejor. Ahora tenía su propio negocio de jardinería, le iban bien las cosas, pero, en lugar de pasar página, continuaba aferrado a la familia de Sasha como si fuera la suya propia. Sasha no sabía si su padre seguía viviendo en la casa verde desconchada. Se cuidaba mucho de preguntarlo. Mullin había cambiado para siempre su relación con sus hermanos, pero también su idea del amor. Había visto lo que hace la pasión devoradora, lo que significa navegar las corrientes alternas de la adoración y la ira, y no lo quería. Quería alguien estable, alguien sin complicaciones, que la quisiera, pero no tanto como para desaparecer en ese amor.

5
Georgiana

Georgiana era consciente de que entre los millennials y sus psicoterapeutas, sus contemporáneos habían aprendido a culpar a sus padres de toda clase de problemas en la vida, pero, en lo referido a su lamentable historial de citas, era cierto que sus padres tenían mucha responsabilidad. La mandaron a un colegio privado al lado de casa, donde todos lo sabían todo de todos y eran amigos desde los cuatro años, de modo que para cuando alcanzaban la pubertad eran prácticamente hermanos y la idea de salir en pareja parecía directamente una perversión. Hasta los veinte años estuvo yendo a un campamento de verano solo para chicas donde todas eructaban y se dejaban crecer el vello de las piernas. La obligaron a dar clases de baile a los doce años con chicos que se ponían guantes blancos, y su pareja asignada, Matt Stevens, seguía el ritmo a base de espirar exageradamente por la nariz en la cara de Georgiana. No era de extrañar que hubiera llegado a la universidad siendo virgen, un hecho tan humillante que mintió al respecto a todo el mundo, incluido su novio de primer año, Cody Hunter, quien la desfloró alegre e inconscientemente en una cama individual extra larga que olía a desodorante Axe y a hombreras de lacrosse.

Tenía muchos amigos chicos, pero, cada vez que le interesaba alguno, lo evitaba para no verse obligada a enfrentarse a su rubor y a su torpeza social. Esto significaba que, a la edad de veintiséis años, había tenido un total de tres novios, dos parejas sexuales y la desenvoltura de un renacuajo en cuestiones románticas.

Por mucha importancia que quisiera dar a su gran conversación con Brady durante aquel almuerzo, se sentía incapaz de volver a propiciar la situación. Cuando lo veía por los pasillos sonreía y le decía hola, pero siempre daba la impresión de que uno de los dos estaba con un colega o de camino a una reunión a punto de empezar. Coincidieron varias veces más a la hora del almuerzo, pero siempre había más gente en la mesa picoteando de contenedores de plástico con comida tailandesa o una ensalada.

Lena y Kristin eran infinitamente indulgentes, siempre dispuestas a comentar hasta la más mínima interacción e interpretarla en busca de significados, pero incluso ellas coincidían en que, si Georgiana quería convertir a Brady en su cuarto novio/tercera pareja sexual, iba a tener que encontrar la manera de volver a hablar con él. Luego resultó que el propio Brady tomó la iniciativa.

Georgiana jugaba un partido de tenis todos los lunes por la noche, de manera que aquella tarde se puso una falda y una camiseta en el baño del segundo piso de la oficina, el que estaba empapelado con mapas de Laos y Camboya, se colgó la raqueta al hombro y bajó la escalera de espiral. Dejó atrás los buzones y la recepción y salió a la cálida tarde. Cuando se disponía a cruzar Montague, oyó una voz a su espalda y se giró.

—Eh, Georgiana, espera. —Era Brady.

—Ah, hola. ¿Qué tal? —Georgiana sonrió y el corazón de inmediato empezó a saltarle en el pecho igual que un pez.

—¿Vas a las pistas de tenis?

—Sí. Tengo un partido a las seis.

—Ah, genial. Yo también voy para allá.

Brady sonrió. Se encendió la señal luminosa de los peatones y cruzaron juntos en compañía de una marea de corredores, ciclistas, oficinistas con portátiles y madres empujando cochecitos de niño.

—¿Con quién juegas? —preguntó Brady.

—Ah, pues hoy contra una chica que se llama June Lin. Es un rollo, porque se supone que los partidos son entre jugadores de nivel 5.5, pero ella es un 5.0. No es nada buena, pero cada vez que jugamos me irrito y termino intentando obligarla a correr y entonces me vuelvo descuidada.

—Así que estás perdiendo nivel por rebajarte al suyo, ¿no?

—A ver, no quiero presumir, pero es que hay otro circuito para los de nivel 5.0. No entiendo por qué está tan empeñada en perder.

—O sea, que siempre la ganas.

—¡Pues no, porque pierdo la paciencia y la cago! —Georgiana rio.

—Entonces igual es que ella simplemente se deja llevar. Como no hace más que ganar a todos esos jugadores de 5.5, se cree que ella también lo es —dijo Brady haciéndose el ingenuo.

—Pues eso es exactamente lo que está pasando. ¡Es un círculo vicioso!

—Una cosa te voy a decir, Georgiana. Pareces simpática, pero en el fondo eres una fiera competitiva. Iba a preguntarte si querías que jugáramos alguna vez, pero ahora ya no lo tengo tan claro —bromeó Brady.

Una ligera brisa le alborotaba el pelo y se había arremangado la camisa. De pronto Georgiana fue consciente de lo cerca que estaban, de la facilidad con que cada uno había amoldado su paso al del otro, de que se le había puesto carne de gallina en las piernas desnudas. Ahuyentó el pensamiento para no ponerse roja fosforito y estropearlo todo.

—Me encantaría jugar contigo. Lo hacemos cuando quieras —dijo.

—Genial. ¿Estás libre mañana por la tarde? ¿O dos noches seguidas es demasiado tenis para ti?

—Los 5.5 podemos con eso y más. Pero no te lo voy a poner fácil, te lo advierto. Y como no seas por lo menos un 5.0, luego te lo voy a restregar muchísimo —le advirtió.

—No esperaba menos. Y, para que lo sepas... —Brady la miró con la cabeza ladeada y los ojos entornados—, para mí eres un diez.

Y con eso se dio media vuelta y volvió por donde había venido y a Georgiana le dieron cuarenta y siete ataques al corazón. Era la mayor cursilería y lo más bonito que le había dicho jamás un hombre y de inmediato sacó el teléfono para escribir a Lena y a Kristin. Habían estado esperando en la orilla, escudriñando el mar en busca de indicios de esperanza y por fin el barco arribaba a puerto.

La tarde siguiente quedaron en la escalera delantera de la mansión y caminaron juntos hasta Atlantic Avenue. Brady llevaba pantalones cortos de deporte con una pequeña etiqueta color claro aún pegada a la pierna y su bolsa de tenis parecía sin estrenar. Calentaron cerca de la red con voleas cortas, pasándose la pelota. Georgiana observó que Brady estaba cómodo sujetando la raqueta, tenía una bonita pegada y se movía con la desenvoltura de un atleta bien entrenado. Retrocedieron hasta la línea de saque y pelotearon. Brady era fuerte —a Georgiana siempre le había gustado jugar contra hombres— y se tiraron bolas cruzadas que botaban limpiamente siempre en el mismo sitio. Cuando empezaron el partido, Georgiana se dio cuenta de que era mucho mejor que él, pero que resultaba un contrincante divertido. Jugaba rápido y duro pero, en ocasiones, daba un golpe tan rematadamente fuera que tenían que ir a buscar la pelota a las pistas contiguas entre gritos de disculpa y risas. Jugaron durante una hora hasta que sonó el silbato que señalaba el final de su sesión y la siguiente pareja entró en la pista y se puso a estirar con grandes aspavientos, reacia a perderse siquiera un segundo de su tiempo asignado. Los jugadores de tenis siempre tan intensos.

Georgiana y Brady empezaron a jugar una vez a la semana, por lo general los martes. En el trabajo mantenían una distancia profesional, intercambiaban discretas inclinaciones de cabeza y sonrisas cuando se cruzaban por los pasillos y se sentaban en extremos opuestos de la mesa para comer. Pero durante los paseos a y de las pistas de tenis hablaban. Conversaban sobre el espíritu viajero de Brady; sobre el año que pasó en el Cuerpo de Paz, destacado en Uganda; sobre la vez que asistió a una boda allí y mataron una cabra y le ofrecieron el primer bocado a pesar de que acababa de conocer a los novios y de que la idea de comer cabra le revolvía el estómago. Sus padres eran cooperantes y Brady había crecido viajando con ellos; para cuando cumplió los diez años tenía el pasaporte lleno de sellos. Georgiana le habló de un safari que había hecho de niña en el que su abuela se aburrió tanto que se pasó el viaje leyendo una novela en la parte trasera del jeep y bebiendo ginebra de una petaca; de cuando su hermano escaló el Kilimanjaro con un compañero de la universidad y terminó tan enfermo que adelgazó siete kilos. (Cord los recuperó enseguida con una dieta a base de nachos de maíz y salsa). Con cada historia que intercambiaban, Georgiana se iba haciendo horriblemente consciente de las diferencias en sus vidas. Mientras que Brady había corrido grandes aventuras, había conocido una parte importante del ancho mundo, ella había vivido entre algodones como una niña rica y, de haberse visto obligada, habría tenido que admitir que sus mayores aventuras habían sido ir a un campamento de verano que costaba doce mil dólares y viajes universitarios al Caribe o a México que habían pasado en una bruma de mezcal y cerveza.

Cuando Brady se marchó dos semanas a un congreso sobre malaria en Seattle, los días de Georgiana se volvieron tediosos. Ni rastro del burbujeo de expectación cuando recorría Hicks Street cada mañana camino del trabajo, ávida de espiarlo junto a la impresora o los buzones de correo. Ni rastro del agradable pavoneo que sentía al devolverle la pelota, sabiendo que durante una hora lo tendría frente a ella, esperando a que dictase su próximo movimiento. Tenía la impresión de que su vida estaba en pausa y catorce días le parecían una eternidad.

Para pasar el rato, quedó a cenar con su hermano en el Ale House de Henry Street una noche después del trabajo. En los últimos tiempos no se había visto demasiado a solas con él, de manera que se sentaron en una mesa del fondo y pidieron pintas de Sour Monkey, hamburguesas con patatas fritas y una ración de calamares rebozados. Para gran horror de su madre, tanto Georgiana como Cord eran dos trituradores de residuos, comían cualquier cosa que les pusieran delante. Cuando Georgiana tenía once años y Cord volvía a casa por vacaciones desde la universidad, hacían concursos para ver cuál de los dos era capaz de comer más tiras de pollo o perritos calientes. Era asqueroso, pero les encantaba y su común entusiasmo por la comida basura era un vínculo entre ambos.

—No hemos hablado nada de tu luna de miel. ¿Qué tal estuvo? —preguntó Georgiana—. Y, por favor, no me cuentes cuántos polvos echaste.

—Bueno, fueron muchos —asintió Cord muy serio—. La mayoría en la postura del perrito.

—Cállate. —Georgiana puso los ojos en blanco.

—En serio, estuvo genial. Turcos es preciosa, hicimos mucho senderismo, nadamos y buceamos, nos dimos masajes e hicimos todas las cosas románticas.

—Suena a episodio de *The Bachelor*. Qué guay.

—Era lo más cursi que te puedas imaginar. Todos los huéspedes del hotel estaban de luna de miel. Eran todo parejas, pétalos de rosa y gente de la mano y dándose mutuamente fresas y champán.

—Nunca pensé que ese fuera tu estilo, pero oye.

—¿Qué pasa? ¿Estás celosa porque no tienes a nadie con quien darte un masaje en pareja?

Llegó la camarera con el plato de calamares y Georgiana se puso a exprimir limón sobre el crujiente revoltijo.

—En primer lugar, lo de los masajes en pareja es bastante raro. Yo creo que se han inventado para que personas que se odian puedan hacer algo romántico sin necesidad de hablar.

—Buena interpretación, sí señora.

—Y, en segundo lugar, igual sí tengo a alguien.

—Huy, qué emoción. ¿Lo conozco?

—Qué va. Es un chico del trabajo.

—Eso puede ser complicado. ¿Lo saben en la oficina?

—Para nada. Estamos siendo discretos.

—Bien hecho. Yo me acosté una vez con mi superior y ahora en el trabajo no se habla de otra cosa.

—Cord, tu superior es papá.

Cord rio y cogió uno de los trozos grandes de calamar con

sus tentáculos llenos de puntillas y se lo metió en la boca. Era el mejor hermano del mundo, dispuesto siempre a darle a Georgiana valiosos consejos de vida y también a comerse las partes del calamar que daban miedo.

Sin Brady en la oficina, Georgiana estuvo increíblemente productiva. Escribió textos para la memoria anual, seleccionó fotografías, almorzó en tiempo récord y se dedicó a corregir sus propios textos mientras sus colegas hablaban animada y disuasoriamente de la construcción de nuevas letrinas en Mali.

El domingo de la segunda semana de ausencia de Brady, Georgiana estaba resacosa (el novio de Lena había organizado una cata de whisky de malta), pero se levantó de la cama para reunirse con su madre en el club de tenis, el Casino. Tenían pista reservada a las once y después irían a comer al apartamento. En cuanto empezaron a jugar, Georgiana notó toda la práctica añadida. No solo había duplicado sus horas de tenis semanales, también había empezado a salir a correr con mayor frecuencia, deseosa de mantenerse veloz en la pista.

—Georgiana, has adelgazado —dijo su madre con aprobación. Siempre era la primera en darse cuenta de cualquier fluctuación, aunque fuera infinitesimal, en la silueta de Georgiana—. ¿Tienes novio nuevo?

A Georgiana la sorprendió la pregunta de su madre. Rara vez hablaban de su vida amorosa y, cuando lo hacían, su madre solía referirse a los hombres con que salía Georgiana como «amigos» sin apenas rastro de humor.

—Bueno, he estado jugando al tenis con un chico —confesó con las mejillas, ya rosas por el esfuerzo, más rosas aún.

—Qué bien. No olvides dejarle ganar alguna vez, cariño.

Típico de mamá, Georgiana rio para sus adentros. Ella

nunca dejaría ganar a alguien voluntariamente, ni aunque ese alguien tuviera una pierna rota. Cuando Cord se estaba preparando para subir al Kilimanjaro le habían puesto seis vacunas en un brazo y casi no podía empuñar la raqueta, y, aun así, Georgiana se esforzó al máximo en la pista y le dio una soberana paliza. La competición era el lenguaje afectivo de la familia.

A mediodía volvieron caminando a Orange Street, donde el padre de Georgiana estaba sentado a su mesa con un montón de periódicos y Cord y Sasha sacaban bagels y salmón ahumado de bolsas y los colocaban en la mesa de la cocina.

—¡Ay, Dios mío! ¡Bagels de Russ and Daughters! —exclamó Georgiana y metió la mano en la bolsa para sacar uno con semillas de amapola.

—Ponlo en un plato, cariño, así te sabrá mejor —la reprendió su madre mientras Cord reía.

Sasha disponía con cuidado cubiertos y servilletas en la mesa como si Kate Middleton o el reparto al completo de *Queer Eye* estuvieran a punto de venir a juzgar su trabajo. Georgiana deseó que Sasha no estuviera. Resultaba agotador pasar tiempo con alguien que siempre se está esforzando.

Mientras comían, Sasha abordó su tema de conversación preferido: qué recuerdos familiares de los Stockton podía tirar a la basura.

—Georgiana, sé que no tienes mucho sitio en tu apartamento, pero he pensado que igual podías llevarte tus trofeos de tenis. Y también hay un animal de madera que creo que hiciste tú. Uno con la cola que sube y baja. ¿Lo quieres? —preguntó con voz esperanzada, mientras untaba con cuidado una finísima capa de queso crema en un bagel normal.

El animal en cuestión era un castor y fuente de gran e íntima vergüenza para Georgiana. Cuando estaba en sexto curso, habían tenido carpintería como asignatura en el colegio y les habían pedido que eligieran un proyecto. Una niña hizo un juego en el que un balancín impulsaba una bola ensartada en una cuerda por dentro de un aro. Otra hizo una base para una lámpara que se encendía y apagaba mediante un sistema de poleas. Georgiana encontró unas instrucciones para hacer un castor de veinticinco centímetros montado sobre cuatro ruedas desiguales, lo que provocaba que su cola ancha y plana subiera y bajara. Pasó semanas trabajando, lijando las ruedas y barnizándolas, haciendo un dibujo de líneas cruzadas en la cola. Hasta que no enseñaron todos sus proyectos, nadie se dio cuenta de cuál era el suyo.

¿Has hecho un castor, Georgiana? Sabes lo que significa castor, ¿no? ¡Has hecho un «felpudo»!* Las risas fueron infinitas. Georgiana era una chica de lo más formal, jamás había hablado de su vulva y mucho menos aprendido jerga para referirse a ella. Pero todos los demás parecieron entender el chiste y la anécdota fue el momento estelar del curso para casi toda la clase y cimentó la reputación de Georgiana como totalmente asexual. Cada vez que veía el castor, sentía una punzada de humillación. Sabía que no debería importarle a aquellas alturas, pero con el tiempo el animal había pasado a simbolizar sus fracasos románticos y su profunda falta de madurez.

—Iré a echar un vistazo, pero la verdad es que no tengo demasiado sitio —dijo a modo de evasiva.

No estaba segura de la razón, pero no podía soportar la idea de que Sasha se deshiciera del estúpido castor. Había dedicado tres semanas a hacerlo y tirarlo a la basura no le parecía bien. Y estaba secretamente orgullosa de sus trofeos de tenis, aunque fueran del instituto y la universidad.

Cuando terminaron de comer, después de que Georgiana

---

* En inglés, *beaver* es, además de castor, una manera vulgar de referirse al vello púbico femenino. *(N. de la T.)*.

diera a su padre un beso de hola y adiós y accediera a acompañar a su madre a un almuerzo filantrópico en el University Club la semana siguiente, acompañó a Cord y a Sasha a su casa. Sasha le dio una bolsa nueva de Fresh Direct para guardar sus cosas y Georgiana subió a su dormitorio de infancia. Se puso a admirar los trofeos que llenaban las estanterías y entonces cayó en la cuenta de que allí había muchas más cosas. Tenía libros y álbumes de fotos, un platito de cristal de Tiffany donde solía dejar sus pendientes, una lata con pétalos de rosa secos del funeral de su abuela, un cajón lleno de barras de pegamento viejas y frascos de esmalte de uñas seco. Hizo una selección, dejó la basura y metió en la bolsa aquellas cosas que le ponía nerviosa que Sasha tirara. Alguien había cambiado su cobertor de estampado de caléndulas preferido por un edredón blanco liso, lo que daba al cuarto aspecto de anodina habitación de hotel. Encontró la colcha de flores doblada en el último cajón de la cómoda y la extendió sobre la cama, el lugar que le correspondía. Cuando terminó cayó en la cuenta de que el castor seguía encima de la mesa. Lo cierto era que no lo quería en su apartamento. Asomó la cabeza al pasillo y miró si había alguien. Cord y Sasha estaba en la cocina haciendo café, así que lo encajó al fondo del armario.

En una ocasión Georgiana se había despertado en una cama con una pareja desnuda. Era su último año de universidad y había viajado hasta Amherst a visitar a Kristin. Fueron a un restaurante chino e hicieron carreras bebiendo cócteles escorpión: pidieron dos cubas de ponche rojo, se dividieron en equipos y bebieron en pajitas intentando ser más rápidas que la contrincante. Después fueron a un bar donde Georgiana no conocía a nadie pero se lo pasó de maravilla bebiendo cubos de Bud Light y jugando a «Yo nunca», algo que se le daba muy bien, pues no había hecho grandes cosas en la vida. De ahí volvieron al apartamento de Kristin y a Georgiana le asignaron la cama de una chica que estaba visitando a sus padres en Boston, pero, cuando se levantó a hacer pis en mitad de la noche, se desorientó en la oscuridad y se metió en la cama que no era, la cama en la que Kristin y su ligue de último curso dormían como troncos. Se despertaron seis horas más tarde con una resaca monumental y se dieron cuenta de que Georgiana estaba en la cama que no era y que aunque ella llevaba una camiseta azul marino que decía HENRY STREET TENNIS y unos leggins, los otros dos ocupantes estaban completamente en cueros. Por suerte, lo ocurrido les pareció divertidísimo y se lo contaron a todo el mundo en el comedor durante el brunch, en el que Georgiana comió cuatro gofres antes de darse cuenta de que seguía borracha y necesitaba dormir la mona para poder coger el coche y volver a Brown.

Desde entonces hasta hoy, aquel había sido el tercer pene que había visto Georgiana, exceptuando los de los finales de *Boogie Nights* y *Juego de lágrimas*. (Las películas no contaban. Tampoco el porno, claro que Georgiana no lo veía. Le daba miedo que le entrara un virus en el teléfono).

Georgiana quería despertarse al lado de Brady. Quería desayunar gofres con Brady. Desde luego quería ver a Brady desnudo. Cuando este volvió de su viaje de dos semanas, retomaron su partido de tenis de los martes. Brady tenía el pelo algo más largo y se le había puesto moreno el puente de la nariz. Georgiana le dijo en broma que les había mentido a todos y en realidad había estado de vacaciones en la playa y no en salas de reuniones gubernamentales. Nadie tenía tan buen aspecto después de debatir sobre la malaria y cruzar el país volando en clase turista.

Después de jugar durante una hora, ambos estaban sudorosos y sedientos. Era una noche cálida y Georgiana dio un largo trago de su botella de agua mientras Brady cambiaba la cinta de agarre de la empuñadura de su raqueta.

—¿Me has puesto los cuernos mientras estaba fuera? —bromeó Brady—. He visto ese revés que haces con efecto cortado. ¿Con quién has estado jugando?

—¿Te has fijado? Por fin he averiguado lo que estaba haciendo mal. Estaba jugando con mi madre el fin de semana y de pronto me di cuenta.

Georgiana guardó la botella de agua en la bolsa y se soltó la coleta del pelo.

—Me encanta que juegues con tu madre —dijo Brady y al momento Georgiana se sintió como una niña de doce años.

—Casi ha cumplido los setenta, así que no le doy mucha caña. Por cierto, me dijo que debería dejarte ganar.

—¿Hablas de mí con tu madre? —preguntó Brady arrimando su hombro al de ella en un gesto amistoso.

—¡Quiso saber con quién estaba jugando al tenis! —contestó Georgiana simulando ponerse a la defensiva—. Tampoco le dije que somos amantes ni nada parecido.

—O sea, ¿que eso soy? ¿Alguien con quien juegas al tenis?

La tocó de nuevo con el hombro pero esta vez no se separó, siguieron muy juntos, con el brazo de Brady en el costado de Georgiana.

—De momento.

Georgiana se pegó a él y notó la cercanía en cada centímetro de su cuerpo. Brady buscó su cara y le sujetó un mechón de pelo detrás de la oreja. Georgiana levantó el mentón y Brady la besó con labios suaves y cálidos. Se miraron y rompieron a reír. Georgiana estaba mareada de felicidad.

—Vamos.

Brady sonrió, guardó la cinta en su bolsa y cerró la cremallera de esta. Georgiana cogió sus cosas y juntos salieron de las pistas fingiendo que no había pasado nada y al mismo tiempo conscientes de que todo había cambiado.

La semana siguiente hicieron planes para jugar después del trabajo y, puesto que las pistas estaban a diez minutos andando del apartamento de Georgiana, esta hizo limpieza con antelación y metió una botella de vino y un pack de cervezas en la nevera. Por la mañana se hidrató con cuidado los brazos y las piernas, se lavó el pelo a pesar de que se le iba a empapar de sudor y estuvo diez minutos de reloj eligiendo la ropa interior. Las bragas blancas de algodón obviamente no eran sexis, pero no le parecía posible jugar al tenis con un tanga de encaje, de manera que se decidió por una braguita ligera rosa que al menos era lo bastante pequeña para resultar atractiva.

Aquella tarde Georgiana jugó de pena, estaba demasiado nerviosa por lo que podía ocurrir después del partido, pero Brady jugó todavía peor. Puesto que las pistas estaban junto al East River, las pelotas que se iban fuera terminaban en el agua, y, aunque empezaron con seis, cuando terminaron solo tenían cuatro bolas. Parecían dos inútiles y Georgiana estuvo segura de que la gente estaba pensando que ella era una 3.5, algo que le habría resultado humillante de no estar tan ocupada pensando cómo le marcaba a Brady el torso la camiseta que llevaba.

Al terminar se sonrieron, colorados e incómodos mientras intercambiaban las frases de rigor.

—Mi apartamento está aquí al lado, ¿te apetece venir a tomar una cerveza o una copa?

—Sí, claro, me encantaría.

Mientras caminaban apenas hablaron y cuando Georgiana

abrió la puerta de su casa contuvo la respiración, temiendo de repente que Brady cambiara de opinión o haber dejado algo como un gigantesco oso de peluche encima de la cama. Después de cerrar la puerta, ni siquiera simularon querer una copa. Brady la besó y Georgiana le devolvió los besos. Se descalzaron, se sacaron las camisetas por la cabeza y fueron directos a la cama, enredados, sudorosos y sin dejar de reír, y cuando terminaron Brady se tumbó de espaldas mirando al techo con una sonrisa bobalicona en los labios.

—¿Has oído eso de que se puede saber si alguien es bueno en la cama por cómo baila o hace deporte? —preguntó Georgiana—. Bueno, pues la gran noticia es que a ti se te da mucho mejor el sexo que el tenis.

—Uf, gracias a Dios —rio Brady—. Me parece que no quiero saber cuál es el equivalente sexual de mandar dos pelotas de tenis al río.

—Creo que sería romper un hueso o un mueble.

—A ver, lo de romper un mueble no me importa. Estoy seguro de que muchos sexólogos prominentes han roto la cama alguna vez.

—Me parece que un sexólogo es alguien que estudia el sexo, no alguien a quien se le da bien practicarlo.

—¿Te crees que lo aprenden todo de los libros? Yo creo que no. Seguramente necesitan mucho trabajo de campo para sacarse la licencia para ejercer. Igual que un peluquero necesita cortar el pelo mientras está estudiando.

—¿Qué sería más peligroso, entonces? ¿Acostarte con un estudiante de sexología o dejar que un estudiante de peluquería te corte el pelo?

—Yo elegiría el corte de pelo —dijo Brady—. No soy vanidoso, pero miro mucho con quién me acuesto.

—Yo también —dijo Georgiana muy seria.

Sentía que quizá era el momento de confesar lo inexperta que era, los escasos novios que había tenido, lo poco que sabía de todo aquello, pero en el último momento se mordió la lengua. Todo iba muy bien, ¿para qué estropearlo reconociendo algo así? Se sentía muy feliz.

Aunque siguieron guardando las distancias en el trabajo, enseguida establecieron una rutina fuera de él: cada martes quedaban para un partido de tenis seguido de sexo y los fines de semana para sexo sin tenis previo. No solo se acostaban, a veces salían a correr por Brooklyn Bridge Park, por los alrededores de los muelles y hasta Red Hook, desde donde la estatua de la Libertad parecía estar imposiblemente cerca, donde había remolcadoras amarradas a los embarcaderos y donde había almacenes con las puertas abiertas y si se asomaban veían a vidrieros, soladores y artistas trabajando. Jugaban al baloncesto en las canchas del Muelle 2, donde chicos adolescentes ponían música a todo volumen mientras esperaban su turno, escupían y se recostaban en la pared de cemento. Después volvían al apartamento de Georgiana, se duchaban —o no— y se metían en la cama ávidos y agotados.

En ocasiones daba la impresión de que la fuerte fisicidad de su relación estaba ligada a lo intenso de la conexión que sentían. Eran dos cuerpos a los que encantaba sentirse vivos. No solo eran bocas y manos y pechos, también cuádriceps, flexores de cadera y bíceps, eran músculos que hay que estirar, a los que aplicar hielo, y el sudor era parte de todo lo que hacían. Georgiana se sentía más ella que nunca cuando se movía y se daba cuenta de que a Brady le ocurría lo mismo. Cuando estaba corriendo, nunca le preocupaba quién la veía o qué decir; las mariposas y los nudos en el estómago eran reemplazados por la agradable quemazón en los pulmones y las piernas, por la certeza de que solo tenía que preocuparse de moverse, de seguir adelante, de concentrarse por completo en ese momento.

Brady no parecía interesado de momento en conocer a sus amigos o a su familia y Georgiana no insistió en conocer a los suyos. En el trabajo era lógico mantener la relación en secreto, al tener él un puesto de mucha más categoría y ser diez años mayor, y quizá eso avivó todavía más la chispa, saber que existían juntos en un lugar al margen de la vida normal. Georgiana no necesitaba ser su novia; no necesitaba hacer valer ese derecho porque sabía con total seguridad que todo lo que sentía por Brady era recíproco, y que, aunque lo llamaran amistad, él seguiría mirándola de una manera que le hacía sentirse acalorada y eléctrica. Eran amigos y algo más, y para Georgiana ese algo más era poder acostarse con alguien de quien estaba enamorada hasta el tuétano.

6
Darley

A Darley le gustaba pensar que era una persona de trato fácil. Pasaba por alto las faltas de pie en tenis, jamás devolvía un plato en un restaurante e incluso sonreía y apretaba los dientes cada vez que Malcolm se tumbaba en el sofá llevando puesta la misma ropa llena de gérmenes del avión. Había una cosa, sin embargo, que la irritaba a más no poder. Que las madres blancas en el parque, las señoras mayores que jugaban al squash en el club e incluso —lo que era peor aún— una prima lejana dijeran: «Qué monos son los bebés medio coreanos!» o «¡Me encantaría tener un bebé medio coreano!» o «¡Qué suerte tienen sus hijos de ser tan exóticos!». Cuando oía esas cosas se le hinchaba una vena de la sien. Que pensaran que Poppy y Hatcher eran diferentes del resto de los niños que veían aquellas mujeres, o los consideraran «exóticos», como lichis importados de los trópicos, la ponía furiosa.

Para Darley aquello era un doloroso recordatorio de lo blanco que había sido siempre su mundo. Aunque vivían en Brooklyn, todos sus vecinos de edificio eran blancos. Su círculo de amistades era en su mayoría blanco, los socios de su club de

Florida eran todos blancos y en la boda de Cord y Sasha había contado los invitados de color con los dedos de una sola mano. Aunque a los padres de Darley les había encantado Malcolm desde el primer día, seguía habiendo momentos en que resultaba dolorosamente obvio que solo hacían vida social con personas blancas: cada vez que Tilda pronunciaba mal el acrónimo BIPOC,* cada vez que Chip llamaba «comida étnica» a cualquier plato que llevara una salsa especiada, cada vez que se referían al R&B, el hip hop o la música pop como «gangster rap».

Cuando Poppy cumplió un año, Darley y Malcolm le organizaron una fiesta en el club Casino. Para la familia de Malcolm, el primer cumpleaños, el *dol*, es una ceremonia más importante casi que una boda. Los Kim insistieron en pagar todos los gastos, contrataron un catering y compraron a Poppy un traje típico coreano, de seda roja con mangas verde claro. Sirvieron carne y salmón, pasearon a la niña para que todos la cogieran en brazos y a continuación la dejaron en una gran manta extendida en el centro de la habitación para el *doljabi*. El *doljabi* era una tradición pensada para predecir la personalidad del niño. Es costumbre disponer una variedad de objetos, incluidos hilo, un lápiz o un libro, además de dinero, para simbolizar la longevidad, la inteligencia y la riqueza. El objeto hacia el cual gatee el niño representa su futuro. Por diversión, también pusieron en la manta una raqueta de tenis, un avión de juguete, un tubo de ensayo y una calculadora. Cuando Poppy gateó hacia el tubo de ensayo, el padre de Malcolm soltó un vítor, ¡otro químico en la familia! Las muestras de alegría sobresaltaron a Poppy, que rompió a llorar, y Darley corrió a cogerla en brazos. Lo intentaron de nuevo, pero Poppy se quedó sentada mordiéndose una manga. Le acer-

* Siglas de *Black, Indigenous, People of Color* (Negros, Indígenas, Personas de Color). *(N. de la T.)*.

caron la raqueta de tenis, hicieron volar el avión sobre su cabeza, agitaron la calculadora para atraer su atención, pero no estaba interesada. Por fin desistieron y vistieron a Poppy con un blusón y le dieron un trozo de tarta. Darley, que estaba embarazada de seis meses y siempre tenía hambre, se comió su trozo y el de su hija confiando en que nadie estuviera pensando lo mismo que ella: «Vaya, Poppy va a salir a su madre y no hacer nada en la vida».

La mañana que Darley vio el mensaje de Malcolm, aún débil y es posible que delirante por la gripe estomacal, su primera reacción fue de negación. Era imposible que despidieran a Malcolm. Se dio una ducha, se secó el pelo, limpió el cuarto de baño y abrió las ventanas para que se fuera el olor a vómito. Se puso un sencillo vestido sin mangas azul marino, se pellizcó las mejillas cetrinas y fue a la cocina a dar las gracias a Soon-ja por todo lo que había hecho. Soon-ja le preparó una tostada y un té, que sirvió en un bonito mantel individual y adornó con una pequeña flor en un jarroncito. Mientras Darley masticaba y sorbía, hablaron tranquilamente de los niños, del apartamento. Darley tenía los pensamientos a mil por hora, pero no quería decir nada a la madre de Malcolm. Antes necesitaba conocer los detalles, necesitaba hablar con su marido. Esperaría a que Malcolm llegara a casa para hablarlo con él cara a cara. Pero el hecho era que Malcolm era un hijo de inmigrantes asiáticos en un mundo tan elitista como la banca y, aunque Darley no sabía qué había ocurrido exactamente, no podía dejar de pensar en Brice, el amigo de Malcolm, y se le hacía un nudo en el estómago.

El verano anterior, un cálido sábado de julio, Darley y Malcolm habían metido a los niños en el coche y viajado hasta un exclusivo club de golf en Greenwich, Connecticut. Malcolm había estado seis meses trabajando entre Nueva York y Londres y se había hecho muy amigo de otro director ejecutivo del equipo de Fusiones y Adquisiciones, un americano llamado Brice MacDougal que vivía en Greenwich. Brice estaba casado y tenía hijos de edades parecidas, de manera que, en uno de los escasos periodos en que no tuvieron que viajar, Malcolm y él hicieron planes para juntar a sus respectivas familias.

Darley no conocía aquel club de golf y enseguida le sorprendió lo verde y cuidado que parecía todo. Sin duda los barrios residenciales tenían su encanto. Cruzaron puertas de piedra y circularon entre pulcras calles verdes, grandes extensiones de ondulantes colinas salpicadas por algún que otro carrito de golf. Aparcaron y Brice los recibió delante del restaurante del club y los llevó hasta la piscina, donde su rubia mujer cuidaba de dos niños con bañadores rosa pálido a juego.

Darley no era golfista, de manera que la mujer de Brice y ella habían planeado quedarse en la piscina con los niños mientras los hombres jugaban antes de comer todos juntos. La piscina estaba prácticamente vacía a excepción de unos pocos adolescentes reunidos en el otro extremo, así que los niños eran libres de salpicar y gritar sin molestar a nadie, y Darley se pudo relajar. La mujer de Brice era simpática y, una vez Darley cayó en la cuenta de que tampoco trabajaba, empezó a pasárselo bien. Metidas en el agua hasta la cintura y mientras ajustaban gafas de bucear y lanzaban tiburones de juguete, charlaron sobre el poco tiempo que pasaban en casa sus maridos, las ganas que tenían de mandar a los niños de campamento, las ventajas de vivir en el campo y en la ciudad. Darley odiaba reconocerlo, pero había empezado a sentirse incómoda en compañía de mujeres de su edad que compatibilizaban la maternidad con una carrera profesional. La hacían sentir como si tuviera que dar explicaciones, justificar todo el dinero y el tiempo que había gastado en estudiar un posgrado. Con madres que no trabajaban era todo más fácil.

Cuando llegó la hora de comer, Darley se llevó a los niños a los vestuarios de la piscina para vestirlos con ropa seca. La etiqueta del club dictaba un polo metido por dentro y pantalones cortos para Hatcher y vestido playero y sandalias para Poppy. Ella llevaba un vestido fluido de flores azules y blancas que la hacía sentirse como si estuviera de vacaciones en Grecia.

Se reunieron con Malcolm y Brice a la entrada del restaurante, donde les habían preparado una mesa en la terraza bajo un toldo de rayas. Un camarero les repartió cartas gigantes y Brice los aconsejó sobre las mejores elecciones: el sándwich de langosta, la hamburguesa de salmón, el bocadillo de beicon, lechuga y tomate con aguacate. Mientras charlaban, Darley paseó la vista a su alrededor y experimentó una intensa sensación de bienestar. La terraza estaba llena de personas felices almorzando. De acuerdo, todos vestían el uniforme del club: polos o camisas metidas por dentro de los pantalones, y sí, la mayoría eran hombres —al fin y al cabo era un club de golf—, pero cuando estudió a los presentes cayó en la cuenta de por qué le resultaban tan distintos. En muchas de las mesas había caras negras, muchos de los polos y camisas eran rosa chillón y verde lima. Suponía un cambio radical respecto a sus clubes neoyorquinos a la hora del almuerzo, donde a menudo las únicas caras negras o morenas eran las de los camareros. ¿Acaso era Greenwich un sitio más progresista que Brooklyn Heights?

Los niños bebieron limonada en vasos con pajitas de plástico, devoraron las patatas fritas y casi no hicieron caso de sus hamburguesas, Darley sorbió una copa de vino blanco y Brice les contó a todos que una vez se equivocó de habitación de hotel en

Londres y se encontró por accidente con su jefe envuelto en una toalla. (¿Cómo podía funcionar una tarjeta en la habitación que no era? Solo imaginarlo aterró a Darley).

En el equipo de Malcolm y Brice había un nuevo analista, un chico de veintidós años llamado Chuck Vanderbeer que también era socio del club. La primera vez que fue a ver el campo de golf, Brice estaba allí. El verano anterior había habido un accidente: un hombre mayor había sufrido un ataque al corazón cuando iba al volante de su Volvo y había estrellado el coche contra el restaurante, donde se incendió e hirió a tres personas. Desde entonces el club había decidido que no era seguro tener coches tan cerca del edificio del club y había bloqueado esa entrada con una cadena y pedido a los socios que dejaran el coche en el aparcamiento y caminaran cincuenta pasos por el sendero de piedra de la entrada. Cuando Chuck Vanderbeer llegó en un SUV negro, su conductor se detuvo en la puerta, bajó del coche, quitó la cadena y lo dejó delante de la puerta. A pesar de ello, fue aceptado como socio. Su familia estaba tan bien relacionada que tenía al menos siete padrinos en el club.

En el banco, Chuck Vanderbeer pronto destacó, no por su trabajo, sino por adjudicarse el apodo Estrella del Rock y organizar comidas con todos los jefes de división, los superiores de Malcolm y Brice. Se rumoreaba que lo habían expulsado de Deerfield por organizar unos fuegos artificiales, pero su padre, un pez gordo del capital riesgo, consiguió que lo admitieran en Dartmouth. El caso es que el muchacho era un completo zote. Se olvidó los documentos de una operación en un avión, una falta que a cualquiera le habría valido un despido sin contemplaciones, mientras que él solo recibió una pequeña reprimenda. Una vez se tomó un zolpidem durante un vuelo y llegó a una reunión en Dubái todavía bajo sus efectos. En una ocasión, Malcolm lo había sorprendido mirándose en el espejo del baño de hombres alisándose el pelo y sonriendo igual que un psicópata.

Brice y Malcolm estaban de acuerdo en que el chico era un lastre y odiaban tenerlo en el equipo. Estaban atrapados dentro de un emparedado de nepotismo, con sus jefes contentos por tener a un Vanderbeer en plantilla pero en el fondo encantados de no tener que tratar con él directamente.

Darley se había reído con las anécdotas de Brice y pedido una segunda copa de vino. Era la tarde de sábado perfecta, mucho más divertida que la mayoría de las reuniones con colegas de su marido, y le dio esperanzas. Tal vez podrían pasar más tiempo con la familia de Brice. Tal vez incluso podrían considerar la posibilidad de mudarse a Greenwich. Se preguntó si no habría estado llevando anteojeras, convencida de que Brooklyn era el hogar idóneo para ellos, como si Brooklyn fuera más liberal y diverso que los barrios residenciales.

Estaban terminando de comer cuando chirrió un micrófono y un hombre quemado por el sol con un polo amarillo pálido se presentó.

—Buenas tardes, golfistas. Dentro de unos minutos dará comienzo nuestra breve ceremonia.

—Vaya, lo siento, chicos —se disculpó Brice—. Esto va a ser un rollo. Mejor terminamos y nos vamos un rato a la piscina.

—¿Qué pasa? —preguntó Darley.

—Ah, pues es el día del Reconocimiento al Caddie, y van a hacer una entrega de premios.

—¿Día de Reconocimiento al Caddie?

—Sí, invitan a todos los caddies a comer y hacen una ceremonia de entrega de premios en plan divertido.

—Ah.

Darley lo entendió todo. Uno a uno, los hombres negros sentados a cada mesa se fueron levantando a recoger un premio y estrechar la mano del hombre de amarillo antes de volver a su sitio. Resultaba que no eran socios del club. Trabajaban allí. El club era tan blanco como el de Darley.

Cuando Malcolm volvió a casa desde el aeropuerto era casi la hora de comer. Entró, dejó su ordenador portátil y se sirvió tres dedos de Tanqueray sin decir palabra.

—Hola, amor. —Darley se le acercó por detrás y lo abrazó. Llevaba la camisa arrugada y después de dos noches en un avión olía ligeramente a sudor. Malcolm no dijo nada y Darley le pegó la cara a la espalda y lo sintió tragar y estremecerse un poco—. ¿Qué ha pasado?

—Una puta mierda es lo que ha pasado —contestó Malcolm en voz baja. Dejó el vaso en el fregadero y dejó que Darley se lo llevara al salón a hablar.

Treinta y seis horas antes Malcolm había volado a Río de Janeiro a hacer una presentación final al consejo de administración de Azul, una compañía aérea brasileña con sede a las afueras de São Paulo. A la presentación seguiría una firma con American Airlines por la cual esta adquiriría el diez por ciento de Azul y reforzaría así su presencia en Sudamérica. Cuando Malcolm llegó a JFK y revisó su itinerario de vuelos, suspiró. El avión era un 767-300ER, un modelo viejo con camas estrechas, sin pantalla de televisión en el respaldo del asiento delantero y, lo peor de todo, sin wifi. Era irritante que la ruta que más veces había tenido que hacer durante el año anterior volara con los peores aviones. Saludó al encargado del check-in, quien le preguntó por Darley y los niños. El auxiliar de vuelo de la cabina de clase business le dio un pequeño apretón en el hombro a modo de bienvenida. Malcolm pasaba tanto tiempo en JFK que prácticamente consideraba colegas al personal de vuelo, de tierra y de puertas de embarque.

Mientras el avión se situaba en la pista de despegue 31L, Malcolm oyó los dos motores gemelos acelerar y no pudo evitar un pequeño hormigueo de felicidad incluso después de tantos años. Echó un último vistazo a su buzón de correo, a continuación al fondo de pantalla de su teléfono —Darley y los niños en el US Open— y lo apagó para el vuelo. Cuando aterrizó, diez horas después, y lo encendió, su mundo había dado un vuelco.

Malcolm había dicho desde el primer día que Chuck Vanderbeer sería un desastre; lo que no había previsto era que la autoproclamada Estrella del Rock del Deutsche Bank Aviation Group lo arrastraría a él en su estrepitosa caída. Chuck trabajaba codo con codo con Malcolm, Brice y el equipo de estos, pasaba los días formulando acuerdos, proponiendo fusiones entre líneas aéreas internacionales y tenía acceso a información económica altamente confidencial sobre estas compañías y el futuro de cada una. Las noches, y sin que lo supiera su entorno profesional, las dedicaba a beber en el bar del Papillon en el Midtown y a alardear de los negocios que cerraba ante mujeres jóvenes y aburridas. Por desgracia, una mujer aparentemente fascinada con las historias sobre banca de Estrella del Rock resultó ser una periodista especializada en finanzas de CNBC y publicó un reportaje sobre la probable inversión de American Airlines en Azul. En cuanto la noticia llegó a las televisiones por cable, Azul canceló el acuerdo y dejó que el Deutsche Bank cargara con el muerto.

Cuando aterrizó, Malcolm tenía más de trescientos correos, una docena de frenéticos mensajes de voz y sesenta y cinco de texto, en su mayoría de Brice. Recorrió tambaleante la pasarela desde el avión en Río leyendo un mensaje detrás del otro. La operación en la que había estado trabajando casi un año estaba cancelada. El equipo directivo de American Airlines ni siquiera se había molestado en coger el avión a Brasil en Miami. Malcolm ya no tenía ninguna posibilidad de hacer control de daños. Tanto Chuck como Malcolm estaban despedidos, el impresentable de Chuck por filtrar la historia y Malcolm por haber trabajado demasiado cerca de él.

—¡Pero si no has hecho nada malo! —exclamó Darley indignada—. ¡El que lo filtró fue Chuck! ¡Tú no tuviste nada que ver!

—Estaba incomunicado —dijo Malcolm con una mueca—. Cuando saltó la noticia estaba volando y sin wifi. El acuerdo entero se desmoronaba y yo estaba tumbado comiendo un cóctel de frutos secos revenido.

—Es totalmente injusto —se quejó Darley—. ¿Y qué pasa con Brice? ¿A él no lo van a despedir?

—No. A Brice no le va a pasar nada. Mientras yo estaba sin internet, se dedicó a dar su versión de los hechos. A protegerse.

—¿Por qué? ¡Estaba en el mismo equipo! ¡Conocía a Chuck de antes de que lo conocieras tú!

—Brice tiene más amigos en la organización que yo. Tiene pedigrí en la banca. —Malcolm dio una patada a la pata de la silla.

—¡Pues tendría que haber luchado también por ti!

—Pues no lo hizo.

—Menudo miserable de mierda. Son dos miserables —dijo Darley asqueada.

—No me puedo creer que me dejen cargar a mí con toda la culpa. —Malcolm negó con la cabeza.

—Ellos se lo pierden, Malcolm. Vamos a estar bien. Harás unas llamadas y enseguida tendrás entrevistas. Enseguida estarás trabajando otra vez.

—Puede ser. —Malcolm parecía roto, como un gladiador deshonrado por la derrota.

—Son unos idiotas por despedirte.

Darley se hizo un ovillo en el regazo de Malcolm y enterró la cara en su cuello. Le dolía no poder protegerlo. Le dolía que los Brices del mundo tuvieran legiones de amigos de la familia que respondieran por ellos y Malcolm no tuviera ninguno. Sí, claro, su padre tenía contactos en el sector inmobiliario, y, si querías organizar una cena de tema marroquí para cincuenta personas casi sin antelación, su madre tenía el catering y la florista perfectos, pero eso no le servía de nada a Malcolm.

Toda aquella situación le recordaba a Darley la época en que su amigo del instituto, Allen Yang, quiso hacerse socio del Fiftieth Club. Tenía las recomendaciones, desde luego también el dinero y, cuando fue a una falsamente informal entrevista que consistía en tomarse un whisky con el comité de socios en el bar, salió con la sensación de haberlo hecho perfectamente. Entonces su solicitud fue denegada. Darley sabía que era racismo. No había ninguna otra razón posible. Pero nadie lo dijo de manera explícita, de modo que Allen tuvo que dejarlo estar. ¿Hasta qué punto el despido de Malcolm se debía a que había estado en el lugar equivocado y a la hora equivocada o a que no se apellidaba Dimon, Moynihan o Sloan? Nadie había dicho: «Te despedimos porque no tienes un padre blanco que responda por ti», pero para Darley estaba claro como el día.

Malcolm dedicó las semanas siguientes a invitar a comer a amigos de su escuela de negocios, a ponerse en contacto con antiguos colegas de sus primeros años en la banca y a reunirse con todo el que estuviera interesado. Si a Chuck Vanderbeer el despido le sirvió para ascender profesionalmente, puesto que su padre el del capital riesgo lo colocó de analista en Apollo, saltaba a la vista que el nombre de Malcolm había sido arrastrado por el barro. Se había vuelto radiactivo en el sector de la banca. Sus amigos y conocidos pedían un filete siempre poco hecho, y, antes de dar el primer sorbo de té helado, preguntaban: «¿Qué coño pasó con la compra de Azul?». Todos lo sabían y algunos lo culpaban a él. Daba igual que Malcolm no hubiera hecho nada malo; estaba contaminado y por esa razón fue expulsado sin contemplaciones del Club de Masters del Universo.

Cuando empezaron a llamar los cazatalentos, Darley se mostró optimista.

—¿Lo ves, cielo? Hay mucha gente que te busca.

Pero los puestos que le ofrecían eran en firmas de tercera categoría, bancos horribles en los que Malcolm no tendría ninguna oportunidad de volver al mundo de la aviación. Si aceptaba uno de esos trabajos, se pasaría los días viajando diariamente a ciudades industriales del Medio Oeste, haciendo escala en Chicago, volando en clase turista, durmiendo en moteles donde las sábanas de poliéster estaban pensadas para disimular las manchas.

Darley lo consolaba, le recordaba cuántos banqueros habían perdido su reputación por cosas mucho más graves: el chico de veintiséis años que hizo perder quinientos millones a su compañía en operaciones no autorizadas y que hizo lo mismo al año siguiente. Misteriosamente, seguía teniendo trabajo (claro que ayudaba el hecho de que descendiera de varias familias presidenciales de Virginia). El tipo que ocultó pérdidas de dos mil seiscientos millones de dólares en futuros de cobre a su banco en Tokio. El agente sinvergüenza que hizo quebrar al Barings Bank en 1995.

—No me estás animando —se quejaba Malcolm—. Esos tíos eran unos imbéciles.

—Tú eres la persona más inteligente que conozco —le dijo Darley. Y lo decía de corazón—. Encontrarás un trabajo mejor.

—Si fuera tan inteligente, no me habría perdido la infancia de Poppy y de Hatcher para hacer ganar dinero a un banco que ahora me ha dado la patada —contestó Malcolm sombrío.

Cuando la gente preguntaba a Darley cómo se habían conocido Malcolm y ella, contestaba solo «en la escuela de negocios» y la mayoría se conformaba con esa respuesta, pero lo cierto era que ella había buscado a Malcolm, lo había deseado antes de ponerle la vista encima siquiera. Darley había trabajado dos años de analista en Morgan Stanley entre Yale y Stanford. Un asociado le había enseñado el blog de Malcolm sobre líneas aéreas y, cuando supo que también iba a ir a Stanford, se sintió igual que debió de sentirse Kate Middleton al enterarse de que el príncipe Guillermo se había cambiado de la Universidad de Edimburgo a la de St. Andrews. Decidió que sería suyo. La razón era que también Darley practicaba el pluriempleo. Por medios perfectamente legales, había conseguido descifrar el algoritmo de expedición de billetes de la compañía JetBlue y había estado comprando y vendiendo acciones basándose en su volumen de consumidores año tras año. Todos los meses, a las 21.01 del día uno, compraba un billete y hacía lo mismo a las 23.59 del treinta o el treinta y uno. El sistema de numeración de la compañía era demasiado obvio y le permitía a Darley calcular cuántos billetes había vendido. No manejaba grandes cifras; hacía operaciones bursátiles por diversión y para demostrar que había descifrado el algoritmo. Cuando le confesó esto a Malcolm en su primera cita mientras tomaban tacos y margaritas, fue como si le contara que había hecho de doble de cuerpo de Bo Derek o que sabía hacer un espagat, de tan sexy que le pareció. Ya entonces Darley había incorporado los precios cambiantes del combustible como factor de riesgo, pero ahora entre los dos pudieron incluir ahorros y gastos en costes basados en las rutas y en los aviones alquilados a otras compañías. Aunque JetBlue cambió sus códigos de emisión de billetes un año después y con ello se cerró la ventana de oportunidad de Darley, el negocio estaba hecho: Malcolm había conocido a su media naranja, una compañera de vida que lo quería exactamente por quien era, y Darley tenía a su príncipe Guillermo en el bote.

7

Sasha

Georgiana era un lobo que marca su territorio, haciendo pis en el perímetro de su guarida. Cuando Sasha se asomó a la puerta del dormitorio después de que su antigua dueña fuera a «recoger sus trofeos» dio un sonoro respingo.

—¡Cord! ¡Ven a ver esto!

Cord se acercó por el pasillo con un cruasán que iba soltando migas en una mano y un puñado de cuerdas de raqueta de tenis de poliéster en la otra.

—Mira. —Sasha señaló con gesto exagerado el suelo, donde bolígrafos viejos y gomas de borrar casi deshechas estaban amontonados sin orden ni concierto—. ¡Y no se ha llevado ni un solo trofeo! ¡Es como si se hubiera robado a sí misma! —Los cajones de la cómoda estaban medio abiertos, encima de esta había desperdigadas gomas de pelo y barras de bálsamo labial ChapSticks—. Lo ha dejado todo hecho una pena.

—No está hecho una pena —dijo Cord con suavidad—. No son más que cuatro cositas.

—Pero es de mala educación, ¿no? Dejar este desorden.

—Es así de desastrada. —Cord se encogió de hombros.

—Mira, ha sacado la colcha vieja esa naranja y la ha puesto encima de la blanca que compré yo. Es como si me estuviera diciendo que esta sigue siendo su habitación.

—Listo —dijo Cord después de recoger los bolígrafos y guardarlos en el primer cajón de la mesa—. Siempre tenía su habitación hecha un asco, no te lo tomes como algo personal.

—Pues estoy empezando a hacerlo, Cord. —Sasha estaba verdaderamente harta. Si te trataban como una intrusa, llegaba un momento en que tenías que decir algo—. No estoy segura de qué he hecho mal, pero tengo la sensación de que no les caigo bien a tus hermanas.

—¿De qué hablas? Eso no es verdad.

Cord le dio unas palmaditas en la espalda e intentó salir de la habitación. Era un WASP en todo el sentido del término y los conflictos le hacían sentir de lo más incómodo.

Sasha insistió.

—Prácticamente ponen los ojos en blanco cada vez que hablo.

Era más que eso, pero le resultaba difícil explicarlo. ¿Cómo expresar lo que se siente cuando tienes a alguien siempre dándote la espalda, arrugando la nariz, apartando la vista?

—Darley solo piensa en sus hijos. Y George no es más que una niña. Solo le interesan el tenis y salir de fiesta con sus amigos. Está en otro momento vital. Intenta ponerte en su lugar.

Cord hizo una mueca, como si la conversación le estuviera causando dolor físico.

Sasha vio la mueca. No era su intención castigar a Cord. Suavizó el tono.

—O sea, que si empiezo a beber White Claw y a hablar de Roland Garros ¿dejará de ser tan maleducada conmigo?

El alivio en la expresión de Cord era visible. Sasha decidió no insistir.

—Así es como consigo yo gustar a las mujeres. Finjo interesarme por cosas que les importan. —Cord sonrió—. Y ahora, cambiando de tema, vamos a tomarnos un vino, mirar cuadros y hacer limpieza de mis cosas del instituto.

Sasha rio y lo siguió por el pasillo después de cerrar la puerta del cuarto de Georgiana. Cogió una botella de pinot grigio y dos copas y las llevó al dormitorio de Cord, donde las dejó en el suelo, que era la única superficie despejada. La cama individual estaba cubierta de tesoros desechados, en su mayor parte cosas del apartamento de los abuelos de Cord. Cuando los abuelos paternos de Cord, Pip y Pop, murieron, la familia Stockton decidió vender su casa de piedra rojiza en Columbia Heights. Sacaron la mitad de los cuadros y la decoración para que la vivienda pareciera más grande en las fotografías y lo llevaron todo a Pineapple Street. La casa se había vendido enseguida y nadie tenía tiempo de pedir a un tasador que examinara las antigüedades, de manera que ahora estaba atestada de objetos caros que nadie quería. Encima de la cama de Cord había un espejo de marco dorado y estilo barroco, un reloj de repisa de sesenta centímetros de alto con una base hecha en bronce tallado cubierto de pan de oro, una caja de cuero naranja que contenía una docena de plumas estilográficas Montblanc y un montón de acuarelas enmarcadas, casi todas de barcos. La estantería estaba llena con dos filas de ediciones de tapa dura gastadas, con los lomos marrones y azules despegados y raídos. La mesa estaba cubierta de carpetas y recortes de prensa; Sasha nunca había conocido a una familia tan aficionada a archivar; todos los días recortaban artículos y Tilda leía el periódico matutino con un cuchillito al lado, preparada para cortar lo que le interesara. En el suelo de madera había cuadros de gruesos marcos amontonados de cuatro en cuatro.

—Se me ha ocurrido un juego muy divertido —dijo Cord con los ojos brillantes—. Se llama «De nacimiento o por matrimonio». Tienes que adivinar quién era un Stockton y quién llegó a la familia a través del matrimonio.

—Vaaale —accedió Sasha sonriendo y dio un sorbo de vino.

—Número uno. Este señor.

Cord levantó un retrato al óleo de un caballero de edad avanzada vestido con traje y posando solemnemente con un setter irlandés a sus pies. Tenía los ojos oscuros y las mismas cejas de Cord, la misma nariz elegante.

—De nacimiento. —Sasha puso los ojos en blanco.

—¡Correcto! Es mi abuelo, Edward Cordington Stockton. Vale, número dos: esta damita.

Cord sacó un retrato más pequeño, de una niña de unos ocho años con un vestido azul de cuello babero y un lazo en el pelo. Tenía los mismos largos rizos de Georgiana, su bonito mohín.

—De nacimiento. —Sasha rio.

—¡Bingo! La hermana de mi abuelo, Mary. Muy bien, ahora esta señora.

Cord sacó una pintura de gran tamaño y marco dorado. La retratada era rubia, sonreía coqueta y sostenía un libro en el regazo. Sasha no reconoció a Darley, a Chip ni a ninguno de los Stockton en sus mejillas redondeadas y su nariz chata.

—¿Por matrimonio? —sugirió.

—Ni idea. —Cord rio—. ¡Es la primera vez en mi vida que la veo! Pip debió de comprarla por eBay.

Sasha frunció los labios. Así que, si no eras de la familia, tu nombre carecía de importancia. Lo había entendido. Fue hasta la mesa para mirar las carpetas. Reconoció una cara a través del plástico borroso. Desenroscó un poco de cordel y abrió la carpeta. Era el anuncio del enlace de Darley y Malcolm en el *New York Times*, recortado del periódico. Estaban de lo más glamurosos en la fotografía pequeña, solo de sus caras. Darley con unos pendientes de brillantes que centelleaban, Malcolm de traje y corbata. Sasha leyó por encima el pie: «Darley Colt Moore Stockton, hija del señor Charles Edward Colt Stockton y la señora Matilda Baylies Moore Stockton, contraerá matrimonio este sábado...».

—¿Qué es eso? —preguntó Colt leyendo por encima del hombro de Sasha.

—El anuncio de boda de Darley.

—Ah. —Cord arrugó la nariz.

—Tú no quisiste uno —le recordó Sasha. Lo había mencionado en una ocasión cuando se prometieron y Cord había rechazado la idea de inmediato.

—Es que es obsceno y esnob. —Cord miró la fotografía de su hermana—. Los padres ricos de fulanito trabajan en banca de inversión y los padres ricos de menganita están en capital riesgo y van a seguir casando a sus hijos hasta que sean tan endogámicos como Tutankamón.

—Cordington Stockton, de los Stockton del negocio inmobiliario, se casa con una chica de Rhode Island descendiente de beodos y pescadores —bromeó Sasha.

—El enlace se celebrará en el bar Cap Club junto a la estación de tren y el hermano de la novia, afamado borrachín de Narragansett, oficiará la ceremonia.

—En el convite habrá barra libre de almejas para aquellos que sepan pronunciar correctamente un sinónimo de dispensador de agua.

—¡Se llama *bubla*! ¡Y la sopa de almejas se pronuncia *clam chauda*!* —aulló Cord.

---

* Pronunciación de Rhode Island (caracterizada sobre todo por no decir las erres después de una vocal) de las palabras *bubbler* y *clam chowder*, respectivamente. *(N. de la T.).*

—Hum…, ¿deberíamos enseñar a nuestros hijos a hablar el inglés de Rhode Island? —se preguntó Sasha.

—No, Tilda los dejaría fuera del testamento. —Cord la besó.

—No podemos tirar nada de esto, ¿verdad?

Sasha echó una última ojeada horrorizada a la habitación de Cord.

—Absolutamente nada. Lo siento. Pero ahora que hemos tomado una copa de vino y hecho un poco de limpieza, es el momento de otra de tus actividades preferidas…

Cord batió las pestañas con coquetería y cogió la mano de Sasha. Esta se rindió. Tal vez metería algunos de los recortes en la trituradora de papel mientras Cord estaba en el trabajo. Y, con eso, Cord la condujo por el pasillo hacia su habitación, a la cama con dosel que para Sasha siempre sería la cama de sus suegros.

En su primer año de universidad Sasha pensó que estaba embarazada. Mullin y ella bordeaban una nueva ruptura y había tensión entre ellos. Sasha iba a pasar Acción de Gracias en su casa y confiaba en que en un entorno familiar todo fuera más fácil. No conseguía ahuyentar la sensación de que Nueva York ponía nervioso a Mullin, de que le hacía sentirse inseguro o incómodo entre los jóvenes con mundo y a menudo ricos que eran compañeros de Sasha en la universidad.

La tradición era que todo el pueblo acudiera al Cap Club ese miércoles por la noche: universitarios que estudiaban fuera volvían a pasar el largo fin de semana a casa deseosos de presumir de lo bien que les iba fuera de los confines de la pequeña población. El Captain's Club no era lo que se dice elegante, sino un sencillo edificio alargado de ladrillo frente a la estación de tren donde servían cerveza, cócteles y, si te empeñabas, una copa de vino que sabía a vinagre y en el que probablemente flotaban trocitos de corcho. El bar tenía taburetes de cuero rojo en la barra, mesas al fondo, una máquina de discos y un tablero de dardos. Los primos de Sasha estaban allí y los camareros, que eran todos amigos de la familia, pasaban cortésmente por alto el hecho de que la mayoría eran menores de veintiún años. Era lo que tenía vivir en un sitio pequeño: debías conformarte con menos, pero también te salías más a menudo con la tuya.

Mullin estaba de un humor extraño, se reía demasiado alto y bebía a gran velocidad. Su hermano pequeño, Olly, estaba borracho y comportándose como un idiota, con una camiseta que decía COME COÑOS, SON ORGÁNICOS, intentando fumar dentro y protestando cuando Sasha lo mandó al callejón a hacerlo. También había otros chicos de su clase, chicos que ahora iban a la universidad en Boston, en Maine, en Connecticut. Sasha se dio cuenta de que a Mullin lo avergonzaba seguir viviendo en casa. Era más inteligente que todos los presentes, pero, en lugar de alojarse en un colegio mayor en New Haven o Princeton, compartía su dormitorio de infancia con su hermano e iba todos los días a clase después de cortar céspedes y recoger las botellas que dejaba su padre en la cocina temprano por las mañanas. Sasha lo abrazó por la cintura y le susurró al oído:

—Vamos a buscar un sitio donde podamos estar solos. Te echo de menos.

Ella solo se había tomado una cerveza, de modo que condujo hasta salir de la carretera de la costa y aparcó en la grava, frente al mar. Hacía demasiado frío para salir, así que se besaron en el coche y se trasladaron al asiento trasero para quitarse la ropa.

—No llevo condones. ¿Y tú?

—No, pero me salgo antes —prometió Mullin.

Empezaron a hacer el amor y al principio fue maravilloso, luego Sasha empezó a preocuparse.

—No te olvides de salirte —susurró.

Pero Mullin empezó a moverse más deprisa, se corrió dentro de ella con un gruñido y Sasha lo empujó para que se quitara de encima.

—¿Qué coño has hecho?

—Perdón, perdón. Es que estaba tan a gusto... —Mullin se apartó el pelo de los ojos.

—Mullin, no estoy tomando la píldora.

—No va a pasar nada. No te preocupes. Perdona.

Sasha se vistió, enfadada con Mullin y consigo misma. Esa noche, ya en la cama después de dejar a Mullin en su casa, se preguntó si había sido un accidente en realidad o si Mullin la quería de vuelta en casa, si estaba buscando la manera de retenerla a su lado.

Cuando la regla se le retrasó dos días, fue a la enfermería del campus a hacerse un test de embarazo. Dio negativo, y lloró con grandes espasmos, un llanto de agotamiento, de rabia y de alivio y probablemente también hormonal, porque el periodo le vino al día siguiente.

Por supuesto, nunca le contó nada a su familia. Su madre se habría puesto furiosa porque hubiera tenido relaciones sexuales sin protección; prohibiría a Mullin entrar en la casa. Sasha no tenía ni idea de cómo reaccionarían su padre o sus hermanos, pero una parte de ella sospechaba que la culparían. Y no sin razón. Estaba confiando en alguien que no quería lo mejor para ella.

Aunque a Sasha le dolía que su familia pareciera incapaz de aceptar su ruptura con Mullin, también la conmovía que hicieran sitio para él. Se daban cuenta de las deficiencias de su familia y lo incluían en la suya, ponían un calcetín para él en Navidad y en la despensa nunca faltaban Corn Chex y Pop-Tarts, cosas que solo Mullin comía. Al principio Sasha había creído que la vida de casada sería así, que se casaría con Cord y su familia la aceptaría como un miembro más. Pero no ocurrió. La familia de Sasha era como una mesa con bancos corridos, siempre podías apretarte y hacer sitio para alguien más. La de Cord en cambio era una mesa con sillas y esas sillas estaban clavadas al suelo.

Un mes antes de la boda, un hombre con traje llamó al timbre de su apartamento. Sasha estaba sola en casa, comiéndose un yogur y trabajando en el ordenador, maquetando. Un pequeño museo de Manhattan la había contratado para diseñar su nueva señalización, bolsas y anuncios publicitarios. Sasha escudriñó la pantalla del telefonillo y supo que no era FedEx, de forma que corrió por el pasillo a ponerse un sujetador antes de abrir la puerta.

—¿Es usted Sasha Rossi?

—Sí —dijo Sasha con una sonrisa desconcertada.

—Soy abogado de Fox Allston, gestionamos el fondo fiduciario de la familia Stockton. Hemos preparado un acuerdo prematrimonial para que lo firme. Le sugiero que contrate a su propio abogado y que se ponga en contacto con nosotros para negociar.

—¿Un abogado? —preguntó Sasha, perpleja.

—Siempre conviene tener un abogado para esta clase de acuerdos. Me gustaría poder recomendarle uno, pero por desgracia tiene que ser de otro despacho. Llámenos si tiene alguna pregunta.

Y, con esto, el hombre tendió a Sasha un sobre de estraza y, después de una breve inclinación de cabeza, se fue por el pasillo en dirección a los ascensores.

—¿Qué coño…? —Sasha llevó el sobre a la cocina y llamó

a Cord al trabajo—. Cord, me acaba de pasar una cosa rarísima. ¡Se ha presentado un abogado en mi casa y me ha dado un acuerdo prematrimonial! ¡Como si fuera una citación!

—Hola, ¿te importa que lo hablemos luego? Ahora mismo estoy un poco liado.

—Sí, claro. Lo hablamos esta noche.

Sasha colgó. Pero aquella noche, después de cenar en el apartamento de Cord, este no mostró interés alguno en abordar el tema.

—Contrata un abogado y que se ocupen ellos —dijo encogiéndose de hombros.

—Vale, lo haré, pero ¿no pensabas contármelo? —preguntó Sasha.

—¿Qué querías que te contara? Es papeleo. Llegarán a un acuerdo, lo firmas y seguimos con nuestra vida.

—Pues para empezar podrías decir: «Cariño, te quiero y no pienso divorciarme de ti nunca».

—Puedes pedirle al abogado que añada esa parte. —Cord puso los ojos en blanco.

—Qué bonito —dijo Sasha, ofendida.

—Mira, no depende de mí. Todo el mundo los firma. Es como funciona el matrimonio. Es un contrato. Esto forma parte de él. No le des tanta importancia.

—Igual en tu mundo el matrimonio funciona así, pero en el mío no. ¿Te piensas que mis padres firmaron un acuerdo prematrimonial?

—¡No entiendo por qué quieres hacerme sentir tan mal por una cosa como esta! —dijo Cord.

—¡Pues porque me hace sentir mal a mí!

—¡Pues no debería preocuparnos!

—Y, si no debe preocuparnos, ¿por qué no me hablaste de ello?

—¡Porque no tiene ninguna importancia!

—Sabes perfectamente que sí la tiene. Estoy intentando construir una vida contigo y tú me estás dejando claro que quieres tener una vía de escape. Que, pase lo que pase, nunca seré parte de tu familia.

—Nos vamos a casar. ¿Qué más quieres de mí? —preguntó Cord con frialdad.

—¿Qué más quiero de ti? Quiero que me pongas a mí primero. Quiero ser la persona más importante de tu vida. Quiero que me digas que pase lo que pase siempre estarás de mi lado. Que, si tuvieras que elegir entre tu familia y yo, me elegirías a mí.

—Eso es una ridiculez. Jamás elegiría a nadie por encima de mi familia.

Cord se metió en su habitación y cerró la puerta. Sasha se marchó y esa noche durmió en su apartamento. A la mañana siguiente madrugó y condujo hasta su casa, en Rhode Island. No soportaba la idea de ver a Cord, no se sentía capaz de meterse en la cama con alguien que ponía sus necesidades en segundo lugar.

Cuando les contó a sus padres lo ocurrido, su padre se indignó.

—¿Te mandó a un abogado con unos papeles como si fueras una delincuente en libertad condicional? Me parece fatal. Si así es como se comportan los ricos, no te interesa convertirte en una.

Su madre estuvo más comprensiva.

—Yo ya me temía que pasara algo así, tesoro. Estas familias pueden ser muy particulares en lo que respecta a los matrimonios. Tienes que entender que es algo que sale de los padres de Cord, no de él.

Pero Sasha no estaba segura de eso. Quizá salía de Cord. Quizá salía de Chip y Tilda. Pero, fuera como fuera, se sentía humillada de pensar que habían hablado de ella, que habían hecho planes en su contra, que en lugar de recibirla con los brazos abiertos se estaban protegiendo contra su infiltración en la familia.

Llamó a su amiga Jill, que era abogada en Providence, y quedaron para tomar un café. Le dio el sobre de estraza y Jill leyó el contenido con pequeñas inclinaciones de cabeza y tomando unos breves apuntes en una libreta con un lápiz.

—Es un acuerdo prematrimonial bastante generoso, Sasha. Hay cláusulas que son rutinarias, pero, dentro de lo que son estas cosas, es un acuerdo estándar para bien.

—¿Pero cómo de estándar es? ¿Con qué frecuencia firma la gente acuerdos prematrimoniales?

—Pues te diría que entre un cinco o un diez por ciento de la población general, pero lógicamente en personas con posibles es algo muy común.

—Es difícil no sentirse ofendido. Es como si Cord pensara que quiero quedarme con su dinero.

—Estoy segura de que para su familia es algo tan rutinario como hacerse una ortodoncia o agujerearse las orejas, un paso más en el camino a la edad adulta. Intenta no darle demasiada importancia —dijo Jill.

Sasha quería creerla, quería olvidarse del tema, pero por las noches, cuando no podía dormir, seguía oyendo la voz de Cord, suave, pero llena de franqueza: «Jamás elegiría a nadie por encima de mi familia».

Ninguno de los amigos de Sasha de la facultad de Bellas Artes vivía en Brooklyn Heights. La mayoría lo hacía en barrios que exigían coger el metro o un autobús para llegar hasta ellos, barrios cuyas tiendas de alimentación vendían aperitivos de patata picantes en forma de pequeños conos que te pinchaban la lengua cuando los comías, barrios donde el agua del canal tenía un tono ligeramente lavanda. La compañera de habitación del primer año de universidad de Sasha, Vara, decidió mudarse a Red Hook, que, aunque estaba a solo diez minutos en bicicleta de la casa de Pineapple Street, daba la sensación de quedar a cien kilómetros (o cien años). El inmenso loft de Vara en Ferris Street estaba a tiro de piedra del paseo marítimo, donde una refinería de azúcar y un astillero se desmoronaban pintorescamente frente al Buttermilk Channel. Enormes grúas movían contenedores de barco en el solar contiguo, los grafitis cubrían las aceras y los almacenes se alquilaban cada fin de semana para bodas hípster.

Los miércoles por la noche Vara organizaba una sesión de Beber y Dibujar en la que servía un vino peleón y ponía un modelo desnudo a disposición de cualquier antiguo compañero de clase dispuesto a pagar diez dólares. Aquel miércoles Cord trabajaba hasta tarde y Sasha echaba de menos a sus amigos, así que se puso el casco y bajó la colina en bicicleta. Llegó cinco minutos temprano, metió un billete de diez dólares en la lata que había junto a la puerta y eligió un taburete y un caballete en el centro de la habitación, cerca de Vara, para poder cotillear mientras dibujaban.

Vara iba vestida tan llamativa como siempre, con un guardapolvo de lona de algodón encima de un top que no le llegaba al ombligo y pantalones de seda rosa de cintura alta. Su larga melena negra se le rizaba a la espalda y llevaba unas gafas de montura dorada que Sasha no le había visto nunca.

—Hola, guapa, déjame ver esas gafas. —Sasha hizo ademán de quitárselas.

—Huy, no, no veo ni torta sin ellas, no me las quites. —Vara agachó la cabeza y la esquivó.

—Pero ¿no son de mentira? Si tú no necesitas gafas.

—Las necesito desesperadamente. ¡Déjame! —gritó Vara.

—Ah, vale. Entonces ¿a partir de ahora vas a llevarlas siempre puestas?

—Pues probablemente no estas mismas—dijo Vara evasiva—. Dependerá de cómo vaya vestida.

—Ya, ya... Vale —Sasha sonrió.

Ya había muchos asistentes al Beber y Dibujar: la novia de Vara, Tammie, se había puesto a descorchar botellas de vino tinto y blanco, olisquear los corchos y hacer muecas de horror. Simon, un pintor con la cabeza afeitada, saludó a Sasha con un beso y metió dinero en la lata. Zane, con pelo revuelto y zapatillas de skateboard, tenía un trabajo de día en una fundición, diseñando tipos. Allison había llevado a su perro, un viejo labrador somnoliento que enseguida se tumbó a sus pies y se puso a dormitar. Sasha se sirvió una gran copa de vino blanco, dio un sorbo y se estremeció. Era verdaderamente horrible, pero quizá eso formaba parte del encanto de la velada.

A medida que iban llegando más compañeros de clase e iban ocupando caballetes, Vara no hacía más que mirar su teléfono y fruncir el ceño con irritación.

—Vaya hombre, he contratado a un modelo para esta noche y no me coge el teléfono. No tengo ni idea de dónde está.

Sasha gimió. En las noches en que el modelo no se presentaba, alguno de los presentes tenía que posar. Luego se quedaba con la mitad del dinero de la lata, pero eso no compensaba en absoluto tener que pasarse hora y media en la misma postura, con los músculos acalambrados y los pies dormidos. La última vez que a Sasha le había tocado posar, había estado una semana con tortícolis.

A las siete y cuarto, Vara se resignó a que el modelo no aparecería y metió doce pinceles en una lata después de marcar uno de ellos con color azul. El que perdiera posaría para los demás. Fueron sacando pinceles uno a uno sin mirar y Sasha suspiró de alivio cuando vio que el suyo era marrón. A Zane le tocó el azul y echó pestes. «En febrero me tocó el puto pincel azul, esto es una mierda», se quejó antes de quitarse su camisa de manga larga y apurar su copa de vino. Fue hasta el centro de la habitación, se desabotonó los vaqueros y dejó que cayeran al suelo. Estaba de malhumor y Sasha tuvo que hacer esfuerzos para no sonreír. No había nada más divertido que mirar a alguien echar humo y hacer mohines en cueros durante noventa minutos. Justo entonces, se abrió la puerta y entró como una exhalación un tipo grande y tatuado, que soltó su bolsa y se disculpó humildemente. Tenían modelo.

—¡Sí! —aulló Zane, antes de subirse los pantalones, volver a su taburete y ponerse la camisa. Todos aplaudieron y Vara le dio palmaditas en el hombro. Era curioso, pensó Sasha. Había visto a casi todos sus compañeros desnudos en algún momento de las clases de dibujo y sin embargo era lo menos sexual del mundo. Aun así, lo prefería cuando había un modelo profesional. Muchos eran actores y adoptaban sus poses con una energía específica, o bien eran mayores y con cuerpos tan diferentes del de Sasha que esta se quedaba absorta estudiando la forma en que se movía la luz sobre su piel. Le encantaba dibujar a hombres muy musculados o con barriga, a mujeres con cicatrices y pantorrillas gruesas y fuertes, a cualquiera que fuera distinto, a cualquiera que le hiciera detenerse de verdad y observar la anatomía humana con ojos nuevos.

Dejó su vaso de plástico a un lado y empezó a abocetar. A los pocos minutos de la primera pose, la sala estaba en silencio, el sonido de los lápices arañando era interrumpido solo por algún que otro murmullo o el susurro del papel. Mientras dibujaba, Sasha se divirtió pensando en lo extraño que le parecería aquel mundo a la familia de Cord. Se preguntó si Tilda habría visto un cuerpo desnudo que no fuera el de su marido… e incluso si habría visto el de este.

Más tarde, cuando pedaleaba de vuelta a casa, algo achispada, pensó en su pueblo natal. Quizá le gustaba tanto el barrio de Vara porque le recordaba a Rhode Island. A diferencia de Brooklyn Heights, que rebosaba turistas y matrimonios burgueses jóvenes, Red Hook era claramente una zona de clase trabajadora. Para Sasha tenía un significado particular.

En Rhode Island había un breve tramo de costa junto al río cerca de la casa de los padres de Sasha donde Mike Michaelson tenía su dingui. De acuerdo, la mayoría de las vecinos guardaba sus dinguis en el jardín o pagaba un amarre en el puerto, pero Mike Michaelson tenía por lo menos ochenta años y nadie esperaba de él que recorriera una manzana cargando con el bote, siempre lo dejaba allí. Hasta que un día una familia recién llegada compró una casa enorme que estaba al otro lado de la calle y dijo que el césped que había junto al agua les pertenecía, que estaba incluido en su escritura de propiedad. Pusieron un letrero que decía PROPIEDAD PRIVADA. NO SE PERMITEN BOTES. El dingui de Mike Michaelson siguió allí y al día siguiente apareció otro a su lado. Y al siguiente, otro más. Pronto hubo treinta dinguis apilados en la orilla y todos los que pasaban por allí camino del muelle sacaban fotografías y se reían. Los nuevos propietarios quitaron el cartel.

Cuanto más se esforzaba Sasha por encajar en la familia de Cord, más se acordaba de los dinguis. Cada sociedad tenía sus tradiciones, su saber institucional, su propio concepto de cómo debían hacerse las cosas. Si crecías en un clima con mucha nieve, sabías que tenías que desplegar los limpiaparabrisas antes de una tormenta. En Lower Road, siempre que despejabas la nieve que rodeaba tu coche, dejabas una hamaca de playa para asegurarte de que el hueco seguía allí cuando volvieras. Si sacabas la lancha por el río, colocabas las boyas rojas en el lado derecho y tenías cuidado con la estela al cruzarte con embarcaciones más pequeñas. En el bar, un posavasos tapando un vaso de cerveza significaba que el sitio estaba ocupado y que la cerveza no estaba terminada. Sasha tenía estas reglas tan interiorizadas que las cumplía casi sin pensar, pero de pronto con Cord se encontraba expuesta a una serie de formalidades sociales por completo distintas. Después de un partido de tenis tenías que borrar los surcos en la tierra batida; no podías ir al club en vaqueros; tampoco con el pelo mojado; se decía «encantada de verte» y no «encantada de conocerte», incluso si era completamente imposible que te hubieras cruzado antes con esa persona.

Sasha tenía la impresión de meter la pata el noventa por ciento de las veces, pero al mismo tiempo se sentía como una chica de las que interpretaba Molly Ringwald en esas películas de los años ochenta en las que todos los demás eran pijos malos. El mundo de Cord estaba lleno de chicas exquisitas, todas con pendientes heredados de sus abuelas, camisas almidonadas y mocasines, todas tan impersonales como asexuadas. Sasha a menudo abrigaba la secreta sospecha de que, de verlas desnudas, tendrían cuerpos tan suaves y lisos como los de las Barbies. Se juró a sí misma que el día en que se anudara un jersey de punto alrededor de los hombros sería el día de su muerte.

Cuando Cord sugirió que se mudaran a la casa de Pineapple Street después de casarse, Sasha dudó. De acuerdo, era grande y bonita, pero nunca se había sentido cómoda en ella. A Sasha le encantaba su apartamento, una caja de cristal en un edificio con portero en Downtown Brooklyn. Las ventanas llegaban del suelo al techo y se veía todo Manhattan al otro lado del río. Era una construcción nueva, toda de paredes blancas y apliques cromados, y a Sasha le encantaba su minimalismo moderno. La mantenía limpia como los chorros del oro, con sus libros y sus bonitos jarrones guardados, ni siquiera colgó cuadros en las paredes porque le encantaba la idea de descansar los ojos después de un día trabajando en el ordenador con el Photoshop.

La casa de Pineapple Street era cualquier cosa menos minimalista; en ocasiones Sasha tenía la sensación de que la acumulación de cosas iba a provocarle un ataque de epilepsia, la abrumaba igual que una luz estroboscópica.

—¿Y si después de casarnos en lugar de a Pineapple Street nos mudamos a mi apartamento? —trató de tentar a Cord.

—Tu apartamento es de un solo dormitorio, y queremos tener hijos. Se nos quedaría pequeño en un año. No hay nada que pensar, Sasha. Mis padres nos están ofreciendo una casa de cuatro plantas para vivir.

Sasha se daba cuenta de que a Cord le apetecía mucho vivir allí, se daba cuenta de que le encantaba la casa, de modo que, aunque le partía el corazón dejar su caja de cristal en el cielo, dijo que sí.

Enseguida percibió que la mudanza creaba tensiones con Darley y Georgiana. No sabía si estaban enfadadas porque Chip y Tilda dejaran la casa o porque ella, una persona ajena, se fuera a instalar allí, pero, cada vez que hablaban del tema, la atmósfera se enfriaba. Al principio Sasha se mostró comprensiva, después empezó a cansarse. De acuerdo, Darley y Georgiana habían crecido allí, pero ahora cada una tenía su propio apartamento. Tenían la casa de campo en Spyglass Lane. Y ahora el dúplex de Orange Street. A través de la compañía de Chip y Cord, eran propietarias de la mitad de los barrios de Downtown y Dumbo de Brooklyn. La familia tenía casas de sobra ¿y se enfadaban con ella por vivir en un sitio que era como un cruce caro entre un programa sobre cazadores de antigüedades y un *reality* de personas con síndrome de Diógenes? Eran unas malcriadas. Y punto.

Sasha no les guardaba rencor porque hubieran crecido ricas; ella misma había tenido una vida privilegiada. No se había perdido una sola excursión del colegio, había dado clases particulares de piano, de gimnasia y jugado a sófbol en la liga del pueblo. Pero también pasaba la aspiradora en su dormitorio, ponía el lavaplatos después de las comidas, sacaba la basura por las noches. Cord ni siquiera limpiaba el lavabo después de afeitarse, convencido siempre de que habría alguien que lo haría. Siendo adolescente, Sasha además había tenido trabajos después de clase y durante los veranos. Vendía árboles en el vivero, atendía los teléfonos en la compañía eléctrica, sus hermanos repartían periódicos y transportaban piezas de barcos al puerto. Mientras tanto Cord y sus hermanas hacían deporte, iban a campamentos de verano y hacían prácticas en empresas nada más terminar la universidad. Sus veranos estaban diseñados para enriquecer sus mentes y sus cuerpos, mientras que los de Sasha tenían como fin costearse la universidad.

Lo extraño era que, a pesar de todo, Sasha no se habría cambiado por ellos. Le había encantado trabajar en el vivero (la compañía eléctrica había sido menos pintoresca) e, incluso cuando lo que hacía era un horror, la había enseñado a trabajar. Sasha quería tener éxito en la vida, y entendía que destacar dependía de ella. Tenía una carrera profesional como diseñadora gráfica, era autosuficiente y todo lo había conseguido sola. Y sin embargo allí estaba, viviendo en la gran casa de Pineapple Street sintiéndose como una intrusa, mirando a Georgiana apilar un dingui detrás de otro en su pequeño trecho de costa.

Sasha empujó la bicicleta por la empinada calle desde Dumbo y cuando llegó a la casa la bajó por las escaleras al sótano y cerró con llave. Dejó las llaves en la mesa del salón intentando ahuyentar el extraño estado de ánimo que se había apoderado de ella. Pero entonces oyó suave música de jazz. De la cocina le llegó olor a ajo y a tomates y cayó en la cuenta de que estaba muerta de hambre. Cord salió de la cocina con un puñado de cubiertos en la mano y cuando la vio se le iluminaron los ojos.

—¡Mi pequeña Van Gogh! —exclamó mientras la abrazaba—. ¿Qué tal esa orejita?

Simuló examinarla mientras la besaba en el cuello. Aquello no era la casa de sus padres, tampoco Red Hook, pero mientras Cord le diera de comer pasta y la llevara después a la cama, Sasha decidió que tampoco era un pincel azul.

8
Georgiana

Si la madre de Georgiana tenía alguna debilidad, era la ropa. Y el vino. Y tirar al pasillo cuando jugaba un partido de dobles de tenis. Y la represión. Y el chismorreo. Y comprar cosas a última hora de la noche desde el ordenador. Y una vez Georgiana la había visto dar una chupada a un puro durante una fiesta y fue como ver un pez globo intentando silbar, pero nada de eso tenía importancia. Lo importante era que su madre tenía una colección de ropa absolutamente gigantesca y cada vez que a Georgiana se le presentaba una fiesta de disfraces iba directa a su vestidor.

De las profundidades de este había exhumado los siguientes looks: «Mami-momia ñam-ñam» (un vestido blanco ceñido adornado con un montón de collares de caramelo y un almohadón por dentro simulando una barriga de embarazada); «Sexy pontífice» (una pasmina dorada a modo de top a juego con pantalones blancos de campana y un sombrero hecho de un saco de harina King Arthur) y «Babe Ruth Ginsburg» (por alguna inexplicable razón, su madre era poseedora de un cuello de bebé hecho de encaje, pero el chupete era comprado en CVS). Cuando

Georgiana supo que el tema de la fiesta de disfraces de su amigo del instituto Sebastian era «Oligarquía chic», las posibilidades casi la desbordaron. Su madre tenía más pieles que el zoo del Bronx, poseía múltiples vestidos de plumas e incluso guardaba una tiara dentro de una caja. (Había intentado que Darley se la pusiera para su boda, pero esta se negó en redondo).

Georgiana se autoinvitó el miércoles al salir del trabajo para barajar sus opciones. Sus padres estaban en casa, Berta estaba cocinando pato con arroz jazmín y su madre sirvió para ambas una copa de vino tinto mientras supervisaba el saqueo de su guardarropa. (Tilda ofreció una pajita a Georgiana para que no se manchara los dientes, pero esta prefirió beberlo directamente de la copa, como los bárbaros). Había un vestido negro largo de lentejuelas que habría resultado perfecto de no ser tan grueso. Había una chaquetilla blanca de piel de conejo tan suave que Georgiana no podía dejar de acariciarla. Había incluso unos pendientes de diamantes con forma de panteras tan maravillosamente vulgares que Georgiana se habría reído de ellos de no haber sido auténticos y costar lo mismo que un coche de gama media.

—¿Estará tu amigo en la fiesta? —preguntó su madre como quien no quiere la cosa mientras sacaba un mono blanco de seda y lo dejaba en la otomana.

—No. Es solo para gente del instituto. Lena y Kristin y todos los demás.

Georgiana se enfundó en un vestido de cuero y de inmediato empezó a sudar. Mucho se hablaba de la no conveniencia de usar calzado blanco a partir de septiembre, pero los vestidos de cuero después del primero de abril eran incluso menos prácticos. Lo dejó caer al suelo y rebuscó entre los vestidos de fiesta del fondo. Llevaba puesto solo bragas y sujetador y era consciente de estar casi desnuda delante de su madre. Era curioso pensar en lo parecidos, y al mismo tiempo lo diferentes, que eran sus cuerpos. De observar a su madre en la playa, de mirarla probarse ropa, Georgiana sabía qué aspecto tendría ella al cabo de cuarenta años. Tenían la misma estructura ósea: altas, con las mismas caderas estrechas, hombros anchos, pechos pequeños. El vientre de su madre era suave y arrugado; el lugar donde habían crecido tres bebés se veía ligeramente fruncido, mientras que el de Georgiana era plano, y, si había flacidez, se debía a beber demasiada cerveza los fines de semana. Georgiana era más fuerte, pero sabía que su madre se conservaba muy bien para su edad, y el hecho de que siguiera tan esbelta era un acto de pura voluntad motivado por su negativa a renunciar a una colección de ropa reunida a lo largo de cuarenta años.

Al final se decidió por un vestido dorado de escote profundo, sandalias de tacón tachonadas, enormes gafas de Chanel y un sombrero de estampado de leopardo. Quiso también coger prestadas algunas joyas —había un anillo con un rubí que parecía una gominola— pero la generosidad de su madre tenía un límite.

Sebastian citó a todo el mundo en su apartamento del East Village antes de cenar para que pudieran ir a Brighton Beach en un autobús contratado para la ocasión. Iban a un salón de baile ruso y Georgiana no pudo menos que admirar la seriedad con la que se habían tomado sus amigos el tema de la fiesta. Los chicos llevaban camisas desabotonadas que dejaban ver pechos adornados con varias capas de cadenas de oro. Las mujeres iban todas vestidas con distintas combinaciones de piel y cuero a pesar del calor, pero, hasta cierto punto, «Oligarquía chic» había mutado en look discotequero de los noventa, con gruesas rayas del ojo hechas con delineador líquido, pelo cardado y tacones de trece centímetros.

En la parte trasera del autobús había servicio de bar con vodka, vaso mezclador y botellas mágnum de champán, y, cuando el conductor encendió luces de colores intermitentes, Georgiana tuvo la sensación de estar borracha a las siete de la tarde, con el autobús cogiendo baches. Además de a Lena, y a Kristin, Sebastian había invitado al grupo de siempre y a su compañero de cuarto de primer año de universidad, Curtis McCoy. Georgiana no conocía bien a Curtis, pero recordaba haber estado en casa de su familia en Marthas's Vineyard con Lena una vez y descubrir que eran propietarios de una especie de urbanización privada y de que los Clinton y los Obama habían pasado veranos en casas dentro de la propiedad. Era otro nivel de riqueza. El padre de Curtis era CEO de una compañía de defensa y eso, por alguna razón, siempre hacía a Georgiana sentirse nerviosa en su presencia, como si el hecho de que su familia fabricara misiles Tomahawk le confiriera un poder peligroso e inherente del que debía mantenerse alejada.

Cuando llegaron al salón de baile, salieron del autobús y entraron en el gran vestíbulo. Georgiana tuvo la repentina sensación de estar colándose en una boda: había allí grandes grupos de familias, adolescentes vestidos de traje y mujeres de mediana edad enfundadas en vestidos fruncidos de satén. Un hombre de camisa blanca almidonada los condujo a una mesa alargada en el centro de la sala y un enjambre de camareros empezó a servirles vodka y enormes fuentes con encurtidos y pescado ahumado, tortitas cubiertas de montoncitos de huevas frías, ternera en rodajas y blintzels rellenos de queso. Sebastian y sus amigos se saltaron la comida y se dedicaron exclusivamente a beber, pero Georgiana sabía que terminaría hecha un desastre si no tenía cuidado, así que se sirvió un plato con blintzels y encurtidos.

Debía de haber unas trescientas personas en el salón comiendo y bebiendo y, en su mayoría, haciendo caso omiso de dos mujeres con vestidos de fiesta a lo Jessica Rabbit que cantaban a dúo *The Climb*, de Miley Cyrus. A medida que transcurría la velada, fueron saliendo otros intérpretes y los grupos se trasladaron a la pista de baile. Los chicos, ya completamente borrachos, se hacían selfis con torres de botellas de vodka amontonadas en su mesa. Lena y Kristin querían bailar, así que Georgiana las siguió hasta la pista y se unió al sudoroso gentío, feliz de no llevar abrigo de piel. Era como una *bat mitzvá* a lo bestia, como estar subida al escenario durante el espectáculo del intermedio de la Super Bowl. El hecho de que el resto de los asistentes a la fiesta fueran todos rusos y vivieran a una hora de su zona de Nueva York las hacía sentirse libres de bailar como unas posesas, de dejar que el sudor les bajara por las sienes, de sentir cómo se derretía su elaborado maquillaje.

A Georgiana le entraron ganas de hacer pis, así que dejó la pista de baile y fue en busca de un baño; subió una escalinata de mármol hasta un hermoso salón amueblado con sillas mullidas y espejos de marco dorado. Usó una toalla de papel para secarse el sudor de la cara y se retocó el maquillaje en la mesa de tocador. Hacía rato ya que había abandonado su sombrero y llevaba las enormes gafas de sol de Chanel encajadas en la cabeza a modo de diadema. Le dolían los pies y estaba muerta de sed, así que, en lugar de volver a la pista de baile, siguió el laberinto de pasillos alfombrados hasta la mesa, donde vio a Curtis sentado solo en un extremo. Algo entonada y con ganas de ser simpática, Georgiana cogió su vaso de agua y se instaló en una silla a su lado.

—¿Qué tal, Curtis? ¿Lo estás pasando bien? —dijo con una sonrisa.

—No especialmente, no. —Curtis frunció el ceño y la miró un instante antes de fijar la vista en algún punto encima de su cabeza.

—¿Qué pasa?

—Que necesites preguntármelo significa que no merece la pena hablar de ello.

—¿Cómo? —preguntó Georgiana, completamente perpleja. ¿Por qué estaba siendo tan maleducado?

—¿No te das cuenta de lo feo que es todo esto? No entiendo por qué he venido.

—¿Que si veo lo fea que es una fiesta de cumpleaños? Pues me parece que no —contestó Georgiana, molesta.

—¿Te parece bien que un atajo de niños blancos ricos que se han conocido en un colegio privado se disfracen para burlarse de un colectivo de inmigrantes en su propio vecindario? ¿Lo encuentras normal?

—Es «Oligarquía chic». Va de reírse de la gente rica. Y los rusos son blancos —dijo Georgiana arrugando la frente.

—Como te he dicho, que hayas tenido que preguntar significa que no merece la pena hablar del tema contigo. Muy bonitas, las gafas de sol.

Curtis le dio la espalda y cogió su teléfono.

—Que te den, Curtis. Ni siquiera me conoces.

—Pues claro que te conozco. Eres una niña mimada hija de magnates del mercado inmobiliario que vive de un fondo fiduciario y solo es levemente consciente de que hay un mundo fuera de su autoindulgente uno por ciento.

—Claro, porque tú vives en Zuccotti Park, ¿verdad? Y te has educado en la escuela de la vida. ¿No estudiaste en Princeton?

—¿Y tú no vives de un fondo fiduciario?

—Trabajo para una organización sin ánimo de lucro proporcionando asistencia médica a países en desarrollo —dijo Georgiana en tono gélido.

—¿Y quién te paga el alquiler?

—Soy propietaria.

—De un apartamento que te compraron tus padres ricos.

—El dinero me lo dejaron mis abuelos, aunque no es asunto tuyo.

—¿Y cómo ganaron ese dinero?

—Pues, una parte la heredaron...

—Vamos, que tu familia se enriqueció gracias a ser rica.

—No, mi abuelo trabajó duro.

—¿Y a qué se dedicaba?

—Era inversor inmobiliario.

—Gentrificación. —Curtis asintió con aire de superioridad, como si eso confirmara su teoría.

—Eres un gilipollas.

—Seguramente. Pero al menos soy lo bastante consciente de mi situación para reconocerla. Que te diviertas ridiculizando a personas que no llegaron aquí en el Mayflower.

Y, con esto, Curtis empujó su silla y salió del comedor. Georgiana tenía las mejillas al rojo vivo y, horrorizada, notó que una lágrima le había bajado hasta la comisura de la boca. Se apresuró a secársela y cogió un vaso cualquiera de la mesa y lo llenó de vodka antes de dar un trago. Menudo capullo.

Aquella noche, mientras el autobús circulaba por la autopista de circunvalación, Georgiana miró a su alrededor. Por supuesto que sus amigos eran afortunados, por supuesto que contaban con ventajas completamente injustas, pero los conocía y eran buenas personas. Lena y Kristin se tirarían de un puente por ella. Votaban al partido demócrata, donaban dinero a Planificación Familiar y eran amigas de museos. Sus familias estaban en comités, compraban mesas enteras en cenas de beneficencia, daban generosas propinas. Los padres de Georgiana incluso habían pagado la universidad a los dos hijos de Berta. Curtis McCoy era un pomposo y un hipócrita. Pero la conversación con él había dejado a Georgiana perturbada y a la mañana siguiente, cuando se despertó, apestando a encurtidos y a alcohol, no supo cuánta de su resaca era física y cuánta era una secuela de la crueldad arbitraria de Curtis.

No conseguía ahuyentar ese estado de ánimo. Estuvo todo el domingo alterada, con la sensación de que acababan de darle una pésima noticia, por ejemplo que su apartamento se había quemado o que acababan de descubrir que el aguacate causaba cáncer. En realidad era absurdo. Que un capullo multimillonario cuya familia vendía bombas al gobierno la acusara a ella de ser «mala persona». Verdaderamente daba risa.

Aquella noche Georgiana fue andando hasta Pineapple Street y dejó el vestido de seda de su madre en la tintorería. La regla era que podía coger prestado de su armario lo que quisiera siempre que lo devolviera limpio, pero Georgiana había descubierto un atajo: en la tintorería de Pineapple Street tenían el número de tarjeta de crédito de su madre y le llevaban las prendas limpias a casa. De ese modo se ahorraba trabajo y el resultado era el mismo.

Cord y Sasha habían invitado a cenar a la familia y por un momento Georgiana consideró la posibilidad de pasar por la tienda de vinos y comprar una botella, pero sabía que su madre llevaría para todos. Seguía teniendo llave de la casa, así que entró directamente y dejó los zapatos junto a la puerta.

—¡Cord, Darley, ya estoy aquí! —dijo y entró en la cocina.

Sasha iba de un lado a otro, sacando un pollo asado del horno, espolvoreando almendras fileteadas en una ensalada, volcando arroz hervido en una fuente. Su madre estaba apostada frente a su cazuela Le Creuset vigilando lo que parecía ser una pierna de cordero y un ragú, mientras Darley colocaba con cuidado palitos de pescado en una bandeja de aluminio para el horno. Se respiraba calor y ajetreo y Georgiana percibió la discordia igual que un campo magnético invisible que la impelió a salir inmediatamente de allí e ir al salón en busca de su padre. Malcolm también se había refugiado allí y Poppy y Hatcher estaban peleándose por ser el perro en una partida de Monopoly.

—Hola papá. Hola, Malcolm. Qué tal, chicos.

Georgiana besó a todos y se dejó caer al suelo junto a sus sobrinos. Escuchó sin gran interés a su padre tratar de enseñarles las reglas del Monopoly y mientras jugueteaba con los flecos de la alfombra oriental repasó mentalmente las palabras de Curtis: «Vamos, que tu familia se enriqueció gracias a ser rica». Pues claro que era verdad. Pero a su padre no se le podía reprochar nada. No era vago; no era egoísta; era inversor inmobiliario y ayudaba a construir lugares donde la gente pudiera trabajar y vivir. ¿Qué iba a hacer si no? ¿Dejar que los edificios viejos se echaran a perder? Su trabajo era conseguir que la ciudad creciera. Cuidaba a sus socios, se preocupaba por ellos cuando caía el mercado, trabajaba hasta entrada la noche, madrugaba cada día. Para él era algo personal; sabía que estaba en su poder hacer de la ciudad un lugar más bello y dejaba su impronta. Era fácil decir que el dinero es la raíz de todos los males, pero muchas de las cosas que se podían comprar con dinero proporcionaban dignidad, salud y conocimiento.

Georgiana miró a su cuñado jugar con sus hijos. Malcolm no había heredado como ellos, pero su padre era químico analítico, él había crecido sin estrecheces y ahora trabajaba en finanzas. No salvaba vidas todos los días —trabajaba para un banco—, pero sus conocimientos y sus investigaciones ayudaban a que la industria de aviación funcionara, contribuían a la buena marcha de un sector que, básicamente, conectaba a personas de todo el mundo. Era algo honorable. Y nadie podía cuestionar lo mucho que trabajaba Malcolm. Por lo que Georgiana sabía, Malcolm estaba siempre trabajando o pasando tiempo con Darley y los niños. Derrochaba amor por su familia. Posiblemente era el hombre más agradable que había conocido Georgiana y, de no estar casado con su hermana, era posible que se hubiera medio enamorado de él.

Era la clase de matrimonio que Georgiana quería tener algún día, el que Darley y ella querían para Cord. Por eso les dolía que Sasha hubiera reaccionado tan mal al acuerdo prematrimonial, que nunca pudiera llegar a ser una verdadera hermana, que jamás fuera a gozar del grado de confianza que se había ganado Malcolm en la familia Stockton. Cuando se mudó a Pineapple Street, empezaron a llamarla Sasha la Cazafortunas, o CF para abreviar. No era un apodo amable, pero opinaban que se lo merecía.

Cuando Cord anunció que la cena estaba servida, Georgiana se tuvo que reír. Nada pegaba con nada; había porciones diminutas de doce cosas distintas, el diseño de mesa era lamentable y todos parecían tensos y enfurruñados. A Tilda se la veía especialmente ofendida. Georgiana se sirvió siguiendo criterios políticos, asegurándose de tomar una ración grande de cordero y solo un trocito de pollo y felicitando exageradamente a su madre por el ragú. Los niños comieron cada uno un palito de pescado y a continuación reptaron debajo de la mesa antes de irse a uno de los dormitorios a jugar.

Mientras comían, hablaron de la cantante islandesa Björk, quien había puesto en venta su apartamento de Henry Street por nueve millones de dólares (ella y su ex, Matthew Barney, aparcaban su gran yate negro en el East River); de la pareja de tenis de su madre (Frannie se había hecho daño en la muñeca y era posible que estuviera varias semanas sin jugar, lo que dejaba huérfana a Tilda), y de los extraños túneles que comunicaban entre sí numerosas propiedades de testigos de Jehová en el vecindario (los túneles tenían sentido cuando eran todos parte de la misma organización, pero ¿qué se suponía que debías hacer cuando había un auténtico laberinto subterráneo lleno de cuartos de lavadoras y de almacenaje conectando tu apartamento al de un desconocido?). Cuando preguntaron a Georgiana por la fiesta de cumpleaños de Sebastian, esta les habló de la música y la comida, pero evitó mencionar nada sobre Curtis.

—Aunque tengo una pregunta —dijo—. El tema era «Oligarquía chic». ¿Os parece ofensivo?

—En mi primer año de bachillerato, a un par de estudiantes se les hizo un comité disciplinario por organizar una fiesta del Cinco de Mayo con sombreros mexicanos —dijo Cord mientras cortaba un trozo de pollo—. A mí me pareció un castigo excesivo, pero ahora mismo no organizaría una fiesta así.

—En mi primer año de universidad hicieron una fiesta de chulos y putas con la gente vestida con camisetas escotadas y pendientes de aro y los chicos intentaban que las chicas los besaran a cambio de dinero —contó Darley con ojos como platos—. A nadie se le ocurrió ni denunciarlo, pero, cada vez que lo pienso, me horrorizo.

—¿Tú fuiste? —preguntó Sasha.

—Sí, pero no me disfracé —dijo Darley mordiéndose el labio—. Creo que me puse un jersey de Brooks Brothers.

—Pero ¿te parece que lo de «Oligarquía chic» es ofensivo? —insistió Georgiana.

—Yo creo que es un poco como si haces una fiesta con el tema «Mafiosos y mujeres de mafiosos» o algo así —propuso Malcolm—. El problema no es tanto ofender al mafioso o a los oligarcas como perpetuar estereotipos sobre los italoamericanos o los rusoamericanos.

—Ya entiendo —convino Georgiana previamente humillada por el hecho de que la única persona de color de la familia tuviera que explicarle los estereotipos étnicos. La conversación pasó entonces a *Los Soprano* y *The Americans* y de ahí, como ocurre con cualquier conversación sobre cine y televisión, a la confesión de su padre de que nunca le había hecho gracia Woody Allen, como si su falta de sentido del humor probara que había intuido el mal comportamiento del director gracias a una suerte de poder omnisciente y no que simplemente no le había gustado *Annie Hall*.

Georgiana estaba poniendo los ojos en blanco a Cord cuando entró Poppy corriendo y gritando.

—¡Hatcher está vomitando!

Darley se levantó como un resorte y todos cruzaron el apartamento hasta el dormitorio de Darley, donde Hatcher, arrodillado en el suelo, lloraba compungido sobre un charco de vómito color claro en el centro del cual brillaba una piedra blanca.

—Pero ¿qué es eso? —preguntó Tilda.

Darley, madre ya e inmune a los horrores de casi todos los fluidos corporales, cogió la piedra del charco y la sostuvo en la luz.

—Es un diente.

—¿Un diente? —preguntó Malcolm alarmado mientras daba palmaditas a Hatcher en la espalda. Los niños tenían cinco y seis años y aún no habían perdido ningún diente—. Déjame ver, hijo. ¿Cuál ha sido? —Miró dentro de la boca abierta de Hatcher—. No veo nada.

—Toma, usa mi linterna. —Georgiana encendió la linterna de su iPhone y alumbraron con ella la boca de Hatcher en busca del hueco que había dejado el diente.

—No le falta ningún diente —dijo Malcolm extrañado.

—Lo hemos cogido del cajón —susurró Poppy.

—¿Cómo que lo habéis cogido del cajón? —preguntó Darley—. ¿De cuál?

—Pensábamos que eran chicles. Ahí. —Poppy señaló un cajón de la cómoda que estaba un poco entreabierto. Malcolm metió la mano y sacó una bolsa de plástico viejísima llena de cosas blancas.

—¿Son dientes? —preguntó en tono horrorizado.

—Ah. —Darley se mordió el labio, incómoda—. Son mis dientes de leche.

—Ay, Dios mío. —Georgiana tuvo ganas de reír y se esforzó por reprimir el impulso—. Tu hijo ha encontrado tus dientes de leche de hace treinta años en una bolsa y se pensó que eran chicles, así que se los comió y los ha vomitado. Ay, Dios mío, Dar, qué cosa más genial.

Incapaz de contenerse por más tiempo, rompió en carcajadas mientras su preocupación se desvanecía. Miró a su familia: a Hatcher y Poppy riendo inseguros, a Malcolm y su padre con leve expresión de asco y a Darley avergonzada. Pero entonces vio a Sasha. La expresión de la CF era triunfal.

El martes, cuando iba con Brady de camino a las pistas de tenis, le contó todo lo ocurrido durante el fin de semana: el baile y los comentarios de Curtis, no lo del diente. Lo del diente era demasiado asqueroso para contárselo a un hombre con el que tenía la esperanza de seguir acostándose.

—Mi amigo Sebastian hizo una fiesta de cumpleaños este fin de semana en Brighton Beach e invitó a un chico que se llama Curtis McCoy. —Georgiana se detuvo en el semáforo y Bradley le cogió el pesado bolso que llevaba al hombro. Siempre tenía detalles de ese tipo: llevarle las cosas, invitarla a café, y cada una de las veces a Georgiana le daba un vuelco el corazón. No se habían dicho «te quiero», ni nada parecido, pero ella estaba segura de quererle y empezaba a pensar que fuera posible que él la correspondiera—. Curtis es un capullo integral. Su familia vive en

Wilton y, a ver, tiene hasta caballos. Su padre es el CEO de uno de los principales contratistas de defensa del país. Son dueños de la mitad de Martha's Vineyard y…

—Una cosa, George, ¿estás intentando darme envidia hablándome del apuesto multimillonario con el que has pasado el fin de semana? —bromeó Brady.

—¡No! —Georgiana le dio una palmada en el brazo—. Estoy intentando explicarte que este tío se crio prácticamente como el príncipe Harry que se disfrazaba de nazi y ahora actúa como si fuera el príncipe Harry que se ha casado con Meghan.

—Me parece que no te sigo —dijo Brady riendo.

A Georgiana no le apetecía entrar en el tema de la apropiación de la oligarquía, así que simplificó:

—Pues que este chico, Curtis, que es la persona más rica que conozco, estaba de mal humor en la cena y, cuando le pregunté qué le pasaba, se puso como una fiera conmigo. Me acusó de ser una niñata que vive de un fondo fiduciario y que se enriquece a expensas del ciudadano de a pie. ¡Habló de mí como si yo fuera María Antonieta!

—Tus amigos suenan encantadores —dijo Brady sin entonación.

—No es amigo mío —protestó Georgiana.

No estaba segura de lo que había querido conseguir con aquella conversación, pero desde luego no era recordar a Brady que era una chica privilegiada y que sus amigos eran un asco.

—Mira, si no es capaz de ver la persona tan increíble que eres, mejor para mí. Así no tengo que preocuparme de que te escapes para irte a su rancho de caballos o a su mitad de Martha's Vineyard.

Brady dio un golpecito cariñoso a Georgiana en el trasero con la raqueta. Esta seguía teniendo un runrún, algo que necesitaba que Brady entendiera.

—Quiero ser una persona excelente, pero no es fácil, ¿verdad? Ni siquiera lo es ser buena persona a secas. Por ejemplo, con el trabajo. Trabajamos en organizaciones sin ánimo de lucro porque queremos hacer el bien.

—Yo no —dijo Brady con el ceño fruncido.

—¿Tú no qué?

—Que yo no trabajo en salud global por eso.

—Vale, ¿y por qué lo haces? ¿Por qué no eres abogado corporativo o banquero de inversión?

—Porque crecí en este mundo. Con mis padres. Viajar a otros países, reunirme con gente, ir de un lado a otro es lo normal para mí. Cuando era pequeño vivimos tres años en Ecuador, luego dos en Haití, en India.

—¿Estudiabas en casa?

—No, casi siempre iba a colegios donde estábamos. En Ecuador mi padre nos subía a un cuatro por cuatro y teníamos que cruzar un río para llegar a la escuela. Después de algo así, es difícil que una excursión escolar te haga ilusión.

—Qué maravilla —dijo Georgiana.

—Lo era. A ver, también tenía sus partes malas. Una vez cogimos una infección de la piel asquerosa y la farmacia tardó tres semanas en conseguir los antibióticos que necesitábamos. Y luego había momentos en que pasabas miedo. Recuerdo una vez que mi madre nos llevó a una catarata en Haití, no me acuerdo de dónde se encontraba mi padre ese día. Estábamos en el jeep a punto de irnos cuando aparecieron dos mujeres con sus hijos por el camino, llevaban machetes atados a la cintura. Imaginamos que querían que las lleváramos (hacer autostop es muy normal allí), pero lo que querían era nuestra ropa. No llegaron a sacar los cuchillos, no hizo falta, pero todos nos desnudamos y les dimos la ropa, las mochilas, los gorros y las gafas de sol. Mi madre se mantuvo supercalmada, haciendo como que estaba encantada de regalárselo todo, pero mi hermano y yo nos asustamos bastante.

—¿Te dieron ganas de volver a Estados Unidos?

—La verdad es que no. A ver, si es que a todos los niños que crecieron en Nueva York en los años ochenta los atracaron en algún momento. Probablemente era lo mismo.

Georgiana rio.

—El caso es que para mí es un trabajo como cualquier otro. Y además me gusta viajar. Enseguida me aburro. —Brady se encogió de hombros.

¿Estaba quitándose importancia? Georgiana se fijaba en lo duro que trabajaba, había pasado más tiempo del que estaba dispuesta a reconocer leyendo sobre su labor en los hospitales de las comunidades a las que ayudaban, mirando fotografías de él en acción. Llegaron a las pistas de tenis, se cambiaron de calzado y empezaron a jugar, pero dentro de la cabeza de Georgiana seguían resonando las palabras: «Enseguida me aburro».

Entre las funciones de Georgiana estaba organizar la asistencia de la compañía al congreso sobre Salud Global en Washington. Nunca había viajado por trabajo y en las semanas anteriores se las arregló para incluir la frase «Tengo un viaje de trabajo» en conversaciones informales tantas veces que sus amigas empezaron a burlarse de ella.

—Huy, sí. Ya eres una verdadera adulta. Cómo mola —dijo riéndose Lena.

Lena viajaba constantemente por trabajo con su jefe e incluso guardaba una bolsita de aseo debajo del lavabo ya preparada para meter en la maleta.

Lo cierto era que Georgiana había estado haciendo horas

extra para montar el estand de la compañía. Había enviado señalización al centro de convenciones, había reservado el espacio, había mandado información actualizada a la imprenta e incluso había hecho ampliaciones en papel fotográfico satinado que ilustraban los últimos proyectos in situ, aunque la cara de Brady solo salía en una de ellas. (Georgiana se preguntaba para sus adentros si quedaría muy raro que la robara para su apartamento).

Puesto que eran un organización sin ánimo de lucro, el presupuesto para el congreso era limitado, así que todos los asistentes, desde el último mono (Georgiana) hasta el CEO tendrían que compartir habitación de hotel con un compañero. A Georgiana le había tocado con Meg, del departamento de solicitud de ayudas. Meg solo le sacaba unos años, pero era una persona de lo más intensa que siempre tenía un frasco tamaño industrial de ibuprofeno en la mesa junto al ordenador y cada tarde con grandes aspavientos se tomaba tres para mitigar el abrumador estrés que le producían sus plazos de entrega. Meg vestía siempre pantalones de vestir y camisa, calzaba zapato plano y se recogía el abundante pelo rubio en una sencilla coleta. No se maquillaba, rara vez sonreía y su manera de comportarse era la de alguien que va a presentarse algún día a la presidencia del país pero teme que sus expectativas puedan verse frustradas por una errata o un desliz verbal. Georgiana la veía como una Tracy Flick vestida de Ann Taylor.

Brady también iba a Washington y Georgiana tenía sueños rebuscados y ñoños de ambos subiendo a la carrera las escaleras del monumento a Lincoln y haciéndose selfis al llegar arriba con la explanada del Mall al fondo. En realidad no esperaba verlo demasiado a él, y mucho menos el gigantesco monumento. Se pasaría el viaje metida en el estand, repartiendo folletos y dirigiendo a los asistentes a sus comités correspondientes mientras Brady escuchaba discursos sobre técnicas de liderazgo, retos legislativos según regiones y buenas prácticas aprendidas en otros sectores. Uno de los días iba incluso a dar una charla como parte de un pequeño panel sobre superar barreras lingüísticas en la atención médica.

El fin de semana antes del congreso, Brady fue al apartamento de Georgiana después de que salieran a correr y vio su maleta cuidadosamente hecha en el suelo.

—¿De verdad has hecho el equipaje cuatro días antes del viaje? —preguntó riendo.

—¡Es mi primer viaje de trabajo! —se defendió Georgiana, algo avergonzada.

—¿Y vas a llevar un cartelito con tu nombre o lo irás diciendo según vayas conociendo a gente?

—Huy, pues había dado por hecho que me prepararían una pequeña ceremonia de presentación. Me equivoco, ¿verdad? —Georgiana se quitó la camiseta sudada y pegó a Brady con ella—. O igual una tarta en el estand que diga «El primer congreso de nuestra benjamina».

—Sí, claro. No sé si está contemplado en el presupuesto. Una tarta cuesta al menos quince pavos y tenemos que vigilar hasta el último centavo.

Brady cogió la camiseta sudada de Georgiana y la tiró al cesto de la ropa sucia.

—No me puedo creer que tengamos que dormir de dos en dos. Se me hace rarísimo. Ojalá pudiéramos estar tú y yo juntos.

Georgiana le sacó a Brady su camiseta por la cabeza.

—Bueno, yo voy a compartir con Pete y es posible que se marche después de su panel, así que lo mismo me quedo solo la segunda noche. Igual puedes pasar de la fiesta de pijamas con Meg y hacerme una visita. A no ser que tuvierais ya planes para haceros mutuamente la pedicura y poneros mascarillas.

—Creo que los robots no tienen dedos de los pies —bromeó Georgiana—. ¡Qué divertido! ¡Cita romántica en Washington!

Lo besó y no se molestaron en ducharse para limpiarse el sudor antes de meterse en la cama. Lo cierto es que el amor a veces era muy poco higiénico.

Cuando llegó al centro de convenciones el martes tirando de su perfectamente hecha maleta, la alivió comprobar que los nuevos carteles habían sobrevivido al transporte y el estand estaba montado tal y como había prometido el manual. Trabajó sola, disponiendo los expositores de plástico y llenándolos con folletos desplegables, colocando libros en las mesas y pegando las fotografías en el tablero de corcho. Lo cierto era que no tenía la más mínima idea de lo que hacía, pero el chico que la había antecedido en el puesto le había dejado instrucciones detalladas, así que las siguió al pie de la letra y cruzó los dedos. Cuando terminó se sentía pegajosa y sucia del tren y el esfuerzo, de modo que fue al hotel para cambiarse y reunirse con el resto del equipo.

Meg del departamento de ayudas estaba en la habitación cuando llegó, deshaciendo el equipaje y colgando sus trajes y blusas en el pequeño armario.

—Hola, compi —gorjeó Georgiana dejándose caer en la cama junto a la ventana.

—Solo he usado la mitad de las perchas para que tengas sitio de sobra para tus cosas. —Meg apartó un momento la vista de lo que estaba haciendo—. Y me ducho por las noches, así que tendrás el baño para ti sola por las mañanas y, si no, podemos hacer turnos.

—Pues genial. La verdad es que vengo toda sudada del estand, así que me voy a dar una ducha antes de cenar. ¿Sabes si hay plan de salir esta noche?

—Gail y yo hemos quedado con unos colegas del Peace Works, pero estoy segura de que habrá alguien en el bar del hotel más tarde.

Meg frunció el ceño mientras quitaba el polvo de un mocasín con borlas antes de dejarlo con cuidado en el suelo del armario.

Para cuando Georgiana salió de la ducha, Meg se había ido, así que se vistió con vaqueros y una blusa bordada y bajó con un libro, una biografía de Roger Federer, al bar. Pidió un vodka con soda y un sándwich club de pavo y mientras comía alternó la lectura con la observación de la gente. Daba la impresión de que la mayoría de los huéspedes del hotel eran del congreso. Había abundancia de mujeres blancas con sari, una indumentaria de lo más popular en su oficina, donde todos volvían de la India con resmas de seda que después se ponían en Nueva York con zuecos y el pelo gris o teñido con henna. La madre de Georgiana habría ido antes al Colony Club en albornoz que con sari y zuecos.

A las nueve se había terminado el sándwich y la bebida y no tenía demasiadas ganas de estar sola en el bar de un hotel, así que volvió a su habitación, se puso el pijama y estuvo leyendo en la cama hasta que Meg volvió a las diez y la mató de aburrimiento hablando de los excelentes contactos que había hecho durante la cena. Si los viajes de trabajo eran así, Georgiana no entendía qué veía la gente en ellos.

El día siguiente, en el estand, pasó la jornada como en una nebulosa, sintiéndose igual que una azafata de congresos que repetía las mismas frases una y otra vez con una sonrisa congelada y dolor de pies por pisar durante tanto tiempo una moqueta tan fina que a duras penas amortiguaba el suelo de hormigón que había debajo. El centro de congresos casi parecía un aeropuerto. No había noción del tiempo, la gente correteaba de un lugar a otro como hormigas, dando sorbos a botellas de agua y con tarjetas plastificadas colgadas del cuello mediante un cordón. Pero, a diferencia de los aeropuertos, allí no había bares y Georgiana habría matado por un chupito de vodka con el que mitigar el tedio.

No vio a Brady en todo el día, pero a las cinco recibió un mensaje de texto.

Pete se ha ido. En la 643 a las 22.00?

Georgiana respondió con un pulgar levantado y su dolor de pies mejoró un poco. Ya por la noche en la habitación, Meg se vistió para cenar, es decir, sustituyó su blusa y sus pantalones por otros idénticos. Georgiana estaba mirando su teléfono intentando decidir dónde comer algo antes de reunirse con Brady, cuando Meg soltó una palabrota.

—¡MIERDA! ¡Me está saliendo un grano! ¡Muy profesional!

Estaba mirándose la barbilla en el espejo sobre la cómoda con el ceño fruncido.

—Ah, yo tengo corrector, si quieres —le ofreció Georgiana cogiendo su estuche de maquillaje junto a la cama.

Meg se volvió hacia ella con expresión entre culpable e intrigada, como si Georgiana le hubiera ofrecido sales de baño.

—¿Me lo puedes poner tú? —preguntó.

Cómo había llegado Meg a los treinta años sin saber taparse un grano era algo que Georgiana no lograba entender, pero enseguida sacó su corrector y lo aplicó a la piel enrojecida y usó el dedo índice para extenderlo con cuidado.

—Ya estás.

—¡Hala! Si es que ni se ve —dijo Meg maravillada admirando su imagen en el espejo.

—Por algo el negocio del maquillaje mueve millones.

—Bueno, yo esto lo hago solo porque es una cena de trabajo —bufó Meg—. No tengo ninguna intención de llenarme la cara de productos químicos todos los días.

Se puso sus zapatos planos y se fue.

Georgiana cogió un papel con membrete del hotel y garabateó una nota: «Duermo en casa de una amiga de la universidad. ¡No te preocupes!», y la dejó en la cama de Meg. Sobre el papel era mucho más fácil mentir. Se aplicó productos químicos en la cara, se puso un vestido largo y fluido de flores verdes y fue dando un paseo hasta un café-librería, donde pasó dos agradables horas bebiendo vino y comiendo pasta con alcachofas antes de volver al hotel a reunirse con Brady.

A la mañana siguiente, Brady se levantó a las siete para coger un tren a Nueva York. Georgiana tenía que desmontar el estand y enviar todos los materiales de vuelta, así que fue a su habitación a ponerse unos vaqueros y unas deportivas. Cuando llamó con suavidad a la puerta, descubrió que Meg estaba levantada haciendo su maleta y bebiendo café en un vaso de papel.

—¿Dónde estuviste anoche? —preguntó mientras doblaba una americana en dos y encajaba una hombrera en la otra antes de meterla en la maleta.

—Ah, pues dormí en casa de una amiga de la universidad —repuso Georgiana con tono despreocupado antes de quitarse los pendientes y guardarlos en su neceser de maquillaje.

—Ándate con cuidado, Georgiana —dijo Meg mirándola a la cara por primera vez.

Georgiana le sostuvo la mirada y las dos estuvieron calladas un momento. ¿Pensaría Meg que había estado con un ligue de una noche? ¿O es que visitar a una amiga después de terminar el trabajo iba contra la política de la empresa?

—¿Con qué? —preguntó con el ceño fruncido.

—Con Brady —dijo Meg—. Está casado.

La sorpresa de Georgiana fue como una bofetada.

—Vale —susurró antes de bajar la vista y sacar sus deportivas de debajo de la cama.

—¿Tienes controlado lo del estand? Yo voy a intentar volver a la oficina a tiempo para la llamada con el Banco Mundial esta tarde. ¿Vas a estar sola hoy? —preguntó Meg.

—Sí, pero no pasa nada. Tengo el manual —musitó Georgiana mientras la cabeza seguía dándole vueltas.

—Vale, pues entonces nos vemos en la oficina.

Meg hizo una inclinación de cabeza y salió con su maleta de ruedas dejando a Georgiana aturdida y sola.

9
Darley

Darley estaba convencida de que no llevaría bien estar en la cárcel. Para empezar, echaría de menos su máquina de hacer café *latte*. Y a los niños. Pero después de que la operación con American Airlines de Malcolm se cayera, sabía que a la compañía brasileña Azul no tardaría en salirle otro socio. Pasó una tarde analizando la competencia y decidió que sería United Airlines; no tenían la misma presencia que American en el mercado sudamericano y necesitaban reforzarla. Consultó el precio de las acciones y compró una gran cantidad mentalmente. Una semana después, la CNBC anunció que United había pagado cien millones de dólares por un cinco por ciento de participación en Azul. El precio de las acciones se disparó. La billetera imaginaria de Darley engordó.

Que hubieran despedido a Malcolm era malo, pero que la investigaran a ella por uso de información privilegiada habría sido sin duda peor. El contrato de Malcolm con Deutsche Bank incluía una cláusula de no competencia de tres meses. Aunque ya no trabajaba allí, no podía hacer negocios en el sector de las líneas aéreas, lo que significaba que Darley tampoco. Le pagarían tres meses de sueldo, además de las gratificaciones que le correspondían, y después, nada. Malcolm y ella tenían el tiempo justo, dependían de que él consiguiera un nuevo trabajo antes de que se cerrara el grifo.

Por fin las incansables gestiones de Malcolm con contactos dieron fruto y consiguió una entrevista en la empresa de capital riesgo Texas Pacific Group. Era un trabajo prestigioso, que aceptaría de mejor grado que cualquiera de los puestos en bancos de segunda que le proponían los *headhunters*, pero después de una primera ronda de entrevistas quedó claro que si hacían una oferta a Malcolm sería para trabajar en las oficinas de Dallas.

—¿Te mudarías a Dallas? —preguntó a Darley mientras se mordía la uña del pulgar, un gesto que delataba su nerviosismo.

Darley sabía que Malcolm no tenía ninguna gana de mudarse a Texas, de arrancar a sus hijos de su entorno ni de vivir tan lejos de sus padres.

—Viviremos donde vivas tú, mi amor —le prometió Darley.

Malcolm necesitaba un trabajo y ella tenía que apoyarlo. El jueves por la mañana cogió un avión rumbo a dos días de entrevista seguidos de un fin de semana de golf con un amigo de la escuela de negocios que trabajaba en la compañía texana. Darley le deseó suerte sin estar muy segura de lo que significaba eso ni de hasta qué punto debía cruzar los dedos.

Aquel domingo Darley tuvo ocupados a sus hijos desde el amanecer: fueron a entrenamiento de fútbol en la plaza, dieron un paseo hasta la tienda de bagels para un segundo desayuno, montaron en caballos antiguos del tiovivo de Dumbo a dos dólares la vuelta y a continuación engulleron un plato gigantesco de macarrones con queso que Darley compró por dieciséis dólares en el Time Out Market porque estaba hecho con gruyere y tiras de auténtica panceta, dos detalles que pasaron por completo desapercibidos a sus dos hijos. Los niños se portaban mejor cuando hacían ejercicio hasta estar casi exhaustos, de manera que, después de comer, en lugar de llevarlos a casa, donde inevitablemente se empeñarían en ver dibujos animados en sus iPads y terminarían como zombis malhumorados, Darley se los llevó a su gimnasio en una continuación del maratón al más puro estilo Ironman que constituía un fin de semana de niñera a tiempo completo.

El gimnasio de Darley estaba dentro del hotel St. George, que una vez había sido el más grande y glamuroso de toda la ciudad de Nueva York y en el que se habían alojado presidentes del país y estrellas desde Frank Sinatra a Cary Grant. El hotel ocupaba una manzana entera; en su época de esplendor, su gigantesca piscina de agua salada había tenido techos forrados de espejos y cascadas; se celebraban bodas en el salón de baile y en el establecimiento trabajaban más de mil empleados. Llegada la década de 1980, fue vendido a promotores inmobiliarios, dividido y troceado, y la famosa piscina se vació. Parte del edificio se reconvirtió en viviendas para estudiantes, en la torre se hicieron apartamentos de lujo, el vestíbulo pasó a alojar una tienda de alimentación, una carnicería y una licorería y la amplia sección del centro del edificio —donde antes había estado la piscina— estaba ocupada por el gimnasio de Darley. Sobrevivían fantasmas del edificio original, en los balcones verdes que daban a la piscina había ahora una hilera de bicicletas elípticas en las que personas mayores y estudiantes universitarios pedaleaban a ninguna parte con auriculares en las orejas. Una lujosa moqueta cubría una extraña zona de espera junto a las pistas de squash y el camino por el que se accedía desde los vestuarios hasta la ahora diminuta piscina incluía una serie de escaleras y puertas, recovecos y giros que daban a Darley la sensación de estar caminando por los sótanos de Penn Station con un bañador mojado.

Una vez en el vestuario de mujeres, Darley y los niños se pusieron la ropa de baño, bañadores enteros de L.L.Bean para las chicas, bóxers y camiseta de baño de manga larga para Hatcher, que era tan delgado que se ponía azul y le castañeteaban los dientes si no iba abrigado en el agua. Poppy estaba tan acostumbrada a ver a Hatcher con camiseta que la primera vez que vio a un hombre con el torso desnudo en la piscina empezó a gritar: «¡Mamá, ese hombre está DESNUDO!», causando un pequeño altercado con el socorrista.

Metieron el calzado deportivo y la ropa en las taquillas, se calzaron chanclas, se envolvieron en delgadas y blancas toallas de gimnasio e iniciaron el largo camino hasta la piscinas. Cruzaron las duchas de mujeres, las saunas, una puerta al fondo y bajaron una escaleras con baldosas verdes agrietadas y un pasillo helador hasta llegar a la piscina, donde la temperatura era diez grados más alta y el aire olía fuertemente a cloro. Los niños tiraron sus toallas y se metieron enseguida en el agua, haciendo caso omiso de Darley cuando les pidió que la esperaran. Los dos eran excelentes nadadores y a Darley a menudo la maravillaba que tuvieran brazos lo bastante fuertes para impulsarlos a tal velocidad. Parecían pequeñas anguilas de licra retorciéndose de placer en el agua azul brillante.

Había más nadadores, todos padres con hijos, y Darley se metió en el agua por la escalerilla, respetando las normas no escritas del uso de la piscina, guardando unos pocos metros de distancia y saludando con una inclinación de cabeza a los padres que tiraban de sus hijos subidos a tablas de gomaespuma mordidas. Ni Poppy ni Hatcher tenían ese sentido del decoro y saltaban de un lado a otro, corrían entre padres e hijos buscando juguetes entre las rodillas de desconocidos y daban tales patadas que empapaban a todo el que estaba cerca. Darley inspeccionó el lugar y comprobó, por primera vez y con sorpresa, lo decrépito que estaba su gimnasio. Varias baldosas de la piscina estaban resquebrajadas, en el centro del espacio había una extraña alcachofa de ducha sujeta con una cadena al más puro estilo carcelario y un jacuzzi lleno de gente mayor borboteaba cerca del socorrista. Puesto que el edificio contiguo era de apartamentos para personas mayores, el gimnasio rebosaba de octogenarios y, cuando los observaba a remojo en el jacuzzi, Darley a menudo tenía la sensación de estar viendo tomas de la película *Cocoon*.

Había salido del agua para coger las gafas de los niños cuando la socorrista tocó el silbato. «¡Arriba, arriba!». Darley se volvió presa del pánico y vio a Hatcher flotando bocabajo en la piscina. Empezó a correr hacia él pero Hatcher oyó el silbato y enseguida levantó la cabeza y se dio la vuelta.

—Hatcher, ¿qué haces?

—Se llama hacer el muerto, mamá. —El niño rio.

—Pues es confuso para la socorrista, así que no lo hagas.

—Vaaale. —Hatcher volvió a reír y nadó como un renacuajo hasta el borde de la piscina para coger sus gafas.

Cinco minutos después, la socorrista volvió a tocar el silbato. Poppy estaba bocabajo. Darley la cogió y le dio la vuelta. «Ya está bien», susurró furiosa, y Poppy rio. Jugaron a este juego tres veces más hasta que la socorrista les pidió que se fueran.

Humillada, Darley condujo a los niños, que tiritaban envueltos en las finas toallas, de vuelta al pasillo. Por lo general, después de sacarlos del agua los secaba y los envolvía en toallas limpias y secas para hacer el viaje de regreso, pero estaba enfadada.

—¿Se puede saber qué os pasa? ¿Por qué habéis seguido haciendo eso después de que la socorrista os dijera que no?

—Dice Aiden que la peor manera de morirse es ahogado —explicó serio Hatcher y su voz resonó en el largo pasillo embaldosado.

—Dice que se te llenan los pulmones de agua —estuvo de acuerdo Poppy.

—Pero vosotros sabéis nadar. Para eso os enseñamos. Para que no os ahoguéis. ¿Es de lo que tenéis miedo? ¿De ahogaros? Porque no os va a pasar.

—No, no tenemos miedo.

—Solo queríamos saber cómo es. Morirse. —Poppy sonrió con dulzura.

—No os vais a morir hasta los cien años —dijo Darley con firmeza mientras los conducía escaleras arriba y hasta las duchas.

Abrió el agua caliente y les lavó la cabeza antes de mandarlos al vestuario a vestirse. Darley se quitó su bañador mojado y dejó que el agua caliente le bajara por la cara. Si expulsaban a sus hijos de Eastern Athletic se llevaría un disgusto grande. La única cosa más humillante que ser socia del gimnasio más decrépito de Brooklyn era que te echaran de él por mal comportamiento.

Cuando salió de la ducha, los niños estaban sentados en un banco ya vestidos y mirando a las mujeres mayores desnudas recién salidas de clase de aerobic. Las mujeres charlaban sobre su profesor, sobre una compañera de clase a la que había venido a visitar su familia desde New Jersey, sobre alguien cuyo marido estaba enfermo y a quien irían a ver con tarta y flores. Mientras charlaban guardaron camisetas dobladas en bolsas de plástico, se cubrieron el pelo blanco y esponjoso con gorros de natación y se agacharon para dejar sus zapatillas debajo de los bancos exponiendo sus nalgas desnudas. Darley apartó la vista, ligeramente horrorizada. De acuerdo, ella había dado a luz a dos niños y su cuerpo no tenía nada que ver con el que había tenido seis años antes, pero mientras miraba a aquellas mujeres arrugadas con pechos que les llegaban hasta la cintura, muslos veteados de celulitis, piel tatuada por venas varicosas y pliegues de cicatrices no era capaz de imaginarse tan anciana. O de estar dispuesta a mostrarse en público si llegaba a serlo.

—No miréis —susurró Darley y los niños la miraron dando un respingo, como si hubieran salido de un trance.

—¿Tienen casi cien años? —preguntó Poppy en voz alta.

—Chis. —Darley quiso que se la tragara la tierra—. No lo sé. ¿Por qué no veis un poco de Netflix en mi teléfono mientras recojo vuestras cosas?

Tener hijos era probablemente la experiencia más humillante de su vida.

Faltaban horas para la cena, de manera que Darley sacó los patinetes de los niños de debajo de la escalera del gimnasio y los llevó al parque de Pierrepont. Encontró un banco vacío y se sumergió en su teléfono mientras Poppy y Hatcher se dedicaban a explorar los rincones más desagradables del parque, el montón de palos mojados junto a la puerta del retrete público, las bolsas de plástico tiradas en el desagüe junto a la fuente, los frutos medio partidos a los pies del ginkgo biloba con su fétido olor. Tendría que darles otro baño cuando volvieran a casa, pero merecía la pena si ayudaba a pasar el tiempo, a llegar hasta la noche del domingo y tener así por delante una semana entera de colegio y libertad.

Se estaba torturando con noticias de antiguos compañeros de universidad cuando vio a su cuñada sentada en un banco, al otro lado de la verja de hierro. «¡Sasha!», la llamó y le hizo un gesto para que se acercara. Sasha dio un respingo y a continuación cogió sus papeles y entró en el parque. Llevaba lo que parecían ser unos vaqueros de hombre y una camiseta negra, y, aunque Darley sabía que una indumentaria así a ella le daría aspecto de doble de Johnny Cash, resultaba que a Sasha le quedaba bien. Tenía pelo castaño corto a la altura de las orejas, piel pálida y pecosa, bonitos labios sonrosados y una constitución menuda y esbelta que la haría una excelente jugadora de squash. Darley no podía evitarlo. Todos esos años de vivir con su madre y su hermana la habían convertido en una de esas personas que evalúa la constitución de los demás guiándose por sus ideales deportivos. La verdad, una locura.

—¡Ay, hola! —la saludó Sasha riendo—. Es que ni os he visto llegar.

—Bueno, nos acaban de echar de la piscina del Eastern Athletic por fingir que nos ahogábamos —dijo Darley con una mueca de horror.

—Pues igual deberías dejar de fingir que te ahogas. Das mal ejemplo a los niños.

—El problema es que cuesta mucho nadar cuando llevas todo el día bebiendo —bromeó Darley y dio una palmadita al banco junto a ella invitando a Sasha a sentarse. Esta pareció sorprendida, pero Darley estaba loca por hablar con un adulto, así que le regaló su sonrisa más cálida. Miraron hacia el parque, donde Poppy y Hatcher estaban acuclillados sobre el desagüe de la fuente, turnándose para meter largos palos por las ranuras y sacando montoncitos húmedos de hojas mugrientas.

—¿Qué hacías?

—Ah, estaba entretenida con algunos bocetos.

Sasha le enseñó un cuaderno de espiral.

—¿Me dejas ver?

Sasha le pasó el cuaderno y Darley lo hojeó. Los dibujos eran, en su mayoría, retratos de personas. Un hombre mayor tocando la trompeta en un banco del parque, una pareja haciéndose arrumacos en las escaleras de entrada a una casa, una mujer fumando asomada a una ventana. Pasó página y vio a su hermano con los pies en una silla, leyendo un libro. Era inquietante lo bien que había capturado Sasha ese gesto raro que hacía con la boca al leer, la manera en que sostenía el libro como si estuviera a punto de soltarlo. Qué extraño se le hacía ver a alguien a quien quería tanto con los ojos de otra persona.

—Son buenísimos, Sasha. Estudiaste en Cooper Union, ¿no?

—Sí. Y ahora me paso los días discutiendo con clientes sobré cuál de las fotos de una funda de almohada quedará más sexy en su catálogo de Navidad. Como ves, le estoy dando buen uso a mi título.

—Yo hice un máster en administración de empresas para trabajar de agente en adquisiciones corporativas, y en lugar de eso me paso los días discutiendo con niños sobre si los nuggets y los fingers de pollo pertenecen a dos grupos de alimentación distintos —dijo Darley.

Se sentía como siempre que mencionaba la escuela de negocios: orgullosa de haber ido, avergonzada por no haber hecho nada desde entonces. No sabía muy bien por qué le estaba dando esa información a su cuñada, nada menos.

—Bueno, en cierto sentido lo son —dijo Sasha—. Los nuggets son para comer en el colegio y los fingers para pedir en el bar donde estás viendo el partido cuando te das cuenta de que estás demasiado borracho y solo ha pasado el primer tiempo.

—Hum, es verdad, los cinco grupos de alimentos: borrachera, sobriedad, resaca, menú escolar y menú de bar.

—Me parece que te has dejado fuera el de dieta de los lunes.

—¿Ese cuál es?

—El saludable en que obligas a todo el mundo a comer

arroz y brócoli y ensalada porque te sientes fatal por haberte pasado todo el fin de semana comiendo pizzas y dónuts.

—Ah, claro, la dieta de los lunes. Es el grupo más triste de todos, lleno de zanahorias baby y remordimientos. —Darley miró hacia el parque riendo en voz baja—. Conozco a una chica que publica su ingesta diaria de calorías junto con fotografías de guisantes escuálidos y pechugas de pollo a la plancha.

—Qué cosa tan ridícula —dijo Sasha horrorizada.

—¿A que sí? Te juro que hice una captura de pantalla y se la mandé a todas mis amigas para preguntarles si la chica no era consciente de que sus posts eran públicos. Incluso contemplamos hacer una intervención.

—¿Y la hicisteis?

—No, decidimos que sería más amable seguir intercambiando capturas de pantalla sin que se enterara.

—Sí, claro, lo entiendo totalmente. —Sasha asintió con la cabeza, seria. Su teléfono hizo ping y bajó la vista—: Uf, qué asco.

—¿El qué?

—Dice mi madre que tienen un murciélago en el sótano y que mi padre va a intentar cazarlo. El perro está histérico.

—¿Los murciélagos no transmiten la rabia?

—Le estoy escribiendo. «MAMÁ, NO DEJES ENTRAR A PAPÁ EN EL SÓTANO. LLAMA A ALGUIEN».

Un momento después el teléfono de Sasha volvió a hacer ping y esta gimió al ver que su madre le había mandado una fotografía de alguien con una careta y guantes de receptor de béisbol y una red de pesca.

—¿Es tu padre?

—Mi hermano, gracias a Dios.

De pronto a Darley le cayó una gota en el brazo. Poppy y Hatcher llegaron corriendo y arrastrando palos viscosos.

—¡Mamá, está lloviendo!

—Vale, poneos los cascos. —Darley suspiró. Ahora tendría que enfrentarse al resto del día confinados en el apartamento. La tarde se le hacía tan larga como un viaje en coche al otro lado del país, o una convocatoria para ser jurado popular.

—¡Oye, venid a casa! —propuso Sasha.

—¿Queréis ir a Pineapple Street, chicos? —preguntó Darley a sus hijos olvidando momentáneamente que podían decir algo socialmente horrendo como «No, la casa de Sasha huele raro» o «Solo si hay mejores cosas para merendar que en casa», pero en lugar de ello la sorprendieron poniéndose a dar saltos y sonriendo a Sasha de oreja a oreja. A los hijos de Darley les encantaba revolver en las viejas cosas de su madre.

Salieron con Sasha del parque y subieron por Willow Street hasta Pineapple. Aparcaron los patinetes en el recibidor, se quitaron las zapatillas embarradas y dejaron con cuidado sus palos viscosos mientras Darley colgaba la bolsa con las cosas de natación en un gancho antes de entrar.

—Chicos, tengo un montón de cosas de dibujo en mi habitación por si os apetece pintar. —Sasha invitó a los niños a subir las escaleras—. ¿Te parece bien que vayan?

—Claro que sí.

Darley sonrió. No pensaba oponerse a que su hijos jugaran por su cuenta. Sasha señaló la cocina con un gesto de la barbilla y Darley la siguió. Sacó una botella de vino blanco de la nevera y sirvió dos copas. La lluvia golpeaba las puertas acristaladas que daban al jardín.

—Debería mandar un mensaje a Malcolm —dijo Darley—. A ver, ya tiene que haber terminado la partida de golf. —Darley envió un mensaje rápido contándole que habían echado a los niños de la piscina y que estaban en la casa de Pineapple Street. Luego dejó el teléfono bocabajo en la mesa y se disculpó—. Perdona.

—¿Malcolm está jugando al golf?

—Sí. Con amigos de la escuela de negocios, en Texas.

—¿Habláis mucho cuando está de viaje?

—Pues... unas cuatrocientas veces al día —repuso Darley riendo—. ¿Cord y tú habláis también todo el rato?

—No, Cord se pone en modo animal cuando está en el trabajo y prácticamente se olvida de que es persona. Luego llega muerto de hambre porque se ha saltado la comida y se zampa una bolsa entera de patatas antes de cenar.

—¿De verdad le gusta trabajar con papá?

—Le encanta. Vuestro padre y él son almas gemelas. —Sasha sonrió—. ¿Te resulta duro que Malcolm viaje tanto por trabajo? ¿Le echas de menos?

Darley se quedó pensando. Aunque a Malcolm lo habían despedido del Deutsche Bank varias semanas atrás, nadie de la familia lo sabía. Darley opinaba que era mejor así. Pero el fin de semana había sido largo y guardar el secreto empezaba a pesarla.

—No se lo digas a Cord, pero a Malcolm lo han despedido. Está haciendo entrevistas para un nuevo puesto.

—¿Lo han despedido? —preguntó Sasha dejando su copa de vino en la mesa con un tintineo.

—No fue culpa suya..., un analista echó a perder un negocio y Malcolm pagó el pato.

—Joder, tiene que estar destrozado. Con lo que le gusta su trabajo.

A Darley le sorprendió notar lágrimas en los ojos. Era como si Sasha comprendiera de verdad por qué estaba tan asustada.

—Está destrozado. Y el mundo de la banca es despiadado. Das un paso en falso y ya eres persona non grata.

—¿Está entrevistándose con otro banco?

—No, está mirando en capital riesgo. Pero no tiene contactos en ese sector.

Darley dio un largo trago de vino.

—¿Tus padres no conocen a nadie que pueda echarle una mano?

—No se lo vamos a contar —dijo Darley en tono firme.

—¿Por qué no?

—Es complicado. —Darley no quería hablar de sus padres, de su temor de que, a un nivel secreto, un nivel que ni siquiera admitirían ante sí mismos, hubieran recibido bien a Malcolm en la familia solo porque era económicamente solvente. Una vez el dinero desapareciera, una vez el lustre del éxito se empañara, ¿sentirían lo mismo?—. Prométeme que no se lo vas a contar a Cord. Yo se lo contaré todo en cuanto Malcolm tenga otro trabajo. Ahora mismo no quiero ponerle esa presión añadida.

—Por supuesto. —Sasha asintió con la cabeza—. No te preocupes. Y lo van a contratar enseguida. Es un genio. —Su teléfono avisó de un mensaje y lo consultó—. ¡Será posible!

Enseñó a Darley la pantalla en la que aparecían su padre y su hermano con un pequeño murciélago marrón dentro de la red y ademán victorioso.

—¡Qué fuerte! —murmuró Darley mientras intentaba imaginar a Chip haciendo algo con una red que no fuera sacar insectos de la piscina en Spyglass.

—Igual en su nuevo trabajo Malcolm no tiene que viajar tanto —se preguntó Sasha.

—¿Conoces a mi amiga Priya Singh? Su marido y ella trabajan en Goldman y te prometo que no tengo ni idea de cómo pudieron tener un segundo hijo. No creo que se vean nunca.

—Suena muy solitario.

—En el colegio de Henry Street hay una madre que se casó con una estrella de la NBA al que traspasaron a Los Ángeles. Esos niños solo ven a su padre por televisión.

—Bueno, pero sigue molando bastante —dijo Sasha—.

A mí no me importaría estar casada con una estrella del baloncesto.

—Es verdad. Ganan muchísimo dinero y además se jubilan con treinta años, así que tú puedes dejar de trabajar también y estar juntos.

—Yo no creo que Cord se jubile nunca. Le encanta su trabajo.

—Yo creo que todos estos hombres que se meten en el mundo de las finanzas tienen planes de ganar muchísimo dinero y jubilarse a los treinta, pero luego, por mucho que hayan ganado, quieren ver cuánto más pueden ganar si siguen. O sea, que no hay un momento en que digan: «Vale, tengo diez millones de dólares y eso es suficiente».

—No, porque toda la gente que conocen también está ganando y gastando ese dinero, e, incluso cuando tienen más del que podrían gastar en una vida, no les parece bastante.

—Tal cual —estuvo de acuerdo Darley antes de terminarse su vino.

Sasha le sirvió más. Encendió el horno y sacó dos pizzas del congelador.

—¿Te parece que haga pizza y ensalada?

—Es lo único que comen los niños.

Cuando estuvieron hechas las pizzas, Darley llamó a los niños y se sentaron a la isleta de granito y devoraron una porción detrás de otra mientras discutían sobre capas de la invisibilidad. Hatcher creía que existían de verdad, Poppy no estaba segura. Después de cenar se fueron a los sofás del salón y Sasha puso música. Los niños bailaron y apilaron cojines en el suelo y jugaron a El suelo quema, mientras Darley y Sasha reían, bebían y, de tanto en tanto, arrojaban un cojín a un niño eufórico. La madre de Darley los mataría si viera lo que estaban haciendo con sus cojines de diseño.

Sin saber cómo, llegaron las ocho y media y Darley cayó en la cuenta de que se habían perdido la hora del baño y también la de irse a la cama, y que la temida tarde de domingo se había pasado en una feliz nebulosa. Puso los cascos a los niños, recogió sus palos y, antes de salir a la cálida noche, cogió a Sasha del brazo y le dijo muy seria:

—Lo hemos pasado fenomenal.

—Me alegro de que os echaran de la piscina y haber podido hacer este plan —contestó Sasha sonriendo.

Cuando recorrían las aceras mojadas de vuelta al apartamento, Darley sacó el teléfono. Se había perdido una llamada de FaceTime con Malcolm y un mensaje:

Espero que estés sobreviviendo al terror dominical...

Darley estaba un poco borracha y le bailaban las letras, así que cerró un ojo y escribió:

Muy divertido. He bebido vino.
Las zanahorias baby y los remordimientos para mañana.

Había cosas que podías hacer con la familia y no con amigos: podías ir vestido con la misma ropa tres días seguidos. Podías invitarlos a comer y luego no hacerles caso y dedicarte a hablar con tu proveedor de internet que por fin te había cogido el teléfono. Podías tener una conversación llevando puestas tiras blanqueadoras Crest. De pronto, gracias a su nueva amistad con Sasha, Darley bajó la guardia. Sasha era divertida y de trato fácil y disfrutaba de verdad pasando tiempo con Poppy y Hatcher. Tenía horario de autónoma y a menudo estaba libre para quedar con Darley en el parque a mediodía, para unirse a ella y los niños para tomar unos bagels, montar en el tiovivo, comprar helados al vendedor ambulante. Hacía el ganso con los niños de la misma manera que lo hacía Cord, fingiendo que sus gafas eran de visión de rayos X, insistiendo en entender lo que decían los perros al ladrar cuando pasaban corriendo y enzarzándose en largos y serios debates sobre los méritos respectivos de tener de mascota a Pegaso o a un unicornio.

Darley se dio cuenta de que a Cord le encantaba ver a su mujer y a su hermana divertirse juntas y franqueó a Sasha la entrada a su mundo de bromas privadas y teorías absurdas. Sasha y él sospechaban que la pésima carnicería en el hotel St. George era una tapadera para un negocio de drogas y expusieron a Darley todos los indicios que tenían.

—Venden como cuatro cortes de carne y un paquete de pasta seca. Ese no puede ser su modelo de negocio —dijo Cord.

—Y el tipo que atiende parece molesto cada vez que intentas comprar algo, como si fueras a estropearle el atrezo —convino Sasha.

—A ver, chicos —los interrumpió Darley negando con la cabeza—. Estamos en Nueva York. Nadie necesita una tapadera para vender drogas. Si quieres drogas, las puedes comprar con una app del teléfono.

—¿Y qué app es esa? —la provocó Cord.

—A ver, no sé cómo se llama exactamente —tuvo que admitir Darley.

Sasha nunca había probado la barbacoa coreana, así que Darley decidió que irían al restaurante nuevo que había abierto en Gowanus, un local elegante de paredes forradas de madera encajado entre una empresa de mudanzas y un taller mecánico que servía cócteles al estilo polinesios y morcilla. Malcolm estaba obsesionado con sus costillas y, después de seis llamadas de teléfono, Darley consiguió una muy codiciada reserva para cenar un sábado cuatro personas. Entonces resultó que esa noche Cord tenía la cata de coñac en el Union Club. Darley llamó otra vez al restaurante y después de mucho suplicar y negociar consiguió una mesa para tres semanas después, pero entonces cayó en la cuenta de que Malcolm había hecho planes para el cumpleaños de su madre.

—Es como si fueran Clark Kent y Bruce Wayne —se lamentó Darley a Sasha.

—Mamá, no pueden ser los dos. —Poppy puso los ojos en blanco. Estaban sentados en el banco a la puerta de Joe Coffee esperando su pedido.

—¡Exacto! ¡Porque en realidad son la misma persona! ¡Como un supermán y su alter ego!

—No, mamá. Clark Kent es Superman y Bruce Wayne es Batman. Son dos personajes distintos.

—Ah. Bueno, ¿y cuál de los dos es papá?

—Yo creo que Bruce Wayne —dijo Poppy pensativa—. Y tú eres Pennyworth.

—¿Esa quién es? ¿La periodista guapa?

—No. Pennyworth es el mayordomo de Batman. Es viejo —dijo Hatcher.

—Ah, vale, vale. —Darley asintió con la cabeza y le hizo una mueca de horror a Sasha por encima de la cabeza de Hatcher.

Darley no había sido consciente de lo sola que se había sentido antes. Muchas de sus amigas estaban ocupadísimas entre trabajar y ser madres, con los fines de semana llenos de partidos de fútbol y correos electrónicos furtivos porque nunca conseguían ponerse al día en el trabajo. Darley tenía a sus hermanos, tenía a sus padres, tenía a los padres de Malcolm y a Malcolm cuando estaba en casa, pero todos tenían cenas con clientes y partidos de tenis, todos estaban invitados a fiestas de aniversario con temática veneciana, a juegos de golf, a un millón de cosas que hacer más divertidas que mirar a los niños montar en bicicleta una hora detrás de otra en Squibb Park. Por supuesto Sasha también tenía cosas más interesantes que hacer. Tenía su trabajo y tenía a sus amigos de Bellas Artes, pero vivía bajando la calle y antes de comer sola en la mesa mirando el ordenador, elegía presentarse en casa de Darley con una ensalada un miércoles cualquiera a mediodía.

Los fines de semana en que hacía buen tiempo, Darley y Malcolm metían a los niños en el Land Rover con Cord y Sasha apretujados en el asiento de atrás del todo e iban hasta la casa de Spyglass para pelotear en la pista de tenis y hacer perritos en la barbacoa. Después de acostar a los niños, se quedaban hasta tarde bebiendo vino y jugando a las cartas. Chip y Tilda solían ir también, pero siempre tenían una invitación para cenar o un evento en el club de los que volvían cerca de medianoche, achispados y de excelente humor. En esas ocasiones, la madre hacía a Chip sacar el coñac para un rato de charla y chismorreo. Tilda siempre se las arreglaba para enterarse de los mejores chismes de las fiestas: sobre neoyorquinos famosos de segundo nivel, sobre miembros del consejo de los diferentes colegios privados, sobre qué comunidades de propietarios estaban denegando el acceso a actores de Hollywood que acudían a las frondosas calles de Brooklyn Heights igual que periquitos, coloridos, ruidosos y totalmente fuera de lugar.

Ahora que Darley era del Equipo Sasha, se daba cuenta de lo complicada que podía resultar su familia para alguien de fuera, de lo difícil que podía ser entender el pequeño clan que conformaba. Estaba al corriente de la broma privada de Sasha y Malcolm, la de susurrar «NMF» cuando se sentían excluidos, pero se dio cuenta de que solo tenía que tender una mano para incluir a

Sasha y que podía haberlo hecho mucho antes. Le recordaba que llevara ropa de tenis para Spyglass. Le ofrecía un posavasos cuando veía que se disponía a dejar un vaso en la mesa baja de su madre. Hacía el gesto de la cremallera sobre la boca si a Sasha se le ocurría mencionar un *reality* sobre el negocio inmobiliario en presencia de su padre.

Una noche en que estaban cenando en familia en Cecconi's, en Dumbo, les sirvieron una crema de verduras en un cuenco hecho de pan. Cuando Sasha arrancó un trocito para comérselo, Darley vio a su madre mirarla con ojos desorbitados.

—No pensarás comerte el cuenco, ¿verdad? —preguntó Tilda, sorprendida.

Que Darley supiera, su madre llevaba desde la década de 1970 sin comer pan.

Sasha se detuvo con el trozo de pan en la mano chorreando caldo.

—Se ha deshecho con la sopa —farfulló y en la mesa se hizo un silencio atroz.

Darley también había pedido la crema y, muy consciente de que solo ella podía salvar la situación, arrancó un gran trozo de pan de su cuenco.

—Huy, si es que está buenísimo —insistió. Seguidamente se giró con la elegancia de una bailarina del Lincoln Center y preguntó—: ¿Habéis estado en el restaurante italiano nuevo de Henry Street? Me han dicho que la comida es malísima, pero que uno de los inversores es el nuevo James Bond.

Darley continuó desmontando entusiasta su cuenco de pan mientras Tilda mordía el anzuelo y los obsequiaba con la historia de los problemas que había tenido la mujer de James Bond con la renovación de su casa. Cord miró furtivamente a su hermana y curvó una de las comisuras de la boca en una mueca privada de agradecimiento.

10
Sasha

Cuando Sasha tenía diez años, estaba tan enamorada de Harrison Ford que a veces lloraba tumbada en la cama sumida en una profunda tristeza porque nunca podrían estar juntos. Sabía que era una locura. Él era un hombre adulto y un actor famoso y ella una niña que empezaba a ser consciente de los pelillos que le salían en las piernas, y ello constituía una tragedia tan devastadora que apenas soportaba ver al actor en películas si había alguien con ella. Como es lógico, sus hermanos estaban al corriente de sus fantasías y se burlaban de ella sin piedad. Años después, cuando Sasha leyó en una revista de cotilleo en el salón de uñas que Harrison se había puesto un pendiente, se avergonzó de haber estado obsesionada con alguien tan mayor.

Sasha se había empezado a enamorar de Cord antes de que él le hablara de su amor platónico de juventud, pero era probable que la revelación resultara decisiva. Una noche estaban en la cama algo bebidos y Sasha le habló de Harrison.

—¿De niño sentiste tú algo parecido? —preguntó—. ¿Igual de intenso y confuso?

—Huy. Totalmente. Estuve enamorado de Little Debbie.

—¿Quién era esa? —preguntó Sasha pasándole un dedo por el pecho desnudo—. ¿Una vecina?

—No. La niñita con sombrero de las cajas de bizcochos.

Sasha se sentó en la cama.

—¿Estabas enamorado de la niña de la caja de rollitos rellenos? ¿Esos de chocolate que sabían a cera?

—Me parecía muy guapa. Tenía pelo castaño ondulado y una sonrisa bondadosa...

—¿Y no crees que lo que te pasaba era que tenías hambre?

—Puede ser —dijo Cord pensativo—. También me encantaban esas galletas de avena con relleno de crema.

Sasha se partía de risa. Juntos hicieron una lista de personajes de dibujos animados por orden de follabilidad. Sasha opinaba que el Tigre de los cereales Frosties era el claro vencedor. Exudaba sensualidad cismasculina, con su pecho grande y henchido y su entusiasmo sin límites. Obviamente, la señora de las pasas Sun Maid era un bombón, con sus mejillas rosadas y su indumentaria de blusón bordado y boina. El guepardo de los Cheetos estaría muy bien para salir una noche, pero los dos estuvieron de acuerdo en que no se quitaría las gafas de sol durante el sexo. El Gigante Verde de los guisantes quizá estaba más bueno que el tigre Tony, pero a Sasha le preocupaba que fuera un novio malísimo que se pasara el día metido en el gimnasio. Era demasiado musculitos.

—O sea, que tu estilo es más el del muñeco de masa para galletas de Pillsbury —preguntó Cord—. Fofisano.

—No. El muñeco de Pillsbury es demasiado blanco. ¡No es nada sexy!

—¿El coronel Sanders, entonces?

—¡Puaj, no! También es demasiado blanco. ¡Y encima tiene perilla!

—¿El señor cuáquero de los copos de avena Quaker?

—¡Para! ¡Todas esas mascotas humanas son hombres mayores! ¿Por qué a vosotros os tocan tías buenas?

—¿Como cuáles?

—Pues Chiquita, la de los plátanos.

—Un auténtico cañón —estuvo de acuerdo Cord.

—¿Wendy?

—Para nada. —Cord arrugó la nariz.

—O sea, que te encantaba Little Debbie, ¿pero Wendy no? Si son lo mismo.

—Cállate la boca. —Cord la zarandeó por el hombro en broma—. Little Debbie es pura bondad y rollitos rellenos de crema. Wendy es como Conan O'Brien con trenzas y huele a hamburguesa grasienta.

Una vez zanjada la cuestión, apagaron las luces, se acurrucaron el uno contra el otro y, cuando se estaban quedando dormidos, Cord le dijo al oído: «Despiertas el tigre que hay en mí» y Sasha supo que había encontrado al amor de su vida.

Allí donde Mullin era trueno y oscuridad, Cord era pura luz del sol, siempre de buen humor, nada complicado emocionalmente, un hombre de placeres sencillos. Disfrutaba de muchas cosas. Cuando daba el primer bocado de algo, ya fuera un sándwich de beicon o una vieira a la plancha, siempre se detenía un momento y echaba la cabeza atrás, feliz, mientras masticaba. «Oooh —gemía agradecido—. Qué bueno. Está buenísimo». Cuando un camarero le ponía un plato delante en un restaurante, emitía un ligero suspiro que era casi indecoroso, de tan cargado de lujuria y abandono desinhibido. Gozaba de estrenar unas deportivas, de notar el sol en la cara. Cantaba cualquier canción que sonara en la radio, incluso si no se sabía bien la letra, incluso si era pop malo para adolescentes. Con las películas era igual de indiscriminado, siempre dispuesto a ver lo que le apeteciera a Sasha, así que habían visto juntos todas aquellas en las que salía Catherine Keener, después todo lo dirigido por Nancy Meyers y los dos habían llorado con la escena de *El padre de la novia* y rebobinado para ver de nuevo la parte en que Steve Martin juega al baloncesto con su hija.

—Esa es la clase de padre que quiero ser yo —dijo Cord mientras se secaba las mejillas húmedas con una manta—. Aunque creo que cambiaría el baloncesto por el tenis.

—Eres el Steve Martin del club de campo.

—Pero no tan divertido.

—Pero no tan divertido —convino Sasha con voz triste y Cord hizo un puchero.

Sasha sabía que Cord sería un padre maravilloso. Sus sobrinos lo adoraban. Cord era ganso y les hablaba con acentos raros, los convenció de que el conejito de Pascua era íntimo amigo suyo, una vez fingió creer que el resorte de una lata de gusanos de broma era una serpiente de verdad y gritó todas y cada una de las doces veces seguidas que la abrió.

Aunque estaban de acuerdo en que querían tener hijos, solo habían hablado del tema muy de pasada, pero en junio el mejor amigo de Cord, Tim, tuvo un bebé y Cord se puso como una gallina clueca. Sasha solo había oído hablar del fenómeno en mujeres, o en gallinas, pero lo cierto era que no había otra forma de definirlo. Cord quería tener hijos. Cuando iban por la calle, se fijaba en los cochecitos de niño igual que se fijan otros hombres en mujeres en moto, dejando escapar un leve silbido y volviéndose para mirarlos alejarse. «Ese es el nuevo modelo YOYO, que cuando lo doblas ocupa menos que una maleta», podía comentar. O «Ese es un UPPAbaby Vista, puedes añadirle un trasportín para un segundo niño». Arrastró a Sasha a la tienda Picnic, en Cobble Hill, para comprar un regalo para el bebé de Tim y pasó una hora entera eligiendo pijamas diminutos y un sonajerito con forma de taxi. Cuando visitaron a Tim en su apartamento, incluso entró con él en la habitación del bebé para ver cómo le cambiaba el pañal después de anunciar que más le valía ir aprendiendo.

La mujer de Tim miró a Sasha con los ojos como platos y esta meneó la cabeza, divertida.

—No estamos embarazados. Es que le hace ilusión.

—¿Cambiar pañales?

—Cord es una persona muy entusiasta —respondió Sasha con una risita.

Sasha no sabía qué sería de su negocio cuando tuviera un hijo; era un estudio de diseño en el que trabajaba solo ella y sin departamento de recursos humanos, así que suponía que tendría que estar un tiempo sin aceptar proyectos y confiar en que sus clientes volvieran a encargarle cosas cuando se reincorporara. Con uno de ellos, una compañía con sede en Brooklyn que hacía ropa de cama, Sasha llevaba colaborando desde su lanzamiento. Les había diseñado el logo, la página web, el *packaging* y los anuncios para el metro. Otro cliente, un hotel de lujo en Baltimore, le había encargado el diseño de todo, desde la carta del restaurante y las cajas de cerillas, hasta el letrero de más de dos metros encima de la entrada. Trabajaba con una empresa de cervezas artesanas, un servicio de comida orgánica para bebés a domicilio, un fabricante de impresoras 3D y un restaurante (vale, este era un poco raro) chino-sueco. Podría hacerles a todos la campaña de Navidad y después cogerse una baja maternal en primavera, cuando hubiera menos trabajo. Pensarlo le resultaba aterrador, pero no se le ocurrían otras opciones.

—Ya me parece estar viéndote como la supermadre que vas a ser —le dijo Cord más tarde aquella noche—. Trabajando con el niño en una mochila al pecho.

—¿Y luego enseñándole a usar Photoshop? —preguntó Sasha.

—Le enseñaremos nuestros dos trabajos para que tú y yo podamos pasarnos el día haciéndonos arrumacos —dijo Cord con la nariz en el pelo de Sasha.

—¿O sea, que estás preparado?

—Yo sí. ¿Tú?

—Casi, casi. —Sasha asintió con la cabeza.

Sus amigas también empezaban a tener niños. Ya no le parecía ni descabellado ni irresponsable y había algo inesperadamente guay en imaginar un ser humano diminuto que fuera mitad Cord, mitad ella. Lo visualizaba hablándole con distintas voces, simulando que la bañera era un mar tempestuoso, bailando en el salón con él en brazos. Cord volcaría su tendencia natural a hacer el ganso y su alegría en la paternidad y tendrían un hogar feliz y pleno.

Sasha llamó a su madre para hablar del tema.

—Sasha, no hay un momento perfecto para tener un hijo —dijo su madre—. Tu padre y yo no teníamos un centavo cuando nació Nat, pero todo salió bien. Tienes salud, estás enamorada, tienes menos de cuarenta años. En mis tiempos, cualquier mujer de más de treinta y cinco años se clasificaba como «madre geriátrica» y te hacían llevar una pulsera de papel bochornosa. Ponte a ello.

Decidieron intentar quedarse embarazados. Sasha tenía amigas que habían empezado a contarlo en cuanto tomaron la decisión, decían: «Hemos expulsado al portero», y a Sasha siempre le daba risa porque lo que en realidad estaban diciendo era que se disponían a practicar mucho sexo. Así que en lugar de informar a la familia Stockton al completo de que iban a dedicarse a fornicar en cuerpo y alma, apuntaron la fecha del último periodo de Sasha y dos semanas más tarde tuvieron relaciones sexuales cinco días seguidos. La primera vez no funcionó y a Sasha le sorprendió su decepción al descubrir la mancha marrón en la ropa interior, pero cuando, al mes siguiente, la regla se le retrasó un día, fue corriendo a la tienda y compró cuatro test de embarazo.

—Si es muy pronto, no lo detecta —dijo Cord leyendo con los ojos entrecerrados la letra diminuta de las instrucciones.

—¡Pero estoy demasiado atacada para esperar!

Sasha hizo pis en la tira de todas formas y allí, junto a la línea de control, estaba el rosa espectral de una segunda línea.

—Eso no es una línea. —Cord negó con la cabeza.

—Yo creo que sí, solo que muy pálida.

—No sé —dijo Cord con el ceño fruncido—. Vamos a esperar a ver si se oscurece.

Dejaron el test en la encimera del baño, se fueron a hacer la cena y volvieron a mirar una hora después.

—Sigue pálida, pero yo creo que es —dijo Sasha.

—Sí, pero mira. —Cord volvió a leer las instrucciones—. Dice que los resultados solo son válidos durante treinta minutos.

—Vaya, hombre. Bueno, pues me lo haré otra vez por la mañana. Además, dice que por las mañanas el pis está menos diluido.

A la mañana siguiente la línea espectral seguía allí, al día siguiente era un poco más oscura y, para cuando Sasha se hizo el cuarto test, era completamente magenta. Estaba embarazada.

Si Cord se había comportado como una gallina clueca, ahora Sasha de pronto se sentía como una gallina que necesita anidar. Si paseaba la vista por la casa, lo que antes le había parecido exceso de trastos, ahora representaba verdaderos peligros: la mesa baja vintage de madreperla cubierta con un cristal, el carrito de bebidas italiano con borlas estilo años cincuenta con su surtido de venenos caros, las lámparas de porcelana Bone China con cables viejos y pelados que serpenteaban por el suelo. Había centenares y centenares de oportunidades para heridas, chichones o electrocuciones y, solo de pensarlo, a Sasha le daba urticaria.

—Cord, creo que deberíamos usar la habitación de Georgiana para el niño —sugirió una mañana durante el desayuno.

Cord estaba bebiendo café y tomándose un cuenco de cereales, había mezclado de tres clases y usaba lo que parecía ser un cucharón de servir para llevarse la papilla azucarada a la boca.

—Mejor mi antiguo cuarto. —Masticó. La leche parecía gris.

—Tu cuarto está en la cuarta planta y creo que el niño debe estar en la tercera, con nosotros.

—¿Pero no vamos a tener el cuco en nuestra habitación durante los primeros meses? Mi madre siempre dice que dormíamos en un cestillo en el suelo de su cuarto.

Sasha trató de imaginar a Tilda dejando al bebé en una cesta en el suelo y a continuación rodeándolo de servilletas y flores a juego. «¡El tema de esta noche es Siestecita!».

—Vale. —Sasha probó con otro enfoque—. También he oído que es posible contratar a un asesor que te prepare la casa para un bebé. Te señalan todo lo que podría ser peligroso.

—Ay, Dios mío. —Cord rio—. No necesitamos pagar a nadie para que nos diga que vivimos en una trampa mortal. No nos preocupemos por eso ahora. El niño no podrá meterse en líos hasta que no gatee y para eso falta un año todavía. —Cord cogió el cuenco con las dos manos y bebió lo que quedaba de la dulcísima leche; un pequeño chococrispi se le quedó pegado al labio.

—¿Un año?

—Por lo menos. Vamos a disfrutar de estar embarazados.

Disfrutar de estar embarazados. Qué fácil era para los hombres disfrutar de la parte que les tocaba. Pero Sasha no insistió. Lo cierto era que estaba demasiado cansada para discutir, que el embarazo le estaba succionando toda la energía. Una vez había leído que las hormigas se echaban doscientas siestas cortas al día, algo que ahora le resultaba de lo más envidiable. Estaba completamente exhausta y, si hacía caso a internet, ni siquiera podía tomarse un Red Bull sin azúcar.

El miércoles siguiente Sasha fue en bicicleta hasta el loft de Vara para una sesión de Beber y Dibujar. Por supuesto solo participaría en la mitad de las actividades de la velada, pero también era verdad que perderse el vino de Vara no suponía una gran pérdida. Colocó su caballete cerca del de su amigo Trevor y se dedicó a escuchar los chismorreos. Una compañera de clase había empezado a acostarse con un famoso interiorista y de pronto sus cuadros se vendían por todo el Upper East Side. Otro había sido nombrado artista en residencia en el Studio Museum de Harlem y todos se cuidaron de decir lo maravilloso que era mientras en privado les roía la envidia. Sasha no tenía gran información que aportar: últimamente había estado en su mundo, pero disfrutó dejándose llevar por la conversación.

Cuando llegó la modelo para el desnudo hubo un murmullo general de aprobación. Estaba muy embarazada, de al menos ocho meses, si no de nueve. Los otros artistas estaban encantados —dibujar un cuerpo en un estado tan extremo era emocionante—; en cambio Sasha se descubrió estudiando la figura con otros ojos. En lugar de la pelota de baloncesto perfecta que había imaginado, el vientre de la mujer era bajo y con forma ovalada y el ombligo sobresalía igual que un dedal. Se le veían las venas del pecho, como una urdimbre azul y morada bajo la piel. Mientras la dibujaba, Sasha se sintió más viva de lo que se había sentido en toda la semana. Ver el cuerpo desnudo de aquella desconocida hacía más real su propio embarazo.

—Qué callada estás —susurró Vara acercándose a ella por detrás.

—Estoy dibujando —contestó Sasha mientras usaba el dedo pulgar para difuminar las líneas a lápiz del pelo de la modelo.

—Y no has bebido nada —continuó Vara.

—Por Dios, Vara —bufó Sasha.

—¿Crees que se te pondrán las tetas igual de grandes? Probablemente no. Lo peor es que la ropa premamá es vomitiva. ¿Vas a ser una de esas señoras embarazadas tan irritantes que de pronto empiezan a vestirse de lunares? Prométeme que no vas a vestir como un bebé adulto.

—Vara, cuando tenga motivos para debatir sobre las elecciones sartoriales de las embarazadas, lo haré. Ahora, cállate —dijo Sasha.

Vara sonrió con suficiencia y la dejó en paz.

Una vez Sasha estuvo de ocho semanas y hubo confirmado el embarazo con un médico que la dejó escuchar el corazoncito raudo como el de un colibrí en el ecógrafo, llamó a su madre para darle la noticia.

—¡Ay, Sasha, qué emoción! ¡Cuéntamelo todo! ¿Cómo fue?

—¡Por favor, mamá! ¡Qué asco! No pienso hablar de eso.

—¡Por Dios, no! No lo decía en sentido literal. Perdona, no me cuentes cómo fue. Felicidades y punto. ¡Felicidades a los dos! ¿Tienes náuseas? ¿Estás durmiendo bien?

—Estoy bien, mamá. Solo muy cansada. Pero con mucha ilusión. ¿Tú qué tal? ¿Cómo está papá?

—Pues estamos bien. Espera, cariño, me voy al piso de abajo. —Sasha oyó el sonido ahogado de las pisadas de su madre en las escaleras enmoquetadas y andando por el pasillo. Una puerta se abrió y se cerró con sendos chirridos, y a continuación otra. El perro ladró nervioso—. Ya está. Es que no quiero que me oiga tu padre.

—¿Dónde estás?

—En la despensa.

Sasha rio. La despensa de sus padres era famosa por estar siempre atestada de tarros de encurtidos y salsa de tomate, así que ahora mismo tenía que estar encajada entre estanterías rebosantes.

—¿Por qué?

—Tu padre no quiere que se sepa, pero últimamente respira regular. Tiene el inhalador ese para el asma, pero no le hace nada.

—Ay, Dios, mamá. ¿Pero está bien?

—La otra noche me dio un susto de muerte. Estuvo una hora tosiendo y tenía sibilancias.

—Vale. ¿Y eso cuándo fue? ¿Por qué no me llamaste?

—Bueno, es que tampoco era motivo para alarmarte. Ya tenemos a los chicos encima de nosotros todo el día y lo último que queremos es preocuparte a ti también.

—Pero ¿cómo no me voy a preocupar, mamá? ¿No puedes llevarlo al médico?

—Le he cogido cita para mañana, ahora solo tengo que conseguir que vaya.

—¿Puedo ir con vosotros?

—No hace falta, tesoro. Tu padre no va a querer que le demos demasiada importancia. No hace más que decir que solo está desentrenado. Se queda sin aire solo de arrancar el motor de la lancha. Ya sabes que solo se enciende si tiras muy fuerte. Siempre pienso que nos va a poner un ojo morado a alguien con los tirones que da. —Rio—. Bueno, me salgo de la despensa. No le digas a tu padre que te lo he contado. Estoy contentísima con la noticia, Sasha. ¡Siento haber cambiado de tema cuando debería haber sido una conversación feliz solo sobre ti!

—Bueno, mamá, ya sé que te alegras por mí. Estoy deseando que vengas a ayudarme a preparar el cuarto del bebé.

—Cuando me necesites, allí estaré, Sasha.

Se despidieron y Sasha colgó y se quedó mirando su teléfono preocupada. De pronto se sentía muy lejos. En un arranque de impotencia, fue hasta el cuarto de estar y vació dos docenas de fundas de CD, que metió en una bolsa. Abrió el delgado cajón de una mesa esquinera con superficie de mármol y sacó todos los bolígrafos, viejos pósits y clips y los guardó también en la bolsa. Fue por la habitación igual que una mujer trastornada, tirando revistas viejas, un polvoriento cojín bordado, un mando a distancia que no parecía servir para ningún dispositivo, una bolsa de cremallera llena de pilas viejas y un barco en una botella que era posible pero no probable que costara una fortuna. Le daba igual. Antes de que nadie pudiera pillarla con las manos en la masa, bajó la bolsa al sótano, salió al callejón trasero y la enterró en el cubo de basura del vecino.

11
Georgiana

Después del congreso en Washington, Georgiana escribió a Brady un único mensaje. Decía: «¡Sé que estás casado!». A continuación apagó el teléfono y se pasó tres días en la cama, sin dormir, pero tampoco despierta del todo, dolida y rota. El lunes por la mañana, como ya no podía seguir escondiéndose, se levantó a las siete, se duchó, se vistió y se preparó el almuerzo para llevar al trabajo. Cuando salió del portal, Brady estaba en la acera con dos vasos de café para llevar. Georgiana aceptó uno, apenas capaz de mirarlo a la cara por el dolor que le causaba. Caminaron hasta la Promenade y se sentaron en un banco a hablar. Era un día despejado y cálido, y por delante de ellos pasaban corredores, niñeras con cochecitos daban a los niños que tenían a su cargo trozos de cruasán que llevaban en bolsas de papel encerado. Abajo, más allá de los muelles, los transbordadores traqueteaban en el río y una barcaza naranja hizo sonar una sirena lúgubre, como lamentándose de que la vida siguiera cuando Georgiana tenía el corazón roto.

Se sentía derrotada, le dolían las sienes, tenía un nudo en el estómago y el café en el regazo. No se sentía capaz de sacar fuerzas para llevarse el vaso a los labios.

—Lo siento mucho. George —fue lo primero que dijo Brady—. Creía que lo sabías. Y, para cuando me di cuenta de que no, no se me ocurría cómo decírtelo. Me parecía que ya era demasiado tarde.

—¿Cómo iba a saberlo? Nunca dijiste nada.

—Ya. Pero pensaba que en el trabajo todos lo sabían. Amina trabajó aquí un tiempo. Era directora de proyecto y luego, hace unos años, le salió un trabajo en la Fundación Gates en Seattle y tuvo que aceptarlo. El plan era que yo intentaría que me contrataran también allí, o en otro sitio, y mudarnos, pero yo no quería. Me encanta Nueva York. Me encanta mi trabajo. Y nos hemos organizado así. Yo vivo aquí, ella en Seattle, algunos fines de semana viene ella y algunos voy yo.

—Entonces ¿ese viaje a un congreso sobre la malaria en Seattle era para verla a ella?

—A ver, no. Tenía un congreso, pero me quedé en su casa.

—Y en el trabajo todos saben que existe. Por eso no saben lo nuestro.

—Lo siento muchísimo, Georgiana. No puedo explicar por qué te mentí. Solo sabía que no quería que se terminara.

—¿Estás enamorado de ella?

—Sí. Pero también te quiero a ti.

Brady la miraba con atención y tenía los dedos blancos de aferrarse al borde del banco. Georgiana meneó la cabeza, se puso de pie y echó a andar por Columbia Heights en dirección a la oficina. Subió como pudo las escaleras de la mansión, cruzó el ancho vestíbulo dejando atrás el departamento de solicitud de ayudas y entró en su cuartito de servicio, donde encendió el ordenador y pasó las horas siguientes mirando una hoja pegada a la ventana.

No se levantó de su mesa en todo el día, ni siquiera se arriesgó a ir a la cocina o el cuarto de baño por si se cruzaba con Brady en el pasillo. Al día siguiente era martes, y, en lugar de jugar al tenis con Brady en el parque, salió pronto, se puso ropa de correr y bajó hasta el Astillero Naval, atravesando las interminables obras de Dumbo y ahogando sus pensamientos en la música que sonaba por sus auriculares. No podía dormir, estaba literalmente enferma de desesperación, así que corría cada mañana antes del trabajo, se hacía ocho kilómetros antes de las siete, otros tres o cuatro por las tardes, hasta que notó inflamación en las espinillas y un tirón en la cadera.

Lena llevaba toda la semana viajando con su jefe, pero el viernes por la noche fue a verla con dos botellas de vino y pizza de Fascati's. Se sentaron en la azotea a ver el sol ponerse detrás de Staten Island y Lena apoyó la cabeza en el hombro de Georgiana.

—No sabes cómo lo siento, Georgiana. Menudo cabrón.

—La cosa es que no acabo de creerme que lo sea. Estaba convencida de que se había enamorado de mí.

—Pero te mintió. Te ha estado ocultando una cosa importantísima. ¿Lo has visto?

—Hoy me lo he cruzado un par de veces por el pasillo, pero he mirado al suelo. No puedo verle la cara. No por lo enfadada que estoy, sino porque sigo queriendo estar con él. Es humillante. No sé cómo puedo ser tan patética.

—No eres patética, Georgiana. Te han roto el corazón.

Por supuesto Amina había estado ahí siempre y Georgiana solo tenía que haberse molestado en buscarla. En el cuartito de servicio que era su oficina estaba rodeada de números viejos del boletín de la organización, años y años de artículos sobre test de tuberculosis en las islas Salomón, salud reproductiva en Haití, un programa de vacunación oral contra el cólera en la República Democrática del Congo. Cuando Georgiana revisó el archivo, encontró la fotografía de Amina por todas partes, su nombre en los pequeños pies de foto. Amina dando una clase, señalando un dibujo de la anatomía humana en vivos colores. Amina con un portapapeles, acuclillada sobre una nevera portátil, contando dosis de medicamentos al lado de un hombre con chaleco caqui. ¿Había conocido Georgiana la existencia de Amina a un nivel inconsciente? ¿La había engañado Brady o se había engañado a sí misma?

El martes siguiente después del trabajo, Brady la abordó cuando volvía a casa por Hicks Street.

—¿Podemos hablar?

Georgiana notó la sangre agolpada en las mejillas y un dolor intenso que le iba desde la garganta hasta la entrepierna. Asintió con la cabeza y lo llevó a su apartamento. En cuanto se cerró la puerta empezaron a besarse. Sus labios respondieron hambrientos a los de Brady, estaba llorando, pero no paró. Lloró y lo besó y a continuación se quitó la camisa, el sujetador y las bragas. Brady la besó en el cuello y el vientre, la tumbó en la cama y la masturbó con la lengua. Georgiana estaba abrumada por su presencia, por poder tocarlo cuando había estado tan segura de que no volvería a hacerlo. La penetró y Georgiana volvió a besarlo, y cuando terminaron siguieron tumbados y en silencio en la cama hasta que se puso el sol. Cenaron queso y galletas saladas, igual que dos inválidos, y durmieron hechos un ovillo y Georgiana tuvo la sensación de que era la primera vez en una semana en que descansaba de verdad.

Pronto fue como si no hubiera cambiado nada, pero algo sí lo había hecho. Cosa extraña, ahora había entre ellos una intensidad y una seriedad nuevas. Dejaron por completo de jugar juntos al tenis —les parecía una pérdida de tiempo cuando podían estar solos— y pasaban horas y horas en la cama. Brady se mostraba tierno, le retiraba el pelo de los ojos, en ocasiones la miraba como si temiera que Georgiana fuera a evaporarse en sus brazos. Era imposible saber cómo acabaría aquello. ¿Dejaría Brady a Amina? ¿Pasaría Georgiana toda su juventud locamente enamorada de un hombre que tenía el corazón a miles de kilómetros? Jamás hablaban de ello. Cuando estaban juntos, Georgiana tenía demasiado miedo a romper el hechizo y ver a Brady esfumarse.

En el apartamento de Brady no se sentía la presencia de otra mujer. La primera vez que Georgiana lo visitó, estaba nerviosa, segura de ir a encontrarse una cómoda cubierta de frascos de perfume, fotografías enmarcadas en un estante, tampones y maquillaje en el cuarto de baño. Y aunque sí había tampones debajo del lavabo, no era el hogar de una mujer. Era el de Brady. Estaba lleno de mapas, gruesas alfombras compradas en Marruecos, un Buda de bronce traído de Camboya, zapatillas de baloncesto y de correr dispuestas en ordenada hilera junto a la puerta. Su nevera estaba llena de cerveza y salsa picante, de una pared colgaba una bicicleta, su cama tenía una pulcra colcha azul y en la mesilla había apiladas varias biografías. Georgiana se preguntó qué aspecto habría tenido antes de que Amina se mudara. ¿Se habría llevado a Seattle la vajilla regalo de bodas? ¿Las copas de champán? ¿Un pie de cristal para tartas que a ningún soltero que se alimenta de comida a domicilio se le ocurriría siquiera comprar? Se preguntó si el apartamento de Seattle tendría huellas de Brady, si habría una barra de desodorante Old Spice, una maquinilla de afeitar, una caja de condones.

No se sentía capaz de pensar en ese tema. En el hecho de que la persona que amaba tuviera relaciones sexuales con otra.

Por supuesto jamás hablaban de ello pero era una certeza con la que vivía Georgiana. Cuando Brady volvía de pasar un fin de semana en Seattle, Georgiana tenía que morderse la lengua, pellizcarse para no imaginarlo encima de su mujer, besándole la cara y cogiéndole la mano, los dos empapados en sudor.

A veces se daba cuenta de que estaba intentando memorizar a Brady, preparándose para que desapareciera y la dejara soñando con las pequeñas pecas que tenía en la espalda. En otras, en cambio, le parecía que tenían mucho futuro por delante y veía a Brady considerando y coqueteando con esa posibilidad vital. Habían descubierto que a los dos les gustaba dormir en la misma postura, con los dedos gordo e índice de un pie encajados en el tendón de Aquiles del otro.

—Si tuviéramos hijos, me gustaría que durmieran también así —dijo Brady.

—Si tuviéramos hijos, serían grandes atletas. —Georgiana sonrió.

—Me gustaría que tuvieran tu pelo.

—A mí que tuvieran tu cara.

—A mí que tuvieran tus pechos.

—Quedaría raro si fueran chicos. Chicos pequeñitos con pechos de mujer.

—Yo los querría igual —prometió solemne Brady—. Nuestros niñitos con hermosos pechos y larga melena castaña y caras de hombre con barba de dos días.

Cuando Amina iba de visita y Georgiana no podía pasar el fin de semana con Brady, su cuerpo entero rezumaba tristeza. Salía a cenar con Kristin y Lena e intentaba prestar atención mientras estas hablaban del jefe de Kristin, que siempre iba a las reuniones con los AirPods puestos; jugaba al tenis con su madre en el Casino y después comían en el apartamento; Georgiana guardaba silencio mientras su madre leía el boletín de antiguos alumnos de Yale de Cord con un rotulador fluorescente a la caza de cachorros de amigos y conocidos. Cuando Darley le preguntaba por Brady, Georgiana respondía con evasivas, daba a entender que las cosas se estaban enfriando. No podía contarle a su hermana que Brady estaba casado, no podía decirle que se estaba acostando a sabiendas con el marido de otra mujer.

El lunes Georgiana se despertó feliz: Amina se iba y Brady volvía a ser suyo. Cuando se lo cruzó en el pasillo de camino a la biblioteca, él le apretó el brazo y se sonrieron igual que dos tontos, antes de apresurarse a seguir su camino en direcciones opuestas.

Ahora que Georgiana estaba atenta, no hacía más que oír hablar de Amina. Durante el almuerzo, los amigos de Brady de la primera planta mencionaban Seattle todo el tiempo en sus conversaciones; se dirigían a él usando la segunda persona del plural, con preguntas del tipo «¿Vais a ir Maine para el Día de los Caídos?» o «¿El Prius ese lo tenéis en leasing?». Sus colegas conocían muy bien a Brady, mientras que Georgina sentía que de ella casi ni sabían el nombre.

En la oficina nadie preguntaba nunca a Georgiana por sus planes para el fin de semana, ni siquiera hacían un comentario si llevaba un jersey nuevo. Se mostraban amistosos, pero no eran sus amigos. En cierto sentido resultaba desconcertante. Georgiana había crecido en Brooklyn, en ese mismo vecindario, y sin embargo los hombres y mujeres de su trabajo apenas guardaban parecido alguno con los que conocía en su vida real. Sus padres jugaban al golf, en cambio sus compañeros de trabajo practicaban yoga. Sus padres se iban de vacaciones a Florida, sus compañeros de trabajo viajaban a Ecuador y Costa Rica. Eran BMW frente a Subaru, Whole Foods frente a mercados de productos locales, relucientes zapatos de cordones frente a Birkenstocks con calcetines. Había una mujer llamada Sharon que trabajaba en la primera planta. Sharon tenía el pelo corto y gris, pero no era un gris plateado y a la moda, sino esas canas amarillentas de las personas desaliñadas; vestía ropa de lino que siempre parecía arrugada y llena de pliegues a la altura de la cintura y de las axilas y tenía la costumbre de dar masajes en la espalda a la gente sin que se lo pidieran. Georgiana sabía que era una persona agradable y, sin embargo, siempre se sorprendía a sí misma deseando con ligero horror que dejara de masajearle los hombros y pasara al siguiente. Había otra mujer, Mary, que llevaba una media melena rubia brillante y olía siempre a perfume francés, pero solo vestía ropa que se había comprado en Nepal: pantalones harem de seda y tiro bajo y blusas bordadas. Llevaba un pin en la solapa que decía TÍBET LIBRE y encima de su mesa tenía un pequeño Buda de plástico con un teléfono móvil. Había hombres con colas de caballo largas y canosas y gafitas a lo John Lennon. Había mujeres de la edad de Georgiana con el tabique de la nariz perforado y tatuajes de signos del zodiaco. Georgiana estaba tan dispuesta a hacerse un tatuaje como a afeitarse la cabeza.

Pero si bien era fácil atribuir su falta de amigos en el trabajo a las diferencias culturales, también se debía a Brady. ¿Cómo iba a entablar una amistad sincera cuando su vida profesional era una pantomima? ¿Cuando el lugar en el que debía ser más cuidadosa era el nexo con el terrible secreto que tenían Brady y ella? Desde el congreso en Washington había empezado a tener la sensación de que Meg, del departamento de solicitud de ayudas, quería ser amiga suya. Cuando la veía en la mesa del almuerzo se sentaba a su lado; charlaban amigablemente sobre las fechas de entrega de Meg, sobre la agenda de Meg, sobre el inminente viaje de Meg a

Pakistán. Lo normal era que solo los directores de proyecto viajaran, pero estaban concursando para una cuantiosa subvención de diez años para programas de salud femenina de la Agencia para el Desarrollo Internacional, así que Meg viajaría también a Pakistán, para dar un empujón a la propuesta. Sería la primera vez que trabajaba en un país objeto de ayuda, su primera vez en Oriente Medio, un gran paso adelante en su carrera profesional. A Georgiana no le pasaba desapercibido que durante estos almuerzos solo hablaban de Meg, pero en cierto sentido eso facilitaba la amistad entre ambas. Así Georgiana no tenía que escabullirse si surgía el tema de los planes para el fin de semana («Ah, pues mi plan es echar cuatro polvos y comer comida tailandesa desnuda en la cama con nuestro común colega Brady»). Georgiana sabía que su relación con Brady estaba levantando pequeñas barreras también entre sus amigas de fuera del trabajo y ella. Lena y Kristin creían que había roto con él cuando se enteró de lo de su mujer. Les mentía cuando pasaba con Brady los sábados por la noche, aduciendo que iba a hacer de canguro de Poppy y Hatcher, que estaba cansada, que no se encontraba de humor para salir. A Kristin y a Lena les preocupaba que estuviera deprimida e intentaban convencerla para que las acompañara, pero Georgiana las esquivaba y ponía el teléfono en silencio. Mentir a Darley era más fácil desde el punto de vista logístico, puesto que siempre estaba demasiado ocupada con sus hijos para pedir a su hermana que la acompañara a una fiesta los fines de semana, pero la vergüenza que le producía a Georgiana pensar hasta qué punto desaprobaría Darley la relación la llevaba a irritarse preventivamente con ella. Que Darley tuviera la suerte de haber conocido al amor de su vida en la escuela de negocios no significaba que para el resto del mundo fuera igual de fácil. Resultaba más sencillo sentirse en posesión de la verdad en lo relativo al matrimonio cuando no te habías enamorado hasta las trancas de la persona equivocada.

Cuando Georgiana supo que Brady también viajaría a Pakistán, se molestó.

—¿No acabas de volver de viaje? —preguntó con leve tono de queja en la voz.

—Llevo meses sin estar en un proyecto físicamente. Es la mejor parte del trabajo, la que hago sobre el terreno.

—¿Cuánto tiempo vas a estar fuera?

—Alrededor de un mes.

—Pues es la peor noticia que me han dado en la vida —dijo Georgiana con un mohín.

—Entonces, considérate afortunada. —Brady la besó en la nariz—. Bájate WhatsApp en el teléfono y así podremos hablar todo el tiempo.

El fin de semana antes de que se fuera Brady, lo pasaron casi entero en la cama. Rieron y bromearon diciendo que eran camellos del sexo haciendo acopio de todo el que pudieran en las jorobas antes de que Brady se marchara al desierto. El domingo, cuando Georgiana salió de la ducha, Brady se escondió algo detrás de la espalda con gesto culpable.

—¿Qué haces? —preguntó Georgiana.

—Escribirte notitas —reconoció Brady—. Voy a escondértelas por el apartamento para que te las encuentres mientras estoy fuera. Así que, ahora, o cierras los ojos o vuelves al cuarto de baño.

Georgiana sonrió y se metió en el baño a peinarse delante del espejo mientras oía a Brady moverse por el salón, levantar cojines y abrir y cerrar cajones. Aquella noche, después de que se fuera, encontró una nota en la despensa, pegada al pan, que decía: «Eres un bollito».

Cuatro días después de que Georgiana le diera un beso de despedida a Brady, el fundador de la organización convocó una reunión de todos los empleados en el comedor de la segunda planta. En cuanto entró, Georgiana supo que algo terrible había ocurrido. La gente parecía desconcertada, conmocionada. Sharon, la recepcionista, tenía un pañuelo de papel en la mano y se limpiaba la nariz mientras lloraba detrás de los cristales de las gafas. Por alguna razón, Georgiana lo supo. Era algo relacionado con Brady. Lo sintió recorrerla, un dolor frío que le bajó por los brazos, por el estómago. Al fundador se le quebró la voz mientras hablaba, se le quedó atrapado un sollozo en la garganta. Dijo que Meg, del departamento de solicitud de ayudas, una directora de proyecto llamada Divya y Brady habían cogido un vuelo de Lahore, al este de Pakistán, con destino a Karachi. El piloto informó de dificultades técnicas y el avión dio la vuelta para aterrizar en Lahore. A cincuenta y seis kilómetros de la ciudad, se estrelló. No había supervivientes.

Cuando Georgiana oyó las palabras «No ha habido supervivientes» tuvo que apoyar una mano en la pared para no perder el equilibrio. Su visión se redujo a una cabeza de alfiler de luz y el suelo pareció desplazarse bajo sus pies. Notó el viejo empapelado en la palma de la mano y aguantó en la oscuridad, sin saber si estaba de pie o precipitándose a alguna parte. Cuando el alfiler se expandió poco a poco y recuperó la visión, las personas a su alrededor tenían la boca tapada con la mano en gestos de horror. Georgiana no era capaz de mirar a nadie. No podía volver a su mesa. En silencio, bajó las escaleras, cruzó el vestíbulo y salió a la calle. No sabía a dónde iba.

Brady había muerto. Su cuerpo, su espalda pecosa, los dedos de los pies que enganchaba a su tobillo estaban todos reducidos a cenizas en algún lugar que Georgiana no había visto nunca y al que probablemente no iría jamás. Nunca volvería a abrazarlo; nunca volvería a verle la cara, a besar su boca, ni siquiera podría llorar el cuerpo que con tanto fervor había adorado.

Subió tambaleándose los escalones de piedra de su hogar de infancia y entró con sus llaves. Lloraba tanto que no podía respirar ni ver, soltó el bolso en el vestíbulo junto a su cuarto y abrió el vestidor. Sacó su ropa de las perchas y hundió la cara en la tela mohosa hasta que le faltó el aire. Dio patadas al castor de madera que había escondido. Había sido una cría, una cría tonta, pero Brady había sabido entenderla. Su amor por él la había llenado de sentimiento de culpabilidad, pero también de un poder ardiente y radiante. Y ahora Brady ya no estaba y ella nunca volvería a sentir ese poder.

Georgiana lloró hasta que le dolió el estómago, hasta que tuvo la visión borrosa, la cara hinchada y la piel enrojecida. No supo cuántas horas habían pasado cuando oyó un golpe en las escaleras y la puerta del vestidor se abrió despacio. Era Sasha.

—Georgiana, ¿qué ha pasado? ¿Estás bien?

—He hecho una cosa horrible —dijo Georgiana.

Y se lo contó todo.

12
Darley

Yo antes de nacer tenía cola —dijo Poppy muy seria mirando a Darley a los ojos. Estaban cenando en el pequeño restaurante llamado Tutt's, en Hicks Street, y Poppy tenía un gran churrete de salsa de tomate en la barbilla.

—¿Tenías cola? —preguntó Darley sin saber muy bien si estaban operando en el reino de la fantasía o de la realidad.

—Tenía cola, igual que los renacuajos.

—Los dos teníamos colas como los renacuajos —estuvo de acuerdo Hatcher mientras sacaba con cuidado todas las aceitunas y trozos de pimiento de su ensalada y los dejaba en la mesa.

—Yo nadaba superrápido cuando era un huevo —dijo Poppy.

Darley miró a Malcolm, perpleja.

—Sabéis que eso no puede ser, ¿verdad? Los humanos no tienen cola —explicó Malcolm.

—¡Yo sí! ¡Tenía una cola como las de los renacuajos cuando era un huevo y después crecí en la barriga de mamá! —contestó Poppy indignada.

Darley se echó a reír.

—Malcolm —susurró—, se refiere a cuando era un espermatozoide.

El colegio había enviado una circular diciendo que iban a empezar a hablar de salud y reproducción humana en las clases de ciencias. El temario debía de haber empezado ya. Darley no quería parecer una anticuada, pero cuando ella era niña no daban sexo hasta quinto curso. Los alumnos de preescolar le parecían demasiado pequeños. Pero supuso que era mejor que lo aprendieran en el colegio que en internet. Solo esperó que a Poppy no le diera por hablar de espermatozoides cuando estuvieran en el club de tenis.

Desde que Darley había sido alumna allí, treinta años atrás, la Henry Street School organizaba cada otoño una subasta para recaudar dinero para el programa de becas. Los padres se vestían con sus mejores galas y se apiñaban en el gimnasio del colegio para pujar decenas de miles de dólares por comidas preparadas por chefs famosos, asientos de pista para los Knicks, palcos en conciertos, semanas en yates, e incluso, en una ocasión, la oportunidad de que un hijo recibiera clases de natación de un medallista olímpico que había salido en las cajas de cereales Wheaties. En el pasado, los Stockton habían ganado un viaje de esquí, un paseo en globo aerostático, una sesión fotográfica familiar con un fotógrafo del *National Geographic* y una pintura francamente espeluznante hecha por la clase de quinto curso de Cord y por la que pagaron cuatro mil dólares.

Se animaba a las familias a donar generosamente y a apostar con competitividad, y la subasta era también una ocasión perfecta para alardear de tus mejores contactos. Si tenías un yerno que trabajaba en la gestión de las Grandes Ligas, conseguías un encuentro cara a cara con los Yankees. Si estabas en el patronato del Mark Morris Dance Group, organizabas una actuación privada de los primeros bailarines. Puesto que casi todas las familias tenían un segundo domicilio en Long Island o en el condado de Litchfield, ofrecerlo para pasar unos días no era suficiente, pero si tenías una tercera casa en Aspen, Nantucket o St. John, entonces más te valía convertirla en tu regalo anual. Y si además de eso prestabas tu avión privado para el desplazamiento, mejor que mejor.

Los Stockton habían elegido su regalo cuando Darley estaba en secundaria y la familia acababa de comprar más terrenos frente al mar. Ofrecerían fiestas temáticas en uno de los edificios sin ocupar de los que eran propietarios: una fiesta de los Oscar en el cine deshabitado de Brooklyn Heights, un baile de máscaras en el antiguo emplazamiento del Jane's Carousel, una velada de misterioso asesinato en lo que una vez formó parte del Astillero Naval.

Aquel año Tilda se había superado a sí misma y organizado una velada al estilo del Viejo Hollywood en el antiguo hotel Bossert, en Montague Street. El hotel había sido una de las propiedades vendidas cuando los testigos de Jehová empezaron a deshacerse de sus inmuebles de Brooklyn Heights, en 2008, y la familia Stockton había participado en una reñida puja de cinco años de duración por quedarse con la propiedad. (Se rumoreaba que el coste total del lugar rozaba los cien millones de dólares). Era un edificio espectacular, con vestíbulo de mármol, arañas gigantes en el techo y un restaurante de dos plantas en la azotea donde jugadores de los Dodgers habían celebrado su victoria en la serie mundial en la década de 1950. El hotel llevaba treinta años cerrado al público, y los vecinos se morían de curiosidad por verlo. Era claramente majestuoso, estaba en el centro de todo y era muy posible que, de haber donado Tilda una velada de comer sándwiches de mantequilla de cacahuete en el suelo del vestíbulo, la gente hubiera pujado como loca solo por entrar.

La subasta del colegio se dividía en dos partes: una en directo y otra muda. En los últimos años, la muda había migrado a una app que permitía a los asistentes relacionarse y tomar una copa mientras pujaban en sus teléfonos. Darley había echado un vistazo al catálogo con su madre con antelación y juntas habían decidido por qué cosas debían pujar por educación y cuáles tenían posibilidades de ganar. Convinieron que, en la subasta en vivo, Tilda pujaría por la cena del famoso chef Tom Stork porque sus hijos estaban en la clase de Poppy y en ocasiones coincidían con él por las mañanas cuando los dejaba en el colegio. En la subasta silenciosa, pujaría por una residencia de vacaciones en Nashaun, la isla privada cerca de Martha's Vineyard, porque los Stockton tenían amigos en la familia Forbes que también poseían casa allí y sería divertido veranear juntos. (En Nashaun solo había treinta casas y todas eran propiedad de los Forbes. A no ser que casara a uno de sus hijos con un Forbes, la subasta era la única oportunidad de Tilda para hacerse con una casa allí). Por supuesto, para quedar bien pujarían también por las obras artísticas hechas por las clases de Poppy y Hatcher, una colcha con las caras de los niños serigrafiadas en los distintos retazos y una hamaca de lona con las firmas temblorosas de los alumnos. Confiaban en no ganar ninguna de las dos cosas, pero, si no se vendían por una cifra de al menos cuatro ceros, los profesores se sentirían ofendidos.

Cada año, la subasta empezaba con la venta de un osito de peluche vestido con una camiseta del colegio. Aunque costaba unos diez dólares, apostar por él e inaugurar la velada con un golpe de efecto era un gesto de buena fe. Cuanto más subieran las apuestas por el oso, mejor prometía ser la recaudación de fondos.

Chip y Tilda jamás entraban en esa puja. El oso de peluche era una excusa para presumir y eso se lo dejaban a las verdaderas fortunas del colegio, esas familias cuyos apellidos figuraban en alas de la New York Public Library o en las instalaciones deportivas de la Universidad de Harvard.

La noche de la subasta, Malcolm se quedó en casa cuidando de los niños y Darley fue caminando al colegio con sus padres. Su madre estaba espléndida, con el pelo rubio recogido en un moño francés y maquillada con mano profesional. Llevaba un vestido largo verde y un bolso tan diminuto que Darley se preguntó si habría podido comprimir el teléfono ahí dentro. Darley se había comprado un conjunto para la boda de su primo Archie, que sería unas semanas después: pantalones de seda de talle alto con parte de arriba a juego, y, puesto que los invitados no coincidirían, había decidido repetir. Siempre que nadie publicara fotografías de la velada en las redes sociales, todo iría bien.

Después de identificarse a la puerta del colegio, los jóvenes encargados de organizar la fiesta les enseñaron a descargarse la app en sus teléfonos, a pujar y a configurar los ajustes de modo que mejorara automáticamente cualquier oferta hecha. «Así, si alguien está muy interesado en algo, no necesita estar pendiente del teléfono para asegurarse de que no se lo quitan», explicó una chica.

—¿Hacemos eso para la casa de Nashaun? —preguntó Tilda a Darley.

—No. ¿Y si a alguien le da por apostar una locura? Lo que tenemos que hacer es estar muy atentos durante los últimos veinte minutos de la noche —aconsejó Darley.

Se estresaba al pensar en sus padres gastando todo ese dinero en una subasta cuando había bastantes posibilidades de que al final del semestre ella tuviera que suplicarles que pagaran el colegio de sus hijos.

—Tenemos que ser razonables. —Chip frunció el ceño—. Como os vea a alguna de las dos abusando del pinot grigio y tecleando en los móviles, os los pienso confiscar.

—Anda, Chip, no digas tonterías —repuso Tilda riendo—. Sabes que yo solo bebo chardonnay.

Ya habían llegado unos cuantos padres de compañeros de clase de Poppy y Hatcher, y Darley, Chip y Tilda se unieron a ellos en el bar para tomar un cóctel. Eran muchas las familias de la Henry Street School que con anterioridad habían matriculado a sus hijos en las escuelas elementales de Grace Church o de Plymouth, de manera que todos se conocían y llevaban varios años organizando reuniones infantiles, cenas y funciones benéficas varias.

Mientras esperaban a que les sirvieran sus bebidas y charlaban entre sí, Chip echó un vistazo a los artículos de la subasta silenciosa en su teléfono y reparó en algo que Darley parecía haber pasado por alto.

—Oye, Darley, ¿has visto esto? —Señaló un anuncio—: «Aventura de altos vuelos. Únete a un piloto experimentado para una excursión a bordo de un Cirrus SR22. De Montauk a Hot Springs, el cielo es el límite, cuatro horas en el aire más un pícnic decadente para dos».

—No lo había visto —dijo Darley sorprendida—. Han debido de añadirlo hoy.

—¿Quién lo ha donado? —Tilda miró el teléfono de Chip con los ojos entornados.

—No lo sé. No se me ocurre ningún padre con niños en primaria que tenga un SR22. Creo que la mayoría de los padres de clase de Poppy usan aviones de empresa o alquilan. —Darley paseó la vista curiosa por el local—. ¿Os importa si voy a investigar?

Chip asintió con la cabeza y Darley se dirigió hacia un corro de mujeres con iPads cerca del escenario. Sharon, de patrocinios, la dirigió a Cy Habib, un atractivo hombre con corbata de Hermès que estaba sentado alrededor de una mesa alta con profesores de secundaria.

—Perdona —dijo Darley tocándole en el hombro—. Soy Darley Stockton y mis hijos estudian en primaria. ¿Has donado tú el viaje en un SR22?

—Pues sí, ¿vas a pujar? —El hombre se levantó para estrecharle la mano y sonrió, dejando ver unos bonitos y blancos dientes.

—¡Igual sí! Primero quería conocer al dueño.

—Pues soy yo. Lo de comprar la avioneta fue una locura. Ya sabes lo que dicen: «Si vuela o flota, alquílalo».

En realidad la expresión no era así, Darley la había oído un millón de veces: «Si vuela, flota o folla, alquílala». La idea era que pagar por un avión, un barco o una esposa era malgastar el dinero. Agradeció el sentido del decoro de aquel desconocido.

—Es un avión precioso. Lujosísimo por dentro, como un coche deportivo..., y todo ese cuero —dijo Darley.

—La primera vez que vi esas puertas de apertura vertical supe que estaba perdido. Y la aviónica... —Cy meneó la cabeza.

—Y el paracaídas. Me encanta que el avión tenga su propio paracaídas.

—Ya conoces el eslogan: «Aterriza como puedas».

Los dos rieron.

—¿Trabajas en el sector o eres piloto de fin de semana?

—Trabajo con compañías aéreas. Y cuando salgo del despacho me voy a volar. ¿Qué puedo decir? Me gustaría ser una persona más polifacética, pero juego fatal al golf. —Cy sonrió y Darley le devolvió la sonrisa—. ¿Y qué me dices de ti? ¿Trabajas en el sector?

—Qué va —negó Darley—. Mi marido sí, yo soy solo aficionada a los aviones.

—Pues la mitad de los que están aquí tienen hábitos mucho peores y más caros. Me parece que no tenemos de qué preocuparnos.

Charlaron unos minutos más antes de que Cy le diera su tarjeta y los invitara a Malcolm y a ella a un paseo en avión con él cuando quisieran. Darley se reunió con sus padres con una sonrisa radiante.

—Entonces ¿de quién es el avión? —preguntó Tilda en tono cómplice.

El Cirrus SR22 costaba al menos un millón de dólares y a Tilda siempre le interesaba saber quién tenía pasatiempos tan caros.

—Se llama Cy Habib. Viven en Gardner Place.

—¿De dónde es ese nombre, Habib? —preguntó Chip con el ceño fruncido.

—De Oriente Próximo —contestó Darley.

—Ah —dijo Chip asintiendo con la cabeza como si aquello confirmara una inteligente suposición suya.

Darley resopló, irritada. A ella no le sorprendía que el otro padre aparte de ellos que era piloto de aviones fuera una persona de color. Era algo sobre lo que habían reflexionado Malcolm y ella, lo diverso que era el mundo de la aviación americano. En ocasiones la afición empezaba a edades tempranas, porque los hijos de inmigrantes habían hecho más viajes internacionales largos de niños, volando a la India, a Singapur o a Sudáfrica para visitar a sus abuelos. Mientras Darley recorría tres manzanas para ver a sus abuelos, Malcolm volaba a Corea del Sur, visitaba la cabina para saludar a los pilotos, pegaba alas de plástico a sus cuidadosamente planchadas camisas. Los viajes transatlánticos en avión tenían algo de glamurosos, además, y, una vez el veneno de volar se te metía en el cuerpo, era imposible deshacerte de él. Las personas aficionadas a volar estaban enganchadas de por vida.

Entonces empezó la subasta en directo. Los padres de Darley dejaron los cócteles y prepararon sus palas. Cuando el subastador presentó el oso de peluche del colegio y abrió la puja en mil dólares, Darley experimentó una punzada de placer. ¿Era perverso excitarse viendo a personas gastar dinero? Supuso que no era muy distinto de ver a la gente arrojando billetes de dólar al aire en un club nocturno. A todo el mundo le gustaba ver billetes volar.

El jugador de la NBA y su mujer levantaron la pala una y otra vez y terminaron comprando el oso de peluche por ocho mil dólares, y con eso quedó inaugurada la velada. Enseguida se vendieron un cameo en una telenovela, una guitarra que había tocado Bruce Springsteen, la bandera de un torneo del Masters de Augusta de 1959 firmada por Arnold Palmer, un palco para un concierto de Billie Eilish y un disfraz infantil de Spiderman firmado por Stan Lee.

—Vaya por Dios, deberíamos haber pujado por el traje para Hatcher —susurró Tilda a Darley.

—Le compraste uno hace tres años —dijo Darley poniendo los ojos en blanco—. Lo tenemos guardado en la caja para que no intente ponérselo.

Cuando el subastador anunció la cena privada cocinada por Tom Stork, Tilda cogió su pala y se puso muy recta. Tom estaba sentado en una mesa cercana y Tilda le sonrió de oreja a oreja. Darley se sonrojó cuando lo vio apurar su copa y salir de la habitación, supuestamente camino del bar, pero en realidad era para ahorrarse la incomodidad de tener todas las miradas puestas en él.

—¿Qué sentido tiene pujar si no lo va a ver? —se lamentó Tilda. Levantó la pala hasta los cinco mil dólares y a continuación abandonó la puja, que ganó una pareja sentada en la otra punta del salón—. Espero que por lo menos su mujer le cuente que hemos pujado. —Tilda hizo un mohín y sacó su móvil del bolso—. Por Dios, Darley, en esta app no veo ni torta. ¿A cuánto ha subido la casa de Nashaun en la subasta silenciosa?

—¿No has traído gafas? —preguntó Darley mirando por encima del hombro de su madre.

—No, no me caben en el bolso.

Alejó todo lo que pudo el teléfono y tecleó con el mentón levantado. El resto de la fiesta transcurrió entre besos en la mejilla y conversaciones un tanto ñoñas con profesores y personal no docente del centro. Darley sentía lástima por ellos, resignados a sorber un solo vaso de vino blanco caliente y permanecer así lo bastante sobrios para recordar el nombre de todos los padres. Cuando faltaba poco para que sonara la campana anunciando las últimas pujas, los Stockton fueron a las donaciones de los alumnos para examinar personalmente la colcha y la hamaca. Había un puñado de padres junto a los artículos de la escuela infantil y una mujer embarazadísima se había sentado en la silla de lona con las firmas infantiles.

—¡Me la he pedido! —La mujer rio cuando los vio acercarse—. ¡Es el primer asiento en nueve meses con el que no me duele la espalda, así que tengo a mi marido pujando como un loco!

—¡Te la mereces! —dijo Darley, secretamente feliz de no tener que terminar llevándose la silla a casa. Confió en que alguien se encariñara igualmente con la colcha. A medida que quedaban menos minutos para la campana, los invitados se concentraron en sus teléfonos para asegurarse de que ningún espontáneo de última hora les arrebataba sus premios.

—Me parece que vamos a conseguir Nashaun —susurró Tilda eufórica al oído de Darley.

—Alguien quiere quitarme la silla —murmuró el marido de la mujer embarazada.

—¿Cómo puede nadie hacer eso viéndote sentada en ella? —preguntó Darley mirando a su alrededor y medio esperando ver a otra mujer embarazada echando chispas.

El reloj dio las nueve y los presentes rompieron en vítores y lamentos.

—¡Tenemos Nashaun! —Tilda agitó feliz su teléfono en el aire tambaleándose un poco con sus tacones altos.

—¡Nooo! Me he quedado sin la silla —se lamentó el hombre.

—¿Qué? —La mujer embarazada parecía a punto de llorar—. ¿Tengo que levantarme?

Chip ayudó al marido a levantarla despacio de la hamaca de lona. La mujer calzaba zapato plano y Darley se fijó en que tenía los tobillos hinchados. Entró en la app y vio que la fiesta de su madre en el hotel Bossert se había vendido por cuatro mil cuatrocientos dólares, un precio extraordinario. Tilda fue a recoger su certificado para las vacaciones en Nashaun, pero regresó a los cinco minutos mordiéndose el labio.

—Deberíamos irnos —le susurró a Chip.

—¿Por qué? ¿Te han dado el certificado de lo de la casa? ¿Les has dado una tarjeta de crédito? —Chip estaba desconcertado.

—Sí, pero también hemos ganado la silla.

—¿Qué? ¿Cómo puede ser?

—Había marcado la casilla de mejorar puja automáticamente. Hemos pagado tres mil doscientos dólares.

—¿Por una silla de lona toda pintarrajeada? —preguntó Chip poniéndose rojo.

—Podemos dársela a Cord y a Sasha —dijo Tilda encogiéndose de hombros. Darley miró comprensiva a su padre, pero su madre la atajó—. No te pongas así, Chip. Es por una buena causa.

Superados sus remordimientos, Tilda echó a andar hacia casa seguida por Darley y Chip cargando con la endeble silla cubierta de grafitis.

Cuando Darley leyó que Bill Gates había decidido legar a sus hijos menos del uno por ciento de su fortuna, solo diez millones a cada uno, su primer pensamiento fue: «Sigue siendo demasiado». Heredar podía significar la ruina para muchas personas. Evidentemente nacer pobre era muchísimo peor, pero puesto que tanto el padre como la madre de Darley procedían de familias muy ricas, tenía un montón de primos hermanos y segundos que eran la demostración viva de hasta qué punto podía el dinero joderte la vida. Por supuesto, tenía primos que trabajaban en la abogacía, la política y la medicina, pero también otros que no hacían absolutamente nada. Primos que se dedicaban a viajar y a divertirse, primos que simulaban trabajar enmascarando su interés por las compras bajo supuestas carreras profesionales como «coleccionistas», que especulaban en Bolsa durante el día y después se gastaban sus ganancias jugando al póquer online por las noches. Una prima se había casado con un artista y se pasaba los días mirándolo trabajar y refiriéndose a sí misma sin asomo de ironía como «su musa». Otro primo se había gastado todo su dinero fundando una start-up que fabricaba camas elásticas para yates.

La familia nuclear de Darley había gestionado su posición privilegiada de maneras muy respetables. Cord había seguido los pasos de Darley en Yale y después en la escuela de negocios de Stanford, Georgiana había estudiado en Brown y tenía un máster en literatura rusa en Columbia. Darley odiaba pensar que estaba malgastando su carísima educación, odiaba pensar que estaba usando sus excepcionales ventajas en la vida metida en el apartamento concertando citas con el dentista y llevando la ropa de su marido a la tintorería. El problema era que tener dos hijos tan seguidos era incompatible con una carrera profesional.

Su primer embarazo y la reincorporación después de la baja maternal habían sido brutales. Darley había sufrido de náuseas matutinas agudas. Trabajaba de asociada en Goldman Sachs y tenía que estar en su mesa a las siete de la mañana. Al igual que Malcolm, estaba en la división de Banca de Inversión. Trabajaba como un perro en el equipo de asociados, con jornadas eternas y peleando por que le asignaran cuantos más proyectos posibles, desesperada por destacar de entre la manada y abrirse camino hasta el Grupo de Cobertura de Sectores y poder así centrarse en líneas aéreas. Quedarse embarazada de Poppy fue una sorpresa y estaba decidida a no permitir que la apartara de su objetivo. Ir en taxi le provocaba demasiadas náuseas, así que cada mañana iba a trabajar en metro, pero durante el tramo largo desde High Street en la línea A se mareaba tanto que tenía que bajarse en Canal Street y vomitar en una papelera del andén. Llegaba a la oficina pálida y sudorosa con sabor a vómito y a chicle en la boca. Lo único que le mitigaba las náuseas era chupar unos caramelitos amargos, que llevaba en la funda de piel del móvil y se metía discretamente en la boca cuando no había ningún analista ni asociado mirando. Una vez empezó a notársele el embarazo, sus colegas masculinos se mostraron visiblemente alarmados y asqueados. «¿Estás segura de que no son gemelos?». O peor aún: «¿El estrés no es malo para el bebé? Yo a mi mujer nunca la dejaría quedarse trabajando toda la noche si estuviera embarazada». Le daba tanto miedo romper aguas en la oficina que guardaba toallas y ropa interior dentro de una bolsa de gimnasia debajo de su mesa.

A las seis semanas de nacer Poppy, Darley volvió al trabajo. Sus colegas le preguntaron si había disfrutado de sus «vacaciones», no pararon de quejarse del trabajo extra que habían tenido que asumir por su culpa y, cada vez que intentaba ir a la enfermería para sacarse leche, reían y cerraban los puños simulando ordeñar una vaca e imitando el ruido de salpicaduras.

Darley aguantó seis meses. Se sacaba leche en baños de aviones cuando tenía que viajar a la otra punta del país. Dejaba a Poppy con Soon-ja y almacenaba leche materna detrás de la mesa del botones en los hoteles y después la mandaba a casa por FedEx. Se perdía la hora de irse a la cama, la del baño, y la primera vez que Poppy gateó, la pilló en el trabajo. Se acostumbró a meterse discos de algodón en el sujetador para no manchar sus blusas de seda cuando las reuniones se alargaban y se le pasaba la hora de sacarse leche. Si era sincera consigo misma, lo que quería era volver a quedarse embarazada. En el trabajo no daba abasto. Aquello no era vida. Estaba rota y un nuevo embarazo le proporcionaría una salida. Todos lo entenderían si esta vez dejaba de trabajar.

Malcolm reaccionó maravillosamente cuando Darley le reveló que estaba embarazada de Hatcher. Podría dejar de trabajar y dedicarse a los niños. Eso significaba que por el momento serían una familia con una única fuente de ingresos. Darley comprendió, demasiado tarde, que al renunciar a su fondo fiduciario no había tenido en cuenta lo que significaría eso para ella como mujer. Aunque se había pasado la infancia pidiendo dinero a sus padres para viajes de esquí, comprar ropa, costearse cenas y gafas de sol y cortes de pelo, en la escuela de negocios se había acostumbrado a sacar dinero de su cuenta para hacer un leasing de un coche, comprarse un portátil nuevo, apuntarse a un gimnasio caro con baño turco. Una vez casada, dejó de tener acceso a ese fondo, el dinero se esfumó en una nube de vapor perfumado de cedro y su única cuenta corriente era la que tenía a medias con Malcolm.

Aunque había leído en el *New York Times* un artículo sobre cómo las parejas más felices tenían cuentas «tuya, mía, de los dos», ahora que Malcolm era el único con un sueldo, Darley no le veía la gracia por ninguna parte. Ahora tenían cada uno una tarjeta American Express vinculada a la misma línea de crédito... de Malcolm. Ahora, cada vez que gastaba ochocientos dólares en el dermatólogo, mil en Bergdorf's, cuatrocientos en la peluquería del SoHo, Malcolm lo veía. Se sentía como quien hace pis con la puerta abierta: algo que algunas parejas practicaban, pero que era peligrosamente poco sexy.

Aun así, había funcionado. Tenían un bonito apartamento, buenas vacaciones, los niños recibían una educación y las noches en que Darley y Malcolm dormían en la misma cama se acoplaban igual que dos cucharas en un cajón. Pero con Malcolm sin trabajo, su ritmo de vida era demasiado caro. Él necesitaba un empleo. Ella necesitaba un empleo. Eso o reconocer ante sus padres que se había equivocado.

13
Sasha

Sasha había albergado la esperanza de que haber nacido ciento veinte años después de la guerra de Secesión la exonerara de tener que oír de cerca disparos de cañones, pero hete aquí que un primo de Cord, Archie, se iba a casar en el club náutico de Greenwich y la familia al completo asistiría. La asistente de su padre les alquiló una espaciosa casa frente al mar de seis habitaciones, de manera que, si Poppy y Hatcher dormían juntos, Berta podía ir también y cuidarlos después de la ceremonia. Darley y Malcolm viajaron en un coche con los niños en el asiento trasero enchufados a un *streaming* interminable de Disney+. Los padres de Cord iban en su coche con Berta en el asiento de atrás, así que Cord y Sasha se ofrecieron a llevar a Georgiana. Sasha había intentado hablar con Georgiana desde que se la encontró en el vestidor, pero era evidente que esta se arrepentía de haberse sincerado con ella. Aquel día en el dormitorio, Sasha había hecho ademán de abrazarla, pero Georgiana la había apartado y se había ido corriendo. Sasha la llamó a la mañana siguiente para ver cómo estaba, pero Georgiana no le devolvió la llamada. Le mandó un mensaje invitándola a una cerveza, pero no contestó. Sasha se sentía completamente atascada, no se le ocurría cómo ayudar a alguien que a todas luces no quería su ayuda.

Recogieron a Georgiana en el garaje de Henry Street y, antes de subir al coche, metió su bolsa en el maletero aplastando la funda de ropa con el vestido que Sasha había colocado con cuidado. Sasha le ofreció ir delante, pero Georgiana puso los ojos en blanco e hizo caso omiso; en lugar de ello se sentó atrás y se pasó el viaje mirando por la ventana con los cascos puestos. Sasha puso a Cord al día de las novedades sobre su familia. Los problemas respiratorios de su padre parecían ir mejor, así que sus padres habían ido a pasar una noche fuera y habían pedido al hermano de Sasha, Nate, que cuidara de su neurótica perra. Cuando Nate la devolvió por la mañana, la perra entró en la casa agitando la cola, tan completamente feliz de estar allí que vomitó en la cocina, pero en lugar del habitual charco de pienso regurgitado, lo que vomitó fue un conjunto de ropa interior de encaje negro, por lo que ahora la madre de Sasha sospechaba que Nate tenía novia nueva.

—¿Por qué les gusta tanto la ropa interior a los perros? —preguntó Cord entre risas.

—Porque son unos pervertidos —dijo Sasha arrugando la nariz.

—Es verdad —estuvo de acuerdo Cord—, pero también les entiendo.

Sasha resopló e hizo ademán de pegarle en broma cuando recordó que Georgiana estaba en el asiento de atrás perdida en su triste y particular mundo.

Cuando llegaron a la casa, los padres de Cord ya se habían apropiado del dormitorio principal en el primer piso e instalado a Berta en la suite al fondo del pasillo. Los niños tenían que dormir bien cerca de Darley, bien enfrente, de manera que a Cord y Sasha les tocó la habitación más pequeña, una que tenía una cama de matrimonio bajo un alero; si Sasha levantaba demasiado las piernas, tocaba el techo. Se había comprado un vestido nuevo —largo y ajustado de seda, color azul hielo con tirantes finísimos que se arrugaba con facilidad—, así que lo extendió encima de la cama y se maquilló en ropa interior, esperando hasta el último momento para enfundárselo. La barriguita de embarazada era aún demasiado pequeña para que se le notara. Llegaron a la ceremonia justo a tiempo, se sentaron en la última fila y usaron los programas para protegerse los ojos del sol que centelleaba en el agua. Al parecer Archie era un ávido marinero y después de los votos dispararon el temido cañón. A continuación unos hombres uniformados (que probablemente no eran más que viejos socios del club náutico) dispararon la salva de veintiún cañonazos frente a la bahía. Sasha rio para sí. Los imaginó hundiendo por accidente un barco de vela, aunque estaba bastante segura de que eran disparos de fogueo.

Archie se casaba con una mujer de Grosse Pointe, a quien la familia Stockton conocía del club Jupiter Island. De hecho era la hermana pequeña de una novia que había tenido Archie de adolescente, y Cord se preguntaba si alguna vez recordarían cómo Archie le hacía chupetones a la hermana de su prometida de noche junto al quiosco o si era un tema de conversación tabú. La hermana en cuestión había ido a la boda con marido y tres niñas pequeñas, todas las cuales llevaban lazos gigantescos en el pelo, así que la fiesta no tenía pinta de ir a acabar a puñetazos.

Más de la mitad de los invitados eran socios del club Jupiter Island (la otra mitad eran probablemente socios del mismo club de golf) y, cuando los recién casados recorrieron el pasillo y salieron al embarcadero para la sesión de fotos, Sasha de pronto cayó en la cuenta de lo larga que iba a ser la velada. Estaba manteniendo su embarazo en secreto hasta que le hicieran la ecografía morfológica de las veinte semanas y no le había dicho nada a nadie excepto a su madre. Eso significaba que tendría que pasarse el banquete simulando beber y no sabiendo qué marisco podía comer. «No estás en una mina de carbón —se reconvino—. Alegra esa cara». Hacía una noche hermosa y despejada, los barcos cabeceaban en la centelleante bahía, la alegre música de un cuarteto de cuerda flotaba entre los invitados y el chasquido de los corchos del champán llenaba el aire.

La madre de Archie se acercó con la organizadora de la boda y pidió a la familia Stockton que no se separara porque el fotógrafo enseguida iba a hacer las fotos de la parte del novio. Sasha y Cord estaban muertos de hambre, así que fueron directos a los camareros, que empezaban a circular con aperitivos. Cord había perfeccionado tiempo atrás el arte de comer como un cerdo en las bodas. Le encantaban las gambas crujientes rebozadas de coco, los bocaditos de solomillo Wellington, las brochetas de pollo y el tartar de atún sobre patatas rejilla, así que enseguida identificó por dónde salían los camareros de la carpa y se situó cerca para interceptar cada bandeja. No tenía pudor alguno. Se acercaba a un corro de desconocidos que comían triángulos dorados de pasta inflada y frita y exclamaba: «¡Anda! ¿Qué tenemos aquí?», a pesar de haberse zampado ya una docena. Por lo general, Georgiana era igual que él. Comían como animales salvajes y disfrutaban persiguiendo a los camareros para evidente horror de su madre, pero aquella noche Georgiana se limitaba a mirar el agua con expresión vidriosa. Sasha estaba loca por contarle a Cord el secreto de su hermana, deseaba que él pudiera ayudarla a superar el trance, pero sabía que no debía decir nada. Georgiana había confiado en ella.

Cord acababa de dar a Georgiana una copa de cóctel llena de patas de cangrejo cuando salió un camarero de la carpa llevando una bandeja de tintineantes copas de champán. Cuando Georgiana se apartó para dejarlo pasar, se golpeó el codo contra uno de los palos de la carpa y se tiró la copa llena de cangrejo y salsa encima del vestido.

—¡Mierda! —maldijo.

Tenía el pecho empapado de salsa de tomate color rojo chillón y el vestido se había echado a perder. Cord cogió un fajo de servilletas blancas, pero aquello no tenía solución. Secar la mancha no salvaría el vestido.

—Ay, Georgiana, faltan cinco minutos para las fotos —dijo su madre horrorizada.

—Voy a ver si tienen toallitas quitamanchas o algo en el baño.

Sasha se excusó y entró corriendo en el club. En el tocador había cestitos con caramelos de menta, horquillas, laca de pelo y pañuelos de papel. Georgiana entró detrás de ella.

—¿Hay algo?

—Qué va, solo laca y caramelos de menta.

—Bueno, pues voy a mojar una toalla de papel.

—No puedes limpiar la seda con agua. Te cargarás el vestido.

—Me parece que ya me lo he cargado —dijo Georgiana abatida.

—Si lo llevas a la tintorería, seguramente quitarán la mancha. Pero si lo frotas con una toalla de papel mojada le harás un cerco que después no saldrá.

—Joder. —Georgiana se miró sombría en el espejo.

—Venga, vamos a cambiarnos los vestidos.

Sasha empezó a desabrocharse la espalda del suyo.

—Huy, no. De eso nada.

—Tengo otro en la casa. Ponte este para las fotos de familia y mientras yo me cojo un Uber y voy a cambiarme. Llegaré para la cena. De todas maneras no conozco a nadie. No me importa, de verdad.

Sasha se quedó en bragas y sujetador sosteniendo el vestido, esperando.

—¿Estás segura?

—Sí, ¡no me tengas aquí en bragas! —contestó Sasha riendo.

Georgiana se sacó el vestido sucio y con olor a tomate por la cabeza.

—Qué lista has sido trayendo dos vestidos, a mí nunca se me habría ocurrido.

—Bueno. Con tu familia nunca sé qué ponerme, así que procuro tener opciones.

Georgiana se enfundó el vestido azul y se giró para que Sasha se lo abotonara. Le quedaba algo estrecho, pero bien, y Sasha sintió una oleada de felicidad y calor fraternal. Se puso el vestido lavanda por la cabeza y a continuación sacó la cadera frente al espejo y sonrió; la mancha daba más asco que nunca.

—Vale, me voy a la entrada a esperar al Uber. Dile a Cord que vuelvo en veinte minutos.

—Gracias, Sasha.

Georgiana se inclinó y la besó en la mejilla antes de volver al jardín para la sesión de fotos.

Cuando Sasha llegó a la casa alquilada, se desplomó en la cama con cuidado de no dar una patada al techo. ¿Cuánto tiempo podría escabullirse de la boda? Sacó el teléfono y consideró dedicar media hora a ver algo en Netflix. Seguro que en ese intervalo nadie la echaría de menos. Se llevó una mano al vientre plano. «Hola, tú». Pero entonces se sintió culpable, así que se levantó, se cambió y llamó a un coche que la llevara de vuelta a la fiesta.

Para cuando encontró a Cord, la sesión fotográfica familiar había terminado y el cóctel languidecía. La distribución en las mesas separaba a los hermanos Stockton. Darley y Malcolm estaban al otro extremo del comedor con los primos de Washington, Georgiana compartía mesa con algunos hermanos pequeños y su mejor amiga, una prima llamada Barbara a la que todos llamaban Bubbles, y a Sasha y Cord les tocó una mesa llena de banqueros. Sasha estrechó manos y besó mejillas de los comensales y se sentó al lado de Cord antes de encajar con cuidado su bolsito detrás de ella y extender el chal en el respaldo de la silla.

—Por fin. —El hombre a su derecha sonrió de oreja a oreja y alargó la mano—. Ya tenía ganas de conocer a la mejor mitad de Cord.

—Ah, hola. —Sasha rio insegura. Se le hacía raro cuando un hombre describía a su mujer como su «mejor mitad». Se decía en tono de broma, como cuando un hombre anuncia «Mi mujer es la que manda» y quien lo escucha sabe perfectamente que no habla en serio. Hasta cierto punto, la expresión llevaba asociadas las diferencias de estatus en un matrimonio: una mitad era mejor, la otra peor. Sasha sabía que en su caso y para casi toda la familia de Cord, él era sin lugar a dudas la mejor mitad.

—Me dio mucha pena no ir a vuestra boda —prosiguió el hombre. Era algo mayor que Cord, pero tenía su misma nariz y Sasha descubrió que era incapaz de apartar la vista de ella, como hipnotizada, mientras el hombre hablaba—. Yo quería ir, pero mi mujer estaba embarazada de nueve meses de nuestro cuarto hijo y me daba miedo perderme el acontecimiento.

—Ah, o sea, que has tenido un hijo hace poco. ¡Felicidades! —Sasha sonrió.

—Gracias. Es como esas tarjetas que te sellan cada vez que compras un café y el décimo te sale gratis. Yo ya tengo casi la mitad.

—Noah, deja de ligar con mi mujer —dijo Cord inclinándose hacia él.

—Y tú deja de interrumpirme cuando estoy ligando. —El hombre ahuyentó a Cord con un gesto de la mano—. Sasha, tengo entendido que eres emprendedora y que has montado tu propio negocio. Cuéntamelo.

Sasha rara vez pensaba en sí misma como una emprendedora, pero era cierto que trabajaba por cuenta propia. Nada más graduarse en Bellas Artes, consiguió un empleo de diseñadora en una pequeña agencia de comunicación. Diseñaba sobrecubiertas de libros y anuncios publicitarios, memorias anuales de empresa y catálogos. Después de ascender en la agencia, decidió crear su propio estudio de diseño. Se daba cuenta de que así podría ganar más dinero y centrarse en proyectos que le interesaran, estudiando la marca en su conjunto, creando una imagen integral y una historia visual. Alquiló un despachito en Dumbo donde tenía un ordenador y podía enviar y recibir paquetes, y, con treinta y cinco años, ganaba ya más de lo que nunca habían ganado sus padres. En sus propias palabras, había triunfado.

No era un éxito de esos que significan gran cosa para otras personas. Sus padres y sus hermanos sabían que Sasha tenía su propio negocio, que diseñaba para marcas de las que habían oído hablar —el Transit Museum, Brooklinen, Sixpoint Brewery, la filarmónica de Nueva York—, pero su trabajo era demasiado abstracto para que nadie quisiera hablar de él. Su familia política se mostraba menos deslumbrada aún, si es que eso era posible. A veces daba la sensación de que todos sus conocidos trabajaban en finanzas, la abogacía o el sector inmobiliario, y cualquier campo que no fueran esos era irrelevante e incluso estaba mal visto. Sí, claro, Sasha quería ser artista. Sí, preferiría pasarse los días dibujando y pintando. Pero tenía sus sesiones de Beber y Dibujar, y mientras tanto había encontrado la manera de incorporar el arte a su vida, de emplear su talento en ganar dinero.

Resultó que el primo de Cord era un ávido coleccionista de arte, que conocía a un profesor de Cooper Union y que le resultaba verdaderamente fascinante oír cómo usaba Sasha su formación clásica para crear identidades de marca. Hablaron de sus fotógrafos preferidos, de sus galerías favoritas de Chelsea y estuvo tan encantador que a Sasha se le pasó la cena en una nebulosa de distendida conversación.

Después de la cena había baile y Sasha se dejó llevar a la pista por Cord. Tenía la impresión de que todos los hombres de la familia de su marido estaban tan traumatizados por las clases de baile que les habían obligado a dar de adolescentes que ninguno había aprendido a bailar como las personas normales y en las bodas se escondían siempre en el bar. Cord era la excepción que confirmaba la regla: jamás perdía la ocasión de hacer el ganso, tiraba de Sasha por la pista, la hacía inclinarse exageradamente y fingía hundir la cara entre sus pechos mientras ella reía y usaba su corbata de correa. Por el rabillo del ojo Sasha vio a Darley bailando con Malcolm, e incluso Chip y Tilda hicieron una breve incursión en la pista cuando sonó una canción de los Beatles.

Después de que cortaran la tarta, los invitados de más edad iniciaron la retirada en un frenesí de besos y abrazos ebrios. La banda de música terminó su actuación y los primos de menor edad cambiaron la carpa por el club, donde el bar seguía abierto y el catering servía minihamburguesas y cucuruchos de patatas fritas. Georgiana estaba hecha un ovillo en un sofá de cuero, descalza hacía tiempo, con su prima Bubbles tirada en una postura nada elegante a su lado. Darley y Malcolm se unieron a ellas con aspecto arrebolado y feliz. Malcolm se había quitado la corbata y la llevaba en el bolsillo de la chaqueta.

Archie y su ya mujer salieron entre vítores y aullidos y el

novio procedió a contar a todo el mundo su anécdota preferida sobre la casa de Spyglass Lane. Sasha la había oído ya seis veces, pero no se pasaba de moda. Archie y su mujer habían estado de vacaciones en Telluride y, después de un largo día de esquí, bebieron vino y decidieron ver una película porno en la habitación del hotel. Cuando llevaban cinco minutos, Archie entendió por qué todo en la película le resultaba familiar: los actores estaban practicando el sexo en una chaise longue de Spyglass Lane. No cabía duda de que era la casa de los Stockton, se veía el laberinto de setos y las pistas de tenis al fondo. Archie dudaba mucho de que el tío Chip y la tía Tilda hubieran andado tan cortos de dinero como para alquilar la casa para rodajes, así que llamó a Cord para contárselo. Esto colocó a Cord en la incómoda situación de tener que decir a sus padres que su casa de campo salía en una película porno y que no, él no la había visto, pero un conocido suyo sí, y que probablemente tenían que llamar a su abogado.

Resultó que los jardineros que iban un día por semana llevaban años usando varias casas vacacionales sin ser descubiertos, pero cabía preguntarse cuántas personas habrían visto las películas y sentido demasiada vergüenza para intentar resolver el misterio. Tilda pidió a la guardesa que llevara las chaise longues al punto limpio y compró unas nuevas con cojines más bonitos, encargó una limpieza en profundidad de la casa y en la piscina se vertieron productos químicos suficientes para matar a las clamidias y también toda vida salvaje de los alrededores.

Mientras Archie y Cord se partían de la risa, Sasha se disculpó para ir al baño, donde hizo pis y se retocó rápidamente el maquillaje. Cuando salió, no veía a Cord por ninguna parte, y Darley estaba en plena conversación, así que se desplomó sin hacer ruido en una butaca, fuera de la vista, para poder consultar su teléfono. Mientras iba pasando correos, con una oreja oyó a

Bubbles hablar de un viaje que estaba planeando hacer a las islas Caimán. Darley la interrumpió de pronto, confusa.

—George, ¿tú no llevabas un vestido malva?

—Pues sí —dijo Georgiana con voz adormilada—. Pero estoy con este desde el cóctel.

—¿Cómo? ¿Te has cambiado de vestido? —preguntó Bubbles.

Estaba borracha y hablaba más alto de lo que lo haría una persona sobria.

—Llevaba un vestido color lavanda, pero me lo manché de cangrejo y salsa rosa y Sasha me lo cambió.

—¿Sasha te dejó su vestido? —repitió Darley, sin entender qué llevaba puesto ahora Sasha.

—Espera, ¿quién? —Bubbles parecía completamente perdida.

—Sasha se quitó su vestido y me lo dio —trató de explicar Georgiana.

—¡Ay, pero qué gracioso! ¡Sasha! ¡No sabía de quién hablabas! Como siempre la llamáis la Cazafortunas… —comentó Bubbles entre carcajadas.

Georgiana pareció reírse por primera vez en toda la noche y Sasha notó frío en la piel. Se levantó sin hacer ruido y salió al aparcamiento.

Sasha nunca le contó a Cord lo ocurrido en la boda de Greenwich. Al día siguiente adujo una migraña e hizo todo el viaje de vuelta a Brooklyn con gafas de sol. A partir de entonces, decidió que renunciaba a seguir intentando llevarse bien con las hermanas de Cord. Se acabó invitar a la familia a cenar en la casa, se acabó presentarse con bagels para el brunch en Orange Street, se acabó pasar fines de semana en Spyglass o comer entre semana en el apartamento de Darley. Algunas reuniones —como los cumpleaños o los días festivos— eran inevitables, pero el resto del tiempo mantendría las distancias. Sí, Georgiana lo estaba pasando mal. Se había acostado con un hombre casado y este había muerto. Era horrible. Sí, Darley estaba preocupada por Malcolm, tenía miedo de haberse quedado para siempre sin carrera profesional. Pero, a aquellas alturas, Sasha tenía claro que solo le confesaban sus secretos porque su opinión les importaba muy poco. En realidad no era de la familia; no era alguien que pudiera emitir un juicio pertinente. Solo un receptáculo de estallidos emocionales, el equivalente humano a chillar con la cabeza enterrada en una almohada.

14
Georgiana

Después de la boda de Archie, Georgiana estuvo una semana sin salir de su apartamento. Se cogió días en el trabajo por asuntos propios; cuando Cord la llamó, dejó que saltara el buzón y le envió un mensaje con las palabras «virus estomacal». Hizo lo mismo con Lena. Durmió y durmió y tuvo sueños extraños y alarmantes. Estaba en un aeropuerto y Brady se encontraba allí, en alguna parte, y ella corría por largos pasillos buscándolo, retrasada por los controles de seguridad, atascada en el gentío que se negaba a avanzar y dejarla pasar a tiempo. Se despertaba cubierta de sudor y llegó un momento en que se sintió como si de verdad tuviera un virus estomacal. Comía cereales sin leche e intentó ver programas de televisión para no pensar, pero no dejaba de encontrar cartas de amor de Brady por toda la casa. Donde las tazas de té, una nota que decía: «Tienes un gran *drive*, pero del revés tampoco estás mal». Debajo de un cojín del sofá: «¿Y si encargamos un bebé con pechos?».

El lunes volvió al trabajo en parte porque sabía que si seguía diciendo que estaba enferma la despedirían, pero también porque quería oír más cosas sobre Brady, sobre lo ocurrido. La oficina parecía un entierro, todos iban vestidos de colores oscuros. Desde su silla en el cuartito de servicio, Georgiana veía la mesa de Meg y miró a sus compañeros del departamento de solicitud de ayudas guardar sus objetos personales en una caja: una chaqueta de punto, una bandejita de plata con clips, un pequeño bulldog de peluche con una camiseta que decía GEORGETOWN, el frasco de ibuprofeno. Cuando recordaba lo ambiciosa que era Meg, cuando pensaba en todas las cosas que habría hecho en su vida, Georgiana sentía un gran dolor por su pérdida. Puesto que alguna vez habían comido juntas, en la oficina daban por hecho que eran amigas y, cuando Georgiana se echó a llorar al verlos guardar las cosas de Meg, los del departamento de solicitud de ayudas chasquearon la lengua compasivos y le ofrecieron un pañuelo de papel. Ellos llevaban llorando toda la semana.

Amina fue a la oficina a recoger la mesa de Brady y ver a sus amigos. Cuando Georgiana se enteró de que estaba en la primera planta, supo que debía quedarse en su despacho. Si veía a Amina se desmoronaría, su insoportable dolor la traicionaría y a su vez duplicaría el sufrimiento de aquella mujer. Odiaba pensar en Amina vaciando el apartamento de Brady, recogiendo su bicicleta, su colcha azul, sus mapas, su colección de biografías. Sin duda vendería la casa y todo rastro de que Brady había vivido una vez en Brooklyn desaparecería.

Georgiana pasó la semana igual que un zombi. Por las mañanas, antes de ir a trabajar, se tomaba medio diazepam y dejaba que la anestesiara. Apenas enviaba o contestaba correos; corría el peligro de no terminar un boletín a tiempo, pero a nadie le importó, todos en la oficina pasaban los días caminando con esfuerzo, como en una fuerte nevada. Georgiana hizo caso omiso de los mensajes de Cord y Lena. Cord le preguntaba si tenía sus gafas de squash de repuesto, Lena intentaba convencerla de que fuera a una fiesta el sábado. Georgiana se arrepentía de haber confesado a Sasha lo ocurrido, no entendía cómo podía haberse sincerado con la CF, nada menos, pero Cord no había dicho una palabra sobre Brady, así que sabía que Sasha no se lo había contado. El viernes después del trabajo, Georgiana se puso el pijama a las seis y media de la tarde, pidió tacos y pasó cinco horas viendo Netflix antes de quedarse dormida. El diazepam la atontaba y durmió como un tronco, se despertó diez horas después, el sábado por la mañana, con dolor de cabeza y la sensación de que tendría que echarse una siesta por la tarde. A las cinco, cuando sonó el portero automático, estaba dormida. Fue dando tumbos hasta el telefonillo y le dio al botón de abrir antes de caer en la cuenta de que podía no haber contestado.

—¿Sí?

—George, soy yo. Ábreme.

Era Lena.

—Hola. Estoy durmiendo.

—Ábreme, tía —insistió Lena.

Georgiana suspiró y pulsó el botón, luego descorrió el cerrojo y dejó la puerta entreabierta antes de volver a la cama. Dos minutos más tarde apareció Lena con un aspecto insultantemente bronceado y saludable.

—Tesoro, ¿qué te pasa? —preguntó mirando su alrededor con evidente preocupación.

Georgiana revisó su habitación en busca de detalles alarmantes. Tampoco era que estuviera viviendo en una pocilga; Berta había ido y pasado la aspiradora mientras estaba en el trabajo, pero las persianas estaban bajadas, había una caja de galletas saladas vacía en la cama, un vaso de agua se había volcado y caído al suelo y lo había dejado ahí y las notas de amor de Brady estaban repartidas encima de la almohada. Georgiana se apresuró a recogerlas y a dejarlas en la mesilla.

—He tenido gripe estomacal. Me puse malísima.

—La gripe estomacal dura veinticuatro horas. Tú llevas dos semanas desaparecida. Tienes mala cara.

—Tuve la boda de mi primo.

—¿Has tenido una boda que duraba quince días?

—Lo siento. No tenía ganas de nada.

—Estás convirtiéndote en una ermitaña y esto es una intervención. No solo te estás perjudicando a ti misma, también a mí. Kristin y yo estamos aburridas la una de la otra y necesitamos tu ingenio mordaz y tu ligero tono crítico. Así que dúchate y vístete porque nos vamos a cenar y después a la fiesta de cumpleaños de Sam.

—Os acompaño a cenar, pero no tengo ganas de ir a una fiesta.

—Ya lo veremos.

En la ducha, Georgiana notó una punzada de ansiedad. Al salir se tomó otro medio diazepam y a continuación se secó el pelo y se maquilló.

Durante la cena, Georgiana se bebió dos margaritas y por primera vez en semanas notó el cuerpo ligero. Sentía el azúcar y el alcohol bombearle en el pecho y rio cuando Kristin les habló de una chica de su instituto que se había enamorado de un jugador de polo argentino y se había gastado la fortuna familiar en caballos. Hablaron de la mujer del jefe de Lena, quien había quitado la piscina de la planta baja de su casa porque estaba harta de hacer de socorrista de sus hijos y de los amigos de estos siete días a la semana. Georgiana picoteó trozos de mango y lamió la sal del borde de su copa. Sus amigas no le exigieron nada. No necesitaban interrogarla ni obligarla a llenar los silencios, se limitaron a hacerla reír y a pedir otra ronda de bebidas azucaradas.

Pagaron la cuenta y llamaron a un Uber para ir hasta el apartamento de Sam. Se retocaron el maquillaje en el espejo del ascensor. Habría unas cincuenta personas apiñadas en la cocina y el cuarto de estar, la música sonaba a todo volumen y la mesa del comedor estaba llena de botellas de vino, licor y cocteleras. Kristin sirvió tequila con soda para todas —el cubo de hielo estaba vacío y alguien había volcado el cuenco con las limas— y se mezclaron con la gente. Cuando Georgiana vio a Curtis McCoy en la puerta de la cocina fue como si hubiera sabido que lo encontraría allí. Desde la noche del salón de baile ruso faltaba una pieza del rompecabezas, que ahora quedó completo. Georgiana fue hasta él, sonrió con frialdad, hizo chocar su vaso de plástico con el suyo, y él se sobresaltó y derramó un poco de cerveza en el suelo.

—Curtis, me sorprende verte aquí. No sabía que tu estricto código moral te permitía asistir a fiestas de cumpleaños.

—Georgiana, hola. —Curtis hizo una mueca y se limpió cerveza de la manga—. La verdad es que tenía la esperanza de coincidir contigo un día de estos.

—¿Y eso? ¿Te cuesta encontrar gente dispuesta a que le cagues encima desde una gran altura?

—En realidad era para pedirte disculpas. Aquel día estaba de un humor raro, me sentía incómodo en aquella situación, lo pagué contigo e hice mal.

Georgiana se quedó pensativa. Parecía verdaderamente consternado.

—También me dijiste una grosería sobre mis gafas de sol.

—Lo siento. Eran unas gafas muy bonitas —dijo Curtis contrito.

Parecía tan arrepentido y nervioso que Georgiana se apiadó de él.

—Te estoy tomando el pelo. Son una horterada de gafas. Se las cogí prestadas a mi madre —dijo entre risas.

—Ah, vale.

Curtis sonrió, inseguro. Tenía una boca preciosa, dientes blancos rectos, labios carnosos, un hoyuelo en la mejilla. Pasó alguien rozándolos de camino a la cocina o al comedor y Georgiana chocó con suavidad contra el pecho de Curtis. Le puso una mano en el hombro. Hacía calor, la habitación daba vueltas y Georgiana se acercó y besó a Curtis en los labios. Este al principio no reaccionó, pero Georgiana insistió hasta que se rindió y le devolvió el beso.

—Oye, oye, George, ¿qué coño haces? —De pronto tenía a Lena al lado—. Estamos en plena fiesta.

Georgiana retrocedió tambaleándose, notó hormigueo en la cara y, con un aguijonazo de vergüenza, cayó en la cuenta de lo borracha que estaba. Cogió la mano de Lena y tiró de ella a través del comedor.

—Necesito irme a casa.

A la mañana siguiente, se despertó odiándose a sí misma. Le dolía la cabeza, tenía el estómago revuelto y sus recuerdos de la noche anterior eran incoherentes y fragmentarios. Bajó la vista y comprobó que seguía vestida con vaqueros y blusa. El pelo lo tenía trenzado. En la cocina, la puerta del microondas estaba abierta, la luz encendida y había una pizza encima de su envoltorio de cartón, descongelada pero sin hacer.

—Mierda —murmuró.

Fue al cuarto de baño, se miró en el espejo y se lavó los dientes. No creía haber vomitado, pero notaba la lengua rara y la garganta irritada. Tenía un cardenal en el antebrazo y no sabía cómo se lo había hecho. Echó los vaqueros y la blusa al cesto de la ropa sucia y se puso una camiseta de fútbol vieja. Tenía tres mensajes de Cord sobre jugar al tenis. Había reservado pista a las doce. Ya eran las once. Escribió a Lena: «Besé a Curtis McCoy?».

Lena contestó de inmediato: «Qué alegría que no estés muerta. Solo tomaste tres copas pero eras una MUJER BLANCA BORRACHA. Puede ser virus estomacal?».

«Lena, que si besé a Curtis McCoy???».

«Pues... sí».

«Pero si le odio», contestó Georgiana y se desplomó en el sofá. ¿Por qué coño besaría a Curtis McCoy? Se vio a sí misma con la cara pegada a la de Curtis y a este apartándose. Era demasiado horrible para pensar en ello. Se comió cuatro tostadas y se bebió dos aguas vitaminadas antes de vestirse con ropa de tenis. Cord había estado poco menos que acosándola —seguía sin decir una palabra sobre Brady, de manera que claramente no tenía ni idea de por qué lo evitaba—, pero si cancelaba el partido de tenis era posible que se presentara allí y la obligara a hablar. No estaba en condiciones de tener una conversación, y mucho menos una que requería opacidad y cuidadosas mentiras.

Se reunió con él en la planta baja del club Casino y estuvieron jugando una hora. Georgiana tenía las piernas torpes, falló golpes tontos e hizo unos saques de perfecta inútil. Cuando terminaron, Cord se burló cariñosamente de ella.

—¿Estás un poco resacosa, George? ¿Lo pasaste bien anoche?

—¿Por qué lo dices? —respondió Georgiana fríamente mientras se quitaba las zapatillas.

—Bueno, igual porque apestas a alcohol o porque tienes un churrete de rímel en la mejilla. ¿Te lavaste la cara anoche?

—Pues no —reconoció Georgiana.

—¿Has dormido en casa de un tío? —preguntó Cord—. ¿Te enrollaste con alguien?

—No, por Dios. —A Georgiana le ardía la cara.

—Claro que sí. Te acostaste con alguien. Tienes un hombreeeee —empezó él a canturrear.

—Para, Cord —dijo Georgiana, molesta.

Cord sonrió y guardó su raqueta en la funda. Bajaron los escalones hasta Montague Street. Georgiana se sentía de pena. Tenía la cara roja, el pelo sucio y, al parecer, las mejillas manchadas de rímel. Mientras caminaban, Cord la cogió del brazo como si fueran una pareja isabelina en pleno cortejo. Sabía que había ido demasiado lejos e intentaba reparar el daño. Al doblar la esquina de Montague con Hicks estuvieron a punto de darse de bruces con otra pareja, un hombre y una mujer que paseaban a un galgo de gran tamaño. Georgiana cruzó una mirada con el hombre. Era Curtis McCoy. Hubo un momento en el que los dos pararon y el tiempo se detuvo. Georgiana se sentía mareada, descompuesta de humillación. Entonces Cord dijo: «Ups. Qué perro tan enorme» y le tiró del codo y Curtis apartó rápidamente la vista. La mujer y él se alejaron por Hicks Street con el perro y Georgiana dejó que su hermano parloteara, manteniendo un diálogo consigo mismo, hasta llegar al apartamento. Una vez allí, se tumbaría en el sofá y pasaría el resto del día revolcándose en un fétido barrizal de furia y autoflagelación.

Georgiana tuvo su primer ataque de pánico el verano antes de empezar la universidad. En el momento pensó que había fumado demasiada hierba, pero, en retrospectiva, el mareo, la reducción del campo visual y la impresión de que se le había parado el corazón eran producto de una sensación de estar perdiendo el control de su vida: irse a vivir a otro sitio, dejar atrás sus amistades, saber que fuera de su barrio y de su colegio a nadie le importaba quiénes eran sus padres, que el brillo y los polvos mágicos que le prestaba ser hermana de Darley y Cord ya no le servirían de nada. En las semanas que siguieron a la muerte de Brady notó el antiguo pánico pisándole los talones. Estaba en una reunión de trabajo y de pronto tenía la sensación de caerse de la silla, era incapaz de mantenerse recta. Hablaba y se le quedaba la cara dormida y la boca seca. Colgaba el teléfono en medio de una conversación porque las palabras se le quedaban atrapadas en la garganta. Tenía un frasco de diazepam que su madre había olvidado en un bolso y consiguió racionar las pastillas partiéndolas en dos, pero, cuando agitó el frasco y oyó solo unos pocos comprimidos chocar contra la tapa, llamó al médico.

Su médico de familia estaba fuera toda la semana y Georgiana le lloró por teléfono a su recepcionista hasta conseguir que le diera una cita ese mismo día con el sustituto. Era mayor y amable y, cuando Georgiana describió sus síntomas, sacó un enorme vademécum de su estantería y le leyó en voz alta descripciones de distintos tratamientos posibles. La medicación contra la ansiedad normal tardaría dos semanas en hacerle efecto. Le hizo una receta para sesenta comprimidos de clonazepam y le dijo que tomara uno por la mañana y uno por la noche.

El día del funeral de Brady, se tomó un comprimido y medio antes de ponerse un vestido negro y coger el metro hasta el Upper East Side. Se sentó al fondo, con un grupo de compañeros de trabajo, y miró a los padres de Brady, ambos rotos de dolor, saludar a los familiares en la parte delantera. Los dos trabajaban en Oxfam; Brady había seguido sus pasos en la profesión. Brady se parecía tanto a su madre que a Georgiana le hacía daño mirarla. Durante el servicio religioso hablaron su mejor amigo, su hermano mayor y Amina. Amina era menuda y elegante, de treinta y pocos años, y Georgiana no podía quitarle la vista de encima. Aquella era la mujer dueña de la mitad del corazón de Brady. El amigo, el hermano, la mujer se levantaron uno a uno y reclamaron para sí el recuerdo de Brady. Pero Brady también había querido a Georgiana. Esta lo sabía y sin embargo tenía que sufrir sola, grogui y mareada por las pastillas, escuchando en silencio sentada en el banco mientras la viuda de Brady lloraba y se abrazaba con su familia política.

Sin Brady en el trabajo, sin Brady los martes por la tarde, los fines de semana, Georgiana no tenía ilusiones en la vida y medía los días por los kilómetros corridos y las horas de sueño. Darley leyó un artículo sobre el accidente de avión en la prensa, pero, cuando le preguntó por él, Georgiana evitó el tema. «Eran directores de proyecto en Pakistán. No los conocía», mintió sin saber si pronunciar en voz alta el nombre de Brady abriría la compuerta de sus emociones. Cord siguió arrastrándola al tenis los fines de semana, incapaz de preguntarle directamente por su evidente dolor pero convencido, como buen WASP, de que el ejercicio cura todos los males. Lena fue la única que le preguntó directamente por la medicación contra la ansiedad al fijarse que, cuando bebían, Georgiana pasaba enseguida de achispada a inconsciente. «Cariño, sea lo que sea lo que estés tomando, no mezcla bien con el alcohol. No combines dos venenos», la aconsejó. Georgiana seguía humillada por haber besado a Curtis en la fiesta delante de tanta gente, pero, por algún extraño motivo, que la hubiera desairado al cruzarse con ella en la calle mejoraba las cosas. Evocaba su mueca rígida, su novia y su perro y, aunque seguía experimentando cierta vergüenza, esta venía acompañada de cierta sensación de poder.

Estaba almorzando en el apartamento de sus padres, picoteando de un plato con salmón ahumado y pan de centeno alemán y leyendo la sección de deportes del periódico, cuando su madre agitó en el aire el suplemento *Estilo* del *New York Times* dominical.

—¿Conoces a un tal Curtis McCoy? Estaba en tu curso en la Henry Street School.

—¿Qué?

Georgiana dio un respingo. ¿Cómo sabía su madre lo de Curtis?

—Hay un artículo sobre jóvenes multimillonarios que renuncian a su herencia y lo entrevistan a él. Su padre es Jim McCoy. Recuerdo que estuvo muy desagradable en la gala benéfica de invierno.

La madre resopló y le dio el suplemento a Georgiana.

Es agosto y el grueso del entorno de Curtis McCoy ha huido a Martha's Vineyard, donde el clan es dueño de un notable conjunto de propiedades, una porción privada de la isla que ha alojado a estrellas del rock y presidentes, donde no es extraño ver comitivas de seguridad cruzar silenciosamente las puertas de piedra. La familia McCoy posee desde hace tres generaciones la segunda compañía de defensa más importante de Estados Unidos, Taconic, que fabrica sistemas de misiles de crucero y guiados que después vende a los gobiernos americano y —no sin controversia— saudí. Curtis McCoy, de veintiséis años, no quiere saber nada del negocio familiar, pero renunciar a su gran fortuna es algo mucho más complejo de lo que cabría imaginar.

«Renunciar a mi herencia no es algo que pueda hacer legalmente en un día..., aunque tampoco querría. Todavía estoy aprendiendo muchas cosas sobre la manera idónea de deshacerme de todo este dinero manchado de sangre». Curtis McCoy forma parte de un movimiento cada vez más nutrido de millennials que han crecido dentro del uno por ciento más rico, pero no quieren perpetuar los sistemas que los han colocado en esa situación. «Las personas como yo no deberíamos existir —declara McCoy desde su apartamento de Brooklyn—. Tengo veintiséis años. No hay justificación lógica por la que yo deba tener cientos de millones de dólares». McCoy y sus coetáneos rechazan el concepto mismo de riqueza heredada y traba-

> jan para desmantelar las regulaciones que hicieron posible la situación en que se encuentran hoy. A pesar de que el adjetivo se ajusta a lo que hace, McCoy no se considera un filántropo («Adjudicarse el papel de "filántropo" es algo que me produce repulsa y lo encuentro elitista»), pero trabaja con los abogados de su familia para poder acceder antes a su fortuna y su intención es distribuir su riqueza entre una serie de organizaciones sin ánimo de lucro. «Este dinero se ganó instigando a la guerra y mi objetivo es usarlo para promover la paz. Confío que hablando públicamente consiga animar a otros en mi situación —o a personas en general que hayan heredado fortunas— a hacer examen de conciencia y decidir qué significa ese dinero y cómo pueden usarlo para subsanar errores pasados».

Junto al artículo salía una fotografía de Curtis en su apartamento, sentado en una silla de madera y mirando serio a la cámara, con el hoyuelo de la mejilla apenas visible.

—Aarg. —Georgiana emitió un sonido ahogado.

—¿Qué pasa? Yo creo que sale bien parado. Deberías ponerte en contacto con él. Seguramente tendríais mucho de que hablar —dijo su madre.

—No pienso hacerlo —graznó Georgiana y cogió su teléfono para enviar a Lena y a Kristin el artículo antes de meterse catorce dólares de salmón ahumado en la boca. Entró su padre y se unió a ellas en la mesa, traía el suplemento del *Financial Times* de los sábados. Se sirvió un zumo de tomate y señaló el periódico de Georgiana.

—Los hombres de verdad leen periódicos color rosa —bromeó.

—Un amigo de Georgiana del colegio sale en la portada del suplemento *Estilo* —intervino la madre.

—No es mi amigo —dijo Georgiana con tono malhumorado.

—¿Qué dice?

—Su familia es dueña de Taconic y, ahora que tiene acceso a su herencia, va a regalarla para compensar por toda la gente que ha matado su empresa.

—Debe de ser una fortuna considerable. —El padre arrugó el ceño.

—No tiene acceso a toda.

—Ya lo supongo. Lo normal es parcelarla a lo largo del tiempo. A nadie se le ocurre dar a un chico de veintitantos años cientos de millones a la vez.

—¿Mi cuenta está parcelada o podría sacar todo el dinero de una vez?

—Es que nunca deberías hacer eso.

Su padre la miró, alarmado.

—Pero ¿legalmente tengo acceso a ella?

—Claro, pero no se acerca ni de lejos a la del chico de Taconic.

—¿Cuánto dinero es? —insistió Georgiana.

—¿No lees los extractos? Te llegan extractos, como a todos los inversores.

—Últimamente no los he mirado —confesó Georgiana.

Lo cierto era que, desde que no le llegaba nada en papel, no había consultado el saldo de su fondo fiduciario. De eso hacía unos cinco años.

—Y además son dos cuentas. Una de Geegee y Deedee y otra de Pip y Pop.

Eso Georgiana lo sabía. El *trust fund* de los padres de su madre, creado cuando ella nació, era el más cuantioso de los dos que tenía. Los pagos de la hipoteca de su casa salían del interés generado por la cuenta de su fondo fiduciario. Podría haberse comprado su apartamento de un dormitorio a tocateja, pero le salía más barato contratar una hipoteca y pagarla, dejando el grueso del fondo invertido en bolsa para que creciera. El fondo fiduciario de Pip y Pop también se creó al nacer ella y se multiplicó exponencialmente al morir ellos, pero, puesto que la familia se dedicaba al negocio inmobiliario, casi toda su fortuna estaba invertida en propiedades que ahora administraba Chip, y el *trust* era de solo siete cifras. El de Geegee y Deedee alcanzaba cómodamente las ocho.

Resultaba embarazoso reconocerlo, pero Georgiana no prestaba ninguna atención al dinero. Su sueldo ascendía a unos cuarenta y cinco mil dólares, su hipoteca se pagaba directamente de su cuenta de su *trust fund* y luego la asistente de su padre le transfería otra cantidad trimestralmente para costear cosas como viajes y ropa. Jamás se le había pasado por la cabeza acceder al fondo para pagarse la universidad o los estudios de posgrado; desde el punto de vista fiscal, era más rentable que sus abuelos cubrieran ese gasto por separado.

—Pero ¿cuánto podría sacar hoy si quisiera, papá? —insistió.

—Hoy es domingo, así que probablemente unos dos mil pavos, o lo que quiera darte el cajero de Chase Bank —rio el padre.

—¡Papá! —gimoteó Georgiana.

—Les supondría un problema darte cualquier cantidad considerable de efectivo. Tal y como están invertidos los fondos fiduciarios, en muchas empresas pequeñas, el precio de las acciones bajaría si se vendieran de repente. Eso causaría problemas importantes a los otros fondos que gestiona el equipo. Pero ¿por qué ibas a querer hacer algo así? ¿Estás pensando en cambiarte a un apartamento más grande? Imagino que querrás algo mejor cuando te cases y formes una familia, pero hasta entonces...

—No. Me encanta mi apartamento. No me voy a mudar. —Era cierto que a Georgiana le encantaba su apartamento. Era espacioso de sobra para una persona, soleado y nuevo, pero sobre todo Brady había dormido en él—. ¿Cord y Darley tienen inversiones en las mismas empresas que yo? ¿Son iguales nuestros fondos?

—Bueno, las inversiones de Cord son casi idénticas a las tuyas, pero Darley no tiene fondo fiduciario desde que se casó.

—Ah, ¿no? —preguntó Georgiana, sorprendida.

—No. Eligió no pedir a Malcolm que firmara un acuerdo prenupcial, así que renunció a los beneficios de sus fondos.

—Entonces ¿no tiene dinero?

Georgiana había sido más o menos consciente de la situación, pero aun así los detalles la impactaban.

—Tiene dinero de sobra. Malcolm se gana muy bien la vida.

—Pero ¿qué ha pasado con su dinero?

—Se guarda para sus hijos. Cuando un beneficiario se casa sin acuerdo prematrimonial, se trata como si hubiera fallecido. Salta a la nueva generación.

—Vaya. ¿Os molestó que no quisiera pedirle a Malcolm que firmara el acuerdo?

—Darley es una romántica —dijo su padre con un suspiro—. Se empeñó en que firmar un acuerdo prematrimonial prepararía el terreno para «una determinada clase de divorcio».

—Pero Sasha no firmó el acuerdo, ¿no?

—Pues claro que sí. Por eso Cord sigue cobrando de su fondo.

Georgiana guardó silencio, sorprendida. ¿Por qué había dicho Cord que Sasha no había firmado? Aunque era posible que no lo hubiera dicho. Ella solo sabía que Cord se había disgustado y Sasha se había ido unos días de casa.

—¿Y usó Cord el fondo para comprar la casa de Pineapple Street?

—No. La casa no es suya. Sasha y él viven ahí, pero sigue siendo de tu madre y mía.

—Entonces ¿Sasha no se quedará la mitad de la casa si se divorcian?

—¡Georgiana! —interrumpió su madre—. No digas esas cosas tan feas de tu hermano y su mujer. Nadie se va a divorciar. Y, francamente, no es asunto tuyo. No sé por qué nos hemos puesto a hablar de dinero. Desde luego no es un tema de conversación para la hora de la comida. Por Dios. Y, ahora, pásame la sección de Vivienda. He oído que Fannie Keaton vende su apartamento por diez millones y sale hoy en el periódico.

Georgiana sacó el suplemento y se lo dio a su madre. Pasaron el resto de la comida en relativo silencio, interrumpido solo para estudiar el gigantesco edificio de Fannie y lamentar lo feísimo de su distribución. («Por diez millones de dólares ya podrían haber hecho un cuarto de la lavadora como es debido», dijo su madre meneando la cabeza con tristeza).

En cuanto Cord envió el correo invitando a cenar a la familia, Georgiana lo supo: Sasha estaba embarazada. «Por favor, venid a cenar a casa, tenemos algo que celebrar». ¿Qué otro motivo podía haber?

«No pienso ir», escribió Georgiana a Darley en un correo.

«¡Tienes que ir! Creo que la noticia es que hay bebé a la vista», contestó Darley.

«¿Crees que Sasha hará una fiesta de revelación de sexo del bebé con bombas de humo azules y rosas y quemará la casa?».

«No seas malcriada», replicó Darley.

Cuando Georgiana llegó a Pineapple Street, su familia ya estaba reunida y bebiendo champán.

—¿Qué se celebra? —preguntó Georgiana preparada para hacerse la sorprendida.

—Te hemos esperado para hacer el anuncio —dijo Cord alegremente mientras la invitaba a pasar al salón, donde Sasha estaba sentada con expresión rígida y malhumorada. Cord hizo chocar suavemente una cuchara contra su copa a pesar de que todos estaban esperando a que hablara—. Bueno, pues... —Hizo una pausa efectista con ojos chispeantes—. ¡Vamos a tener un bebé!

«¡Enhorabuena!», exclamaron todos y Georgiana se dio cuenta de que sus padres eran, con mucho, los peores actores que había visto en su vida.

—¿Ya lo sabíais? —preguntó Cord, abatido.

—Bueno, me lo dijo Berta —reconoció Tilda.

—¿Cómo lo sabía Berta?

—Dijo que solo era una premonición. Las mujeres notan esas cosas —dijo Tilda, prudente.

—Eso y que me vio vomitando —dijo Sasha.

—¿Estás vomitando mucho? —preguntó Darley.

—Sí, todos los días.

—Qué horror. ¿Sabes lo que hacía yo? Metía paquetitos de galletas saladas en el cajón de la mesilla y comía cada vez que me levantaba por la noche para no tener el estómago vacío por la mañana. De eso se trata..., de no quedarte con el estómago vacío.

—La cama estaba tan llena de migas —dijo Malcolm— que me levantaba con el cuerpo exfoliado con los trocitos de galleta y sal de las sábanas.

—También descubrí los mejores caramelos amargos contra las náuseas. —Darley empezó a buscar en su teléfono y le mandó a Sasha el enlace. Sasha apenas pareció apreciar el entusiasmo de Darley. Parecía aburrida con todo aquello y Georgiana empezó a irritarse. Allí estaban todos agasajándola, y se comportaba como si su compañía la aburriera mortalmente.

—¡Ah, y hemos traído el cuco de cuando vosotros erais pequeños! —Tilda se levantó de un salto y salió del salón. Tres minutos más tarde, volvió con un moisés. El mimbre estaba endurecido y olía un poco raro—. Los tres dormisteis aquí —dijo con cariño.

—Qué maravilla —dijo Cord con ojos húmedos.

—¿Esto puede ser moho? —preguntó Sasha inspeccionando una costra verde en el fondo.

Nadie le hizo caso.

Berta había hecho pollo asado con calabaza y pasta sin nada para los niños. Asomó la cabeza al salón para anunciar que la cena estaba servida y Georgiana cogió la botella de champán y se la vació en su copa antes de seguir a los demás. Con la cena bebieron vino, todos excepto Sasha, quien bebió agua con gas LaCroix directamente de la lata, lo que le granjeó una mirada horrorizada de Tilda («¡Una lata es para la playa, las burbujas necesitan un vaso con pie!»). Cuanto más hablaban del bebé, más tirantez notaba Georgiana en la garganta. Cuando había hablado con Brady de tener un bebé había sido de broma, pero en su interior se había alojado una esquirla de esperanza. Debía haber un motivo por el que no había tenido uno con Amina, en cambio sí había hablado de hacerlo con ella. Sabía que las quería a las dos, pero una parte de ella se preguntaba si, con el tiempo, el amor de Brady por Amina se habría desvanecido y el que sentía por ella lo habría eclipsado. Ver la felicidad de Cord y Sasha le reabría la herida por ese niño que ya no podría tener con Brady.

Cuando terminaron de comer, Malcolm se llevó a los niños al cuarto de la televisión a ver una película y Sasha se levantó para ayudar a Berta a recoger la mesa. Georgiana fingió tener que ir al cuarto de baño y subió a su dormitorio. Se sentía atontada y cansada del vino y le era imposible poner cara normal mientras oía a los demás discutir los pros y contras de una salus interna. Darley había tenido la misma que todas sus amigas y, aunque la mujer era exageradamente excéntrica —siempre vestía uniforme blanco almidonado en la casa por mucho que Darley la animara a ponerse vaqueros, solo leía revistas de cotilleo sobre famosos, se había casado en Las Vegas en una ceremonia inspirada en Celine Dion y hablaba sin parar a los bebés con una interminable retahíla de voces de animales—, la señora Kim y ella habían salvado la vida a Darley durante las semanas siguientes a que nacieran Poppy y Hatcher.

Georgiana cerró la puerta de su cuarto. Se encontraba un poco mareada y guiñó un ojo para poder enfocar mejor la vista. Vio su anuario del instituto en la estantería. En un arranque, lo cogió. Después se dejó caer en su cama y lo ojeó en busca de una página concreta. La encontró a mitad de camino, en la eme: Curtis McCoy. Odiaba pensar tanto en él, pero le estaba resultando imposible reconocer al hombre que había visto en el suplemento *Estilo* en el adolescente melancólico y algo intimidatorio que recordaba. Sin embargo, y como para probarlo, allí estaba, con diecisiete años: pelo sobre los ojos, camisa y suéter, leve expresión de fastidio. Al lado, una fotografía borrosa en la que salía con tres amigos junto a una hoguera en la playa, una instantánea de él en el campo de fútbol y a continuación una cita: «La pregunta no es quién me lo va a permitir, sino quién me lo va a impedir».

—Capullo —dijo Georgiana para sí. Debió de quedarse dormida, porque cuando quiso darse cuenta Darley la estaba zarandeando. Estaba soñando que seguía a Curtis por un sendero herboso. Qué horror. Adormilada y molesta, se sentó en la cama y tiró sin querer el anuario al suelo.

—¿Qué haces durmiendo aquí? —siseó Darley—. ¿Cuánto has bebido?

—No mucho. Lo que pasa es que estoy cansada —dijo Georgiana a la defensiva.

—Incluso mamá te ha notado borracha, y eso es mucho decir.

—Mierda, ¿en serio?

—También ha dicho que te ve delgada, pero eso creo que era un cumplido. ¿Se puede saber qué te pasa?

Por un momento Georgiana consideró la posibilidad de contárselo todo a su hermana. O al menos parte de la historia. Podía decirle que había roto con Brady al saber que estaba casado, y que después se había muerto. Pero una media verdad así la mataría. Que Darley creyera comprender su pérdida, cuando en realidad era mucho mayor. Se sentía incapaz.

—No me pasa nada, Dar. Solo tengo ansiedad por el trabajo, así que me he tomado una pastilla y con el vino me ha sentado mal.

—¡No se puede mezclar pastillas y alcohol! —la regañó Darley—. ¿Qué eres? ¿Una adolescente? ¿Tengo que explicarte los peligros de beber estando medicada?

—No. Lo que pasa es que estaba tan contenta por Cord que me he dejado llevar. No tiene importancia.

—Vale. No vuelvas a hacer una tontería así. Ahora ve a decirle a mamá que te habías tomado una pastilla para la retención de líquidos y da las buenas noches. De todas maneras, los niños se deben acostar ya. Hatcher tiene chicle en el pelo y Poppy ha intentado quitárselo y le ha arrancado un mechón y ahora Hatcher está llorando porque tiene una calva.

—Vaya por Dios.

Georgiana se puso el anuario debajo del brazo y salieron de allí.

Georgiana no había hablado nunca con el fundador de su organización. Era el jefe de su jefe, y siempre había supuesto que solo una metedura de pata de proporciones épicas la obligaría a mantener una conversación con él, de manera que se sorprendió cuando un miércoles por la mañana asomó la cabeza en el cuartito de servicio. Georgiana estaba acuclillada en el suelo ordenando las cajas con los boletines de novedades recién llegados de imprenta, cuando el hombre tocó en el marco de la puerta y la sobresaltó.

—¡Peter! ¡Hola!

De inmediato se preguntó si había hecho bien llamándolo Peter. ¿Debería haber dicho señor Perthman? No. Habría quedado raro. Era su jefe, no el director de su colegio.

—Georgiana, ¿qué tal estás?

—¡Genial!

Se puso de pie con un exceso de entusiasmo nervioso.

—Quería preguntarte una cosa. Como sabes, tenemos gala benéfica el mes que viene y estamos buscando la forma de aumentar las donaciones individuales y también de fundaciones familiares.

—Por supuesto. Ya me he puesto en contacto con el lugar de celebración y estoy trabajando con Gabrielle en la lista de invitados.

—Si recuerdo bien de tu currículum, fuiste a la Henry Street School, aquí en Brooklyn, ¿verdad?

—Sí.

¿Qué hacía el fundador leyendo su currículum? Evidentemente alguien le habría hablado de él.

—Hace poco leí en el *Times* que un exalumno de Henry Street llamado Curtis McCoy estaba haciendo un montón de donaciones benéficas. Parece que sus objetivos coinciden con la labor que hacemos aquí, así que me preguntaba si podrías hablarle de la gala.

Era el fenómeno Baader-Meinhof, por el cual, una vez te fijabas en algo nuevo, empezabas a verlo por todas partes. ¿Era posible que Curtis McCoy hubiera estado rozando siempre la periferia de su vida y ella no se hubiera dado cuenta? Porque de pronto no se lo quitaba de encima. Cuando Georgiana estudiaba secundaria, una amiga le había dicho que el castillo de *La sirenita* era igual que un pene dibujado por un ilustrador aburrido. Una vez vio la similitud, ya no pudo dejar de hacerlo. Había estado siempre allí, delante de sus narices, y se le había pasado por completo. Con Curtis le ocurría lo mismo.

—Conozco a Curtis —admitió—. No muy bien, pero estábamos en la misma clase.

—Huy, perfecto. —Peter Perthman sonrió—. Te voy a mandar una carta para que se la reenvíes. ¡Y espero que me lo presentes el mes que viene! Eres una incorporación muy valiosa a nuestro equipo, Georgiana. En el poco tiempo que llevas aquí ya has destacado muchísimo.

Y dicho aquello, hizo una inclinación de cabeza y salió del cuartito de servicio dejando a Georgiana de nuevo en el suelo y entre cajas.

Reenvió la invitación a Curtis con la dosis mínima de entusiasmo. Peter (o su asistente) habían redactado una elegante carta de presentación, describiendo la labor de la organización y subrayando la reciente pérdida de tres colegas en Pakistán. Por supuesto se trataba de un país cuya población civil sentía una fuerte desconfianza hacia Estados Unidos. Aunque la carta no decía de forma expresa: «Los drones de tu familia se usaron para matar a miles de personas durante ataques en el noroeste de Pakistán, así que deberías darnos dinero para enseñar a los supervivientes a cuidarse mejor», el mensaje era ese. Georgiana sacó la dirección de correo electrónico personal de Curtis de la invitación a la fiesta de cumpleaños en el salón de baile ruso y en la parte de arriba escribió una nota brevísima: «Me pide mi jefe que te envíe esto. Espero que estés bien». Una hora después, Curtis contestó:

Si voy a la gala benéfica, ¿intentarás besarme?

Georgiana se apartó de la pantalla de su ordenador como si la hubieran salpicado de agua fría. Contestó al momento: «Este es mi correo de trabajo».

La respuesta llegó de inmediato. «Ah, vale. ¿La fiesta tiene tema? ¿Es «Chic tercermundista»?».

Georgiana resopló. Menudo gilipollas. «No estás obligado a venir. Le diré a mi jefe que estás demasiado ocupado con tu filantropía».

«¿Me estás acosando? ¿Te lees todo lo que sale en la prensa sobre mí?».

«Fue en el suplemento *Estilo*. Como si hubieras hecho el reportaje solo para atraer mujeres. Tiene que haber maneras más fáciles de conseguir pareja. ¿Te pidió el fotógrafo que miraras furioso a la cámara o solo que pusieras cara de resentido?».

«Parece que dedicaste un buen rato a mirarme».

«Por lo visto mi trabajo consiste en colaborar con jóvenes anticapitalistas».

«Pues yo encantado de colaborar. Contad conmigo el mes que viene. Y dime si vas a poder prestarme las gafas de sol de tu madre».

—¡Madre mía! Curtis McCoy y sus ingeniosas bromas por correo electrónico.

Lena rio. Estaban en el restaurante italiano de Atlantic, con Lena y Kristin encorvadas encima del teléfono de Georgiana.

—¿Tiene novia? —preguntó Georgiana.

—No tengo ni idea. ¿Por qué? ¿Estás interesada?

—¡No! Intento saber si todos opinamos que es un ser infecto o hay quien ve algo humano en él.

—Un ser infecto que está donando cien millones de dólares para la paz. Hace falta ser capullo.

—Pues eso es lo que digo, que no hay quien coño le entienda, ¿no os parece? —preguntó Georgiana—. No consigo decidir si es un gilipollas o es un santo.

—Las personas horribles también pueden hacer buenas acciones —dijo Kristin pensativa—. Por ejemplo, incluso Bin Laden quería a sus nietos.

—Una aportación muy útil. Gracias.

—O como la gente con la que trabajo —continuó Kristin—. En el departamento de Tecnología hay un montón de tíos con sueños sobre crear una sociedad utópica, cuando lo que hacen en realidad es facilitar más odio del que creíamos posible y básicamente por dinero.

—Y lo contrario también pasa. Como Angelina Jolie, ¿no? Lleva la sangre de Billy Bob Thornton en un collar y consume drogas, pero luego madura y se convierte en embajadora de Buena Voluntad. Es lo mismo que lo que hace Curtis, ¿no? ¿Intentar ser una persona adulta? —sugirió Lena.

—O sea, que Curtis es Angelina Jolie. Genial. Ahora sí lo entiendo —repuso Georgiana riendo.

No era lo mismo, pero había una semilla de verdad en aquella comparación. Curtis no era responsable de los pecados de su familia. Ni siquiera era estrictamente responsable de sus creencias cuando estaba en el instituto. Las personas pueden cambiar. Evolucionar. ¿Quién era ella para exigirle un estricto código moral? Todas sus convicciones sobre sí misma se habían ido al garete cuando se enamoró de Brady. Las buenas personas también la cagaban.

Cuando Georgiana le dijo a su hermana que había invitado a Curtis McCoy a la gala benéfica, Darley la cogió del brazo y rompió a reír.

—¿Quién es la Cazafortunas ahora? —dijo con una risotada.

Estaban jugando al tenis en el Casino y Georgiana se puso enferma solo de pensar que todos en el club pudieran considerarla una trepa social.

—Cállate. —Georgiana miró a su hermana, furiosa.

—¿Por qué discutís?

Cord y su madre entraron en la pista de tenis y le dieron a Georgiana una lata con pelotas.

—¡Georgiana tiene una cita con Curtis McCoy! —chilló Darley.

—Ah, sí, la organicé yo —dijo la madre, complacida, y se puso en jarras. Tenía muy buenas piernas y a veces daba la impresión de que jugaba al tenis solo para presumir en falda corta.

—¿Qué? ¡De eso nada, mamá!

—Bueno, te pasé el artículo y te dije que te pusieras en contacto con él.

—¿Quién es Curtis McCoy? —preguntó Cord.

—Ese joven multimillonario que está donando todo su dinero, el hijo del propietario de Taconic —dijo Darley.

—No es multimillonario —murmuró Georgiana.

—Si regala todo su dinero, desde luego que no —gorjeó Tilda.

—Ah, sí, he leído sobre él. —Cord ladeó la cabeza—. Me pareció el típico niño bien que adora a Bernie Sanders.

—No es nada de eso. —Georgiana quitó la tapa a las pelotas y se guardó tres debajo del polo—. Ha heredado millones de dólares que se ganaron vendiendo misiles Tomahawk que mataron a sirios y ahora, en lugar de pasarse la vida en un yate, ha decidido intentar construir un mundo mejor. Para mí una persona así no tiene nada de ridícula.

—Pero sigue teniendo el yate, ¿no? —preguntó Tilda—. Puedo buscarlo en la edición de verano del Registro Social.

—Eso no es lo importante, mamá. —Georgiana puso cara de hartazgo—. Por favor, ¿podemos jugar al tenis?

Siempre jugaban dobles con los mismos equipos: Georgiana y Darley contra Cord y su madre. Era irritante, pero Cord era más fuerte y más rápido que sus dos hermanas y compensaba así el hecho de que Tilda ya no tenía la agilidad de antes. Darley era fuerte y un poco irregular, y, si jugaba con Georgiana, los equipos estaban compensados. Aunque el padre era un jugador bastante decente, Tilda y él nunca jugaban juntos. Siempre terminaban discutiendo y en algún momento de los años noventa habían decidido, en pro de su matrimonio, hacer vidas de tenista separadas.

A Georgiana a menudo la asombraba darse cuenta de la variedad de experiencias que abarcaba la palabra «matrimonio». Sus padres vivían juntos, dormían en la misma habitación, pero, a pesar de toda esa proximidad física, parecían llevar existencias separadas. Tenían intereses muy distintos, amigos diferentes, leían libros diferentes y pasaban los días cada uno por su lado. Tilda iba de compras, se hacía la manicura y hacía ejercicio. Chip leía el periódico, jugaba al golf y salía a beber con sus amigos. Darley y Malcolm eran justo lo contrario. Pasaban más tiempo separados que juntos, pero hablaban muchas veces al día, estaban de acuerdo en casi todo y en ocasiones, cuando se encontraban en continentes distintos, se sentaban en sus respectivas camas, pedían la misma comida a domicilio y veían la misma película. A Georgiana casi la irritaba lo leal que era Darley a Malcolm.

Algunos días deseaba que Darley le encontrara algún defecto a su marido, odiara su forma de lavarse los dientes, su costumbre de fruncir los labios al leer. Pero su matrimonio era un huevo, con su yema y su clara dentro de una cáscara intacta. Era posible que Darley jugara al tenis como una Stockton más, pero Georgiana empezaba a sospechar que, en el fondo de su corazón, Darley se estaba convirtiendo en una Kim y dejándola sola.

La gala benéfica se celebraría en la primera planta del Brooklyn Museum. Se montó un escenario donde estaban las taquillas y una mesa de DJ para el baile después de la cena. Georgiana había ayudado a organizar las mesas, por lo que sabía que Curtis había comprado una de diez entera por veinte mil dólares. La esperanza era, por supuesto, que la velada lo conmoviera tanto que además dejara una donación en el sobrecito que había debajo de su plato. Georgiana no había reconocido ninguno de los nombres en la lista de invitados que había enviado, pero eso no era ninguna sorpresa. No esperaba que Curtis llevara una cuadrilla de amigos del instituto a un acto sobre salud internacional disfrazado de cena benéfica.

La noche de la gala Georgiana consideró la posibilidad de ponerse unos pendientes de Chanel de su madre con dos ces gigantes que colgaban hasta los hombros, pero no estaba segura de que Curtis fuera a entender el chiste y probablemente era de mal gusto llevar algo así mientras hablabas de niños sin acceso a agua potable. Así que se decidió por el vestido de Missoni de su madre y unos zapatos de tacón que la hacían ridículamente alta.

Llegó temprano y se situó junto a la puerta para recibir a los invitados, pero estaba ayudando a un importante benefactor a encontrar el guardarropa cuando apareció Curtis. Lo acompañaba una hermosa mujer que claramente era su madre, un hecho que alegró inexplicablemente a Georgiana. Había dado por hecho que las declaraciones públicas de Curtis sobre Taconic lo habrían enemistado con sus progenitores. Se pasó todo el cóctel mirándolo por el rabillo del ojo y sin poder acercarse debido a múltiples crisis que surgían y se iban resolviendo: en la mesa 3 hubo que añadir una silla en el último momento, el fotógrafo necesitaba saber a quién sacar, el iPad que estaba usando Gabrielle para la lista de invitados se había quedado colgado.

Cuando terminó el cóctel y los camareros invitaron a los comensales a localizar sus mesas, Georgiana corrió detrás del escenario a asegurarse de que Peter tenía el micrófono preparado para los saludos. Cuando, diez minutos después, se sentó cerca del borde del escenario, vio que el resto de los invitados de Curtis habían llegado y que la mujer con la que se lo había encontrado delante del club Casino, la que paseaba al perro, estaba sentada a su izquierda. Cuando Curtis vio a Georgiana mirarlo, sonrió e inclinó brevemente la cabeza a modo de saludo. Georgiana notó que se ponía colorada, le devolvió el saludo con la mano e inmediatamente se sintió como una tonta.

No había visto el vídeo sobre los últimos proyectos de la organización y en cuanto empezó se dio cuenta de que había sido un terrible error. Allí, a la vista de todos, estaba la cara de Brady. Salía con Meg y Divya en un pequeño aeropuerto, con una mochila al hombro y gafas de sol encajadas en la cabeza. La foto debía de haber sido hecha el día antes de su muerte. Había otras en las que dirigía una reunión en la sala de juntas de un hospital, con una placa identificativa colgada del cuello y sujetando tres cajas de vacunas con adhesivos color naranja, también imágenes de él con el resto del equipo en Pakistán consultando un ordenador portátil. Georgiana notó lágrimas en las mejillas. Alguien debería haberla avisado de que el vídeo contenía imágenes de Brady. Apartó los ojos de la pantalla e intentó sobreponerse y controlar la respiración; cuando levantó la cabeza, vio a Curtis mirándola. Se levantó sin hacer ruido, fue al cuarto de baño y cortó un trozo de papel higiénico con el que secarse la cara. Cuando recuperó el aliento, se mojó las manos e intentó limpiar con los dedos el churrete de rímel que tenía debajo de los ojos. Se alisó el vestido, se sujetó el pelo detrás de las orejas, partió un clonazepam en dos y dejó que se le disolviera debajo de la lengua. Estaba perfectamente. Podía guardar la compostura.

Se mantuvo ocupada en la periferia de la fiesta durante la ensalada, el orador principal y los segundos. Cuando se sirvió el café, salió de detrás del escenario y vio que los invitados se levantaban de las mesas y aquellos que no querían bailar hacían cola en el guardarropa. Cuando Curtis la tocó en el hombro, dio un respingo.

—Hola, qué bien organizado todo. Enhorabuena —dijo Curtis.

—Muchas gracias por venir. Estoy segura de que tienes la agenda llena de cosas así.

El rubor de siempre le hizo cosquillas en la cara y tenía una sensación rara en el punto del hombro donde la había tocado Curtis.

—Pues sí, pero venir a estas galas es mi trabajo ahora mismo. Quiero aprender todo lo que pueda sobre las diferentes organizaciones.

Llevaba un traje azul marino ajustado que resaltaba el azul de sus ojos, el pelo rubio bien peinado, iba recién afeitado y olía un poco a café.

—¿Quiénes son los que están en tu mesa? —Georgiana miró y solo vio sillas vacías, platos de postre sin tocar.

—Ahora trabajo con un equipo. Un grupo de personas con experiencia en donaciones corporativas.

—Lógico. —Georgiana sonrió y el rubor por fin pareció abandonar su cara—. ¿Y qué os hemos parecido?

—Estupendos. Me encanta que os centréis en los servicios sanitarios en los países con los que colaboráis. Hay que crear la infraestructura necesaria para funcionar una vez se termine el dinero.

Georgiana asintió con la cabeza.

—Creo que en parte por eso es tan importante el trabajo en Pakistán. Hay muchas mujeres reacias a que las vea un médico varón. Sus maridos y sus suegras se lo tienen prohibido. Así que formamos a voluntarias sanitarias para que trabajen dentro de sus comunidades en planificación familiar y vacunas.

—Tiene muchísimo sentido. —Curtis pareció vacilar—. Durante el vídeo te he visto muy afectada. ¿Las personas que murieron en el accidente de avión eran amigos tuyos?

La miró con atención y sus ojos estaban tan llenos de luz que, de pronto, Georgiana se puso nerviosa. Era inquietantemente guapo.

—Sí —balbuceó—. Una de las víctimas era mi amiga Meg.

No podía hablar a Curtis McCoy de Brady. Se pondría a llorar otra vez.

—Lo siento mucho. ¿Tenía tu edad?

—Unos años más, pero sí, era muy joven. Era la primera vez que viajaba a conocer un proyecto sobre el terreno y estaba ilusionadísima. Era muy lista, se pasaba el día trabajando e iba camino de ser alguien, no sé si me entiendes.

—Claro que sí. Es horrible. —Curtis calló un instante y miró a su alrededor—. Tengo entendido que se puede visitar la primera planta del museo. ¿Damos un paseo?

—Me encantaría —dijo Georgiana.

El DJ había empezado a poner música y sus compañeros de trabajo bailaban con sus parejas bajo las luces de colores. Caminaron por el pasillo acristalado con murales de la década de 1980 que llegaban hasta el techo.

—¿Esa señora de la mesa era tu madre?

—Sí. Estaba en la ciudad y la convencí para que viniera.

—No sabía si te llevabas bien con tus padres o si estaban disgustados contigo.

—Mi madre es más comprensiva que mi padre —reconoció Curtis con expresión avergonzada.

—Lo siento.

Se detuvieron delante de un mural rojo de seis metros de altura con pinceladas espesas y llenas de grumos.

—Está muy orgulloso de lo que ha construido con Taconic. No lo ve como lo veo yo. Para él, fabricar armas es patriótico. Piensa que nuestra familia ha hecho una contribución importante, casi como si fuéramos militares.

—¿Qué es lo que le molesta más? ¿Que dones tu dinero o que hables mal de Taconic?

—Cree que hago postureo ético. No para de llamarme Alexandria Ocasio-Cortez y camarada Stalin y de decirme que me arrepentiré de esto el día que tenga hijos.

—¿Piensa que querrás haber dejado una herencia más grande a tus hijos? —preguntó Georgiana.

—Sí, es de esa generación que cree que la estabilidad financiera es lo mejor que puedes dar a tu familia.

Ladeó la cabeza para indicar que estaba preparado para el siguiente mural.

—Yo creo que hay una diferencia entre estabilidad y riqueza obscena —propuso Georgiana.

—Hay una gran diferencia. La desigualdad de renta es la gran lacra de nuestro tiempo. Me preocupa que mis hijos echen la vista atrás y vean un país que abandonó por completo los principios éticos, que dejó que personas murieran de hambre mientras los ricos pagaban cada vez menos impuestos.

—Warren Buffet dice que no cree en la riqueza dinástica, que no cree que tu vida deba estar determinada por tu pertenencia al club de los espermatozoides afortunados. —Georgiana se sonrojó un poco al decir la palabra «espermatozoide».

Curtis rio.

—¿Sabías que Warren Buffet, Bill Gates y Jeff Bezos tienen entre los tres más dinero que la mitad de la población mundial con menos ingresos?

—¿De verdad? —preguntó Georgiana.

Se detuvieron delante del mural de dos mujeres de enormes pechos y los dos simularon estudiarlo por unos instantes antes de pasar al siguiente. Qué incómodo era el arte a veces.

—¿Siempre has discutido con tu padre de política?

—No. —Curtis negó con la cabeza—. Empecé leyendo cosas que no fueran el *Wall Street Journal* en el instituto, pero lo de mi complicidad en el asunto no me preocupó hasta la universidad. Pienso que nos hemos criado en una burbuja.

Miró a Georgiana con impresión interrogante.

—A veces es difícil salir de ella —estuvo de acuerdo esta, pensando en su rinconcito de Brooklyn Heights. Si estornudaba fuerte en su salón era probable que sus padres le dijeran «Salud» desde su dormitorio en Orange Street.

—Pues a mí me da la sensación de que lo estás intentando —dijo Curtis y Georgiana se sintió halagada y a continuación avergonzada de lo mucho que deseaba su aprobación. Volvieron a la zona del baile y Georgiana vio que su equipo empezaba a recoger los sobres de las mesas.

—Tengo que volver al trabajo.

—Oye —Curtis la cogió del brazo—, ¿sales con alguien?

—No. ¿Y tú? —Georgiana sonrió.

—No, pero no sabía si aquel hombre..., con el que estabas cuando nos encontramos por la calle. Después de la fiesta, ¿te acuerdas? —Georgiana agradeció el esfuerzo que hacía para evitar decir: «Aquella mañana en que ibas dando tumbos por la calle como si hubieras estado esnifando pegamento después de comerme la boca».

—Era mi hermano, Cord.

Curtis dijo que le escribiría para salir a cenar y Georgiana sintió una felicidad centelleante que la acompañó mientras recogían después de la fiesta, pero cuando llegó a casa y abrió el armario de las medicinas, encontró una nota de Brady que decía: «¡Rinoplastia gratis para debutantes!».

Con el papelito en la mano, Georgiana recordó las fotografías de Brady y Meg. Vio a Brady junto al avión con su mochila, horas antes del accidente. Había muerto y su cuerpo era cenizas y sin embargo Georgiana seguía allí, viva y vestida con estúpidas ropas de diseño, coqueteando en una gala benéfica en un museo, fingiendo ser buena persona cuando sabía que era una embustera.

15
Darley

Tilda estaba organizando un almuerzo de revelación de sexo del bebé y el tema era «Té del Sombrerero Loco». Había transformado el apartamento de Orange Street en un país de las maravillas psicodélico, con tazas de té apiladas en alarmantes torres, candelabros de cuyos brazos colgaban relojes de bolsillo, naipes desplegados en abanico y conejos de porcelana asomando de centros florales. A decir verdad, la decoración recordaba a Darley a una vez que tomó demasiadas setas alucinógenas en Ámsterdam y vomitó en el canal. Pero fue con Malcolm para no parecer una aguafiestas e incluso se puso un tocado de plumas que guardaba de una fiesta inspirada en el Derby de Kentucky.

—¡Bienvenidos al País de las Maravillas! —dijo Tilda teatralmente cuando abrió la puerta. Llevaba un sombrero tan grande que tocaba ambas paredes del pasillo y aplaudió complacida el atuendo de Darley antes de dar a Malcolm una chistera negra con naipes cosidos al ala—. ¡Todos tenemos que llevar un sombrero disparatado! Ahora, elegid bebida. Si creéis que va a ser niña, tomaos un Pink Lady, si creéis que es un niño, un Blue Arrow.

—¿Qué es un Blue Arrow? —susurró Malcolm a Darley.

—Curaçao azul y ginebra. Evítalo —contestó Darley con otro susurro.

Cord y Sasha ya estaban allí. Cord zampaba sándwiches en forma de corazón y de pica y Sasha estaba arrebolada y bonita con una corona de flores.

—Me encanta el tocado —la alabó Darley antes de saludarla con un beso.

—Me lo encargó tu madre. Ayer vino a casa a ver cómo me iba a vestir y asegurarse de que pegaba con la decoración.

—¡Cómo no! —dijo Darley y rio.

La mesas estaban atestadas de comida: sándwiches de esponjoso pan blanco rellenos de pepino y queso crema; ensalada de pollo con uvas, huevo y berros... Cada bandeja llevaba una etiqueta que decía «CÓMEME». En la mesa de los cócteles más etiquetas decían: «BÉBEME».

—Ay, Dios mío. ¿«Cómeme»? —Darley arrugó la nariz.

—Qué fina, Dar —repuso Cord sonriendo—. Te recuerdo que es una fiesta familiar.

—Entonces ¿es niño o niña? Podéis contármelo. No se lo voy a decir a nadie —intentó sonsacarles Darley.

—En realidad no lo sabemos —dijo Sasha—. Pedimos al médico que lo escribiera en un papel y tu madre se lo dio a los del catering. Cuando cortemos la tarta, veremos si por dentro es rosa o azul.

—Uf, menuda cursilada —interrumpió Georgiana que llegaba metiéndose un tomate cherri en la boca.

Sasha rio tensa.

—No ha sido idea nuestra.

—NMF —dijo Malcolm guiñando un ojo a Sasha.

Darley simuló no saber lo que significaba aquel código privado.

Georgiana había llevado a su mejor amiga, Lena, y a Darley la alegró verla. Conocía a Lena desde que era una niña y guardaba buenos recuerdos de cuidarlas a ella y a su hermana cuando estaba en casa por vacaciones de la universidad, de pintarles las uñas y dejarlas comer paquetes enteros de pasta para hacer galletas mientras veían películas de Zac Efron. Últimamente Georgiana era tan imprevisible —ahora mismo ya parecía achispada— que a Darley la tranquilizó pensar que también Lena estaba pendiente de ella.

—Déjame probar. —Malcolm señaló el cóctel de Georgiana, que parecía anticongelante servido en una copa de martini. Dio un sorbo e hizo una mueca—. Sabe a alcohol puro.

—Bueno, es una fiesta de revelación de sexo —bromeó Cord, que se veía que ya iba un poco alegre—. Lo que no hemos dicho es de quién.

Sasha había invitado a unos cuantos amigos, tanto del trabajo como de la facultad de Bellas Artes, entre ellos Vara, y Darley se preocupó de presentarse a todos y de mantenerlos lejos de las bebidas de color azul. Los padres de Sasha habían cancelado a última hora —el padre no se encontraba bien— y a Darley le dio mucha pena que no estuvieran allí, bebiendo Pink Ladies y viendo a Sasha con su corona de flores. Pero Tilda estaba gozando con su papel de matriarca, contoneándose igual que un cisne con su sombrero, saltándose su propia regla y sorbiendo una copa de champán, no dispuesta a mancharse los dientes con los colores de su futuro nieto o nieta.

Después de una hora de comer y socializar, los invitados se congregaron alrededor de la tarta, una torre inmensa, como las nupciales, con tres pisos cubiertos de rosas blancas y amarillas. Los amigos de Sasha sacaron sus iPhones para documentar el momento de la verdad y esta y Cord usaron un cuchillo de Tiffany para cortar el pastel. Cord levantó el primer trozo..., pero el interior de la tarta era blanco.

—¿Qué significa? —preguntó Cord a los presentes.

—¡Corta más hacia el centro! ¡Igual lleva relleno!

Cortaron de nuevo, esta vez hasta el centro de la tarta. Blanco. Cord empezó a separar las capas con gesto teatral, como si fuera un mago intentando hacer el truco de la mujer dentro de la caja. Era toda blanca.

—Oh, cielos, voy a llamar a la pastelería —anunció Tilda antes de retirarse el ala del sombrero de los ojos y marcar el número en su teléfono.

Resultó que la pastelería tenía ese mismo día otro encargo de unas bodas de oro, así que en algún lugar de la ciudad habría personas mayores comiendo tarta azul o rosa chillón. Los invitados se apiñaron alrededor del teléfono para que el pastelero leyera en voz alta la nota del obstetra de Sasha.

«¡Es un niño!», gritó el pastelero desde la pequeña pantalla y Tilda gritó feliz y le colgó.

—¡Qué noticia tan maravillosa!

Cord y Sasha rieron y se besaron y todos los que habían castigado a sus hígados con los cócteles Blue Arrow levantaron las copas en gesto triunfal. ¡Un niño! Darley estaba feliz. El niño se llevaría seis años con Hatcher, pero sus hijos tendrían por fin un primo. Y Cord iba a ser un padre increíble. Cuando paseó la vista por la habitación y vio a sus amigos y familiares comiendo y riendo con el desastre de la tarta, se dio cuenta de que Georgiana no sonreía.

—A ver, gente, estamos celebrando una gilipollez —dijo en voz alta y los invitados guardaron silencio, como si alguien fuera a hacer un brindis. Georgiana se mecía un poco y tenía las mejillas encendidas—: No debería importar si es niño o niña. El género es un espectro.

—Georgiana, cariño, nadie sabe de qué estás hablando ahora mismo —le reconvino Tilda desde debajo de su enorme sombrero—. Si fuera niña estaríamos igual de contentos.

—Esa no es la puta cuestión, mamá —dijo Georgiana en tono despectivo.

—Georgiana, ¿por qué no me acompañas un momento a la cocina? —intervino Sasha.

Al instante siguiente estaba a su lado e intentando llevársela de la habitación.

—No. Estoy perfectamente, *Sa-sha*. —Georgiana pronunció su nombre como si fuera una palabrota.

—Has pasado por algo muy duro —dijo Sasha con voz tranquila—. Es normal que estés enfadada.

—No te hagas la que lo sabe todo —siseó Georgiana, furiosa—. Porque no es así.

—Vale, lo que tú digas. —Sasha reculó—. Pero me parece que estás estropeando una fiesta familiar solo porque estás dolida por otra cosa.

«¿De qué coño estarán hablando?», se preguntó Darley.

—No estoy estropeando nada. Esta fiesta es una cosa totalmente desfasada. El género no es binario. ¡El género no está en los genitales!

—¡Por Dios, Georgiana, haz el favor de tranquilizarte! —Cord intentó contener a su hermana, pero esta parecía cada vez más exaltada y de pronto Darley vio que le rodaban lágrimas por las mejillas.

—Georgiana, déjame que te acompañe a tu casa. —Sasha hizo ademán de coger a Georgiana del codo.

—¡No me toques! —Georgiana se soltó con un gesto brusco.

—Creo que te encontrarás mejor... —insistió Sasha.

—Sasha, ¡déjame en paz! ¡Esta ni siquiera es tu casa! —Sasha se quedó como si la hubieran abofeteado, pero Georgiana siguió hablando—: ¿Esto es lo único que te importa, Sasha? ¿La mansión y tener un heredero? Dais pena, joder. Dais pena todos.

Miró a su alrededor furiosa, como desafiando a que alguien dijera algo, y, cuando nadie lo hizo, salió hecha un basilisco al pasillo, se metió en el dormitorio de sus padres y se encerró con un portazo.

—¿Se puede saber a qué ha venido eso? —preguntó Darley a nadie en particular.

—¡Bueno, pues no contábamos con un poco de teatro después de la cena! —anunció Tilda riendo—. ¡Y ahora, por favor, a comer tarta todo el mundo! ¡Al menos los trozos que no ha derrotado Cord en su combate de esgrima!

A Darley a menudo la asombraba la capacidad que tenía su madre de pasar de puntillas por situaciones incómodas. Era una cualidad o bien sumamente sofisticada o bien directamente psicótica, pero supuso que en momentos como aquel resultaba de agradecer.

Los invitados se apresuraron a comerse su trozo de tarta y a despedirse. Lena estaba a la puerta del dormitorio intentando hablar con Georgiana, pero esta seguía encerrada.

—¿Qué le pasa? —preguntó Darley.

—No lo sé. —Lena meneó la cabeza—. Últimamente está caótica.

—¿En qué sentido?

—Pues se emborracha enseguida. Es evidente que está mezclando alcohol con alguna medicación para la ansiedad. En una fiesta besó a un tipo y luego estuvo castigándose por ello y sumida en una espiral de autodesprecio.

—Uf. —Darley tenía los ojos como platos. ¿Cómo le había pasado desapercibido todo aquello? Tocó a la puerta—. ¿George? Soy yo. ¿Qué pasa, cariño? Ábreme.

Tilda se unió a ellas.

—Tesoro, ya se ha ido todo el mundo. Sal y cuéntanos qué te tiene tan disgustada. Te pido disculpas si mi temática para la fiesta no ha sido acertada —intentó.

Hubo un golpe seco, un chasquido y a continuación se abrió la puerta. Georgiana estaba despeinada, tenía los labios azules de curaçao y temblaba de furia.

—George, ¿qué pasa? —suplicó Darley con los ojos llenos de lágrimas al ver a su hermana con aquel aspecto.

—Pregúntale a la Cazafortunas —contestó Georgiana fulminando con la mirada a Sasha, que estaba paralizada al fondo del pasillo—. Pregúntale a la Cazafortunas de los cojones.

Y, dicho eso, salió del apartamento dejando a su familia boquiabierta.

16

Sasha

Sasha se lo contó todo. Se sentaron en el salón y Sasha les explicó lo que le había confesado Georgiana el día que la encontró llorando en el vestidor. Se había enamorado; no sabía que Brady estaba casado. Cuando se enteró, hizo lo impensable: siguió acostándose con él. Tenían una aventura. Entonces el avión se estrelló, Brady murió y Georgiana estaba desconsolada.

—El secreto la tiene destrozada —murmuró Lena—. A mí me dijo que había roto con él.

—El accidente de avión fue hace más de dos meses —dijo Darley con una mueca—. Dijo que no conocía a las personas que murieron.

—Murió Brady. Y su amiga Meg —dijo Sasha en voz queda.

—¿Y tú sabías todo eso? —preguntó Cord y la expresión de su cara era de sentirse tan traicionado que Sasha casi no lo pudo soportar.

—Lo siento —susurró—. Era una confidencia.

—Tiene veintiséis años —dijo Darley furiosa—. Es una niña. Ha estado gestionando algo supertraumático. Necesitaba ayuda.

—Yo intenté ayudarla, pero ¿sabéis qué? Me rechazó, ¡como todos en esta familia! —se defendió Sasha—. La llamé un montón de veces pero no quería ayuda de una cazafortunas.

—¿Por qué no dejáis de decir esa palabra? —interrumpió Tilda.

—Porque es el apodo que me pusieron Georgiana y Darley: la Cazafortunas. Creen que me casé por dinero. Creen que me importan una mierda los clubes de los que sois socios o cómo se adorna una puta mesa. Se creen que quiero vivir en el museo familiar de trastos viejos.

—Oye, Sasha, baja el tono —dijo Cord y la miró con el ceño fruncido.

—No pienso bajar el tono. Georgiana es una malcriada y una egoísta y ha sido grosera y despectiva conmigo desde que la conocí. Y tú... —Sasha se volvió hacia Darley—. Lo tuyo es casi peor, porque fingías ser amiga mía mientras te burlabas de mí a mis espaldas.

—Hoy no se trata de ti, Sasha —dijo Darley en tono cortante.

—Por supuesto que no. Como siempre. Paso de vosotros. Estoy harta de que todos os portéis como si tuviera que besar vuestras alfombras orientales roídas por las pulgas en agradecimiento porque me dejéis vivir en un Grey Gardens decrépito lleno de cepillos de dientes usados y cestas mohosas. ¿Y sabéis qué? —Miró furiosa a Tilda—. ¡Que el sofá del gobernador me produjo un sarpullido!

Cord la miró y meneó la cabeza como diciendo: «Te has pasado», pero, en cualquier caso, Sasha había terminado, estaba agotada. Tenía la cara sudorosa y la corona de flores marchita le daba aspecto de Medusa demente. Se dio la vuelta y, con toda la dignidad que se puede reunir rodeada de una familia con sombreros disparatados, salió de la habitación.

Después de la fiesta, la familia cerró filas. Cord descolgaba el teléfono cuando le llamaba Darley y se encerraba en el dormitorio para hablar con ella. Iba a Orange Street para sentarse con su madre y charlar sobre el problema de Georgiana, posiblemente mientras le daba un pornográfico masaje de pies.

Cord opinaba que Sasha había reaccionado de forma exagerada. Sus hermanas le habían puesto un apodo. ¿Y qué? A Georgiana se le había muerto la persona de la que estaba enamorada. Comparado con eso, los problemas de Sasha palidecían. No entendía que el asunto iba mucho más allá, no veía que la habían excluido desde el principio. Con cada día que pasaba después de la fiesta, Sasha sentía cerrarse más el telón que la separaba de la familia, dejándole muy claro que no era y jamás sería una Stockton.

Para sorpresa de Sasha, Darley ni le escribió un mensaje ni la llamó. Sasha sabía que Cord y ella estaban enfadados por sus comentarios sobre la casa, por haberse callado el secreto de Georgiana, pero ¿no se avergonzaba Darley de llamarla Cazafortunas? Tal vez Sasha debería haberles contado lo de Georgiana, pero al mismo tiempo no conseguía imaginar cómo habrían reaccionado de haber hecho sonar las alarmas dos meses atrás. Georgiana ya la trataba con suficiente desdén. ¿Qué habría hecho si hubiera traicionado su confianza? Tenía la impresión de haber presenciado algo que los Stockton no querían que viera. Eran todos muy celosos de su intimidad. Eran herméticos. Estaban desesperados por guardar las apariencias y asegurarse de que no había grietas en su fachada. Bien, pues Sasha había visto las grietas y ahora la odiaban por ello.

Cuanto más lo pensaba Sasha, más se enfadaba. Estaba atrapada en una situación en la que solo podía perder, formaba parte de una familia en la que no tenía ni voz ni voto, donde las puertas estaban cerradas, los sobres seguían lacrados y el dinero era una cuerda que los ataba a todos y los mantenía unidos y amordazados. De pronto entendió por qué los Stockton se habían instalado en calles con nombre de fruta de Brooklyn Heights todos esos años atrás, entendió que quisieran vivir en casas protegidas por una sociedad de preservación de edificios históricos: no querían cambiar, querían quedarse exactamente como estaban.

Era lunes por la tarde y Sasha estaba trabajando, intentando decidirse entre distintos tonos crema para un anuncio de ropa de cama. Había reducido las posibilidades a tres: crema de coco, nata para montar y crema de ricota —todo aquello le estaba dando hambre—, cuando llamó su madre desde la despensa.

—Van a dejar a tu padre en observación esta noche —dijo con voz amortiguada por los paquetes de arroz y de pasta.

—¿Por qué? ¿Le han encontrado algo en la revisión?

Era la tercera visita de su padre al médico en tres semanas y seguía respirando mal, su inhalador no le servía de nada. Sasha se puso de pie y cerró el catálogo de muestras de imprenta para poder pensar con claridad.

—No, no han visto nada. Estoy segura de que no es más que un catarro de pecho. Tu padre está de lo más gruñón. Quería venirse a casa, pero le he convencido de que se quede hasta que le den el alta.

—¿Y cómo lo has conseguido? —preguntó Sasha sin dar crédito.

—Le he dicho que, como ponga un pie fuera del hospital antes de que el médico le dé permiso, le hundiré su barca.

Sasha no pudo evitar reír. En una ocasión en que sus hermanos volvieron tres horas tarde de pescar, su madre tiró unos esquís desde el muelle, así que la familia se tomaba en serio sus amenazas.

—Voy para allá —dijo Sasha.

—Huy, no. Aquí no vas a hacer nada. Solo preocuparme de que estés conduciendo de noche. Y, además, tu padre vuelve a casa mañana.

—¿Y qué haces en la despensa si papá no está en casa?

—Los chicos no quieren preocuparte —dijo su madre con tono de culpa.

«Qué pesadez. Otra familia intentando dejarla fuera de todo».

—Vale —suspiró Sasha.

Colgaron después de que su madre prometiera llamarla desde el hospital al día siguiente. Pero a su padre no le dieron el alta aquel día ni al otro. Sasha se sentía como una tonta. De haber salido el lunes, habría pasado toda la semana con sus padres. El viernes estaba intentando decidir si ir o no, cuando Olly le mandó un mensaje.

Hola, han encontrado trombos en los pulmones de papá.

Sasha metió una muda, un frasco de vitaminas prenatales y su portátil en una bolsa y cogió el coche. Condujo todo el camino hasta Providence haciéndose reproches. Llevaba meses sin ver a sus padres: había estado demasiado ocupada con el trabajo, la casa, con Cord, Darley y las estúpidas celebraciones familiares, fiestas de inauguración de casas y cenas de temáticas desconcertantes de los Stockton. Había estado tan centrada en intentar encajar en una familia que no la quería que se había olvidado de la suya propia.

Al llegar a su pueblo natal, Sasha experimentó esa curiosa sensación de ver su antiguo hogar como lo vería un desconocido. Era algo que había empezado a ocurrirle durante su primer año de universidad, cuando, después de vivir en Nueva York, una urbe de cristales altísimos y descubrimientos sin fin, todo en casa le parecía más pequeño y algo raído. La tienda de todo a un dólar, el edificio vacío que había alojado un videoclub Blockbuster y estaba desocupado desde entonces, el almacén de pinturas que siempre pedía a gritos una mano de pintura fresca, apenas podía recordar la época en que aquel pueblo encarnaba todo su mundo.

A su padre solo le estaban permitidas tres visitas a la vez y su madre y sus hermanos estaban con él, así que Sasha fue a casa de sus padres y al aparcar el coche encontró la camioneta de Mullin en el camino de entrada. La puerta principal estaba cerrada con llave y las luces estaban apagadas, por lo que Sasha sacó la llave de repuesto de debajo de una piedra y entró. Dejó la bolsa en el suelo, fue hasta la nevera y cogió una lata de Coca-Cola. Estaba inclinando la cabeza hacia atrás para beber, cuando vio a Mullin en el jardín trasero. Era la última persona con la que le apetecía hablar, así que hizo caso omiso y se dedicó a revisar el correo sin abrir en la encimera, vaciar el lavaplatos y comerse una caja de galletas de las girl scouts que había en el armario.

Cuando Mullin tocó en la puerta corredera de cristal, se sobresaltó.

—Hola, no quería asustarte. —Su aspecto era cansado. Tenía barba y los vaqueros sucios de tierra.

Sasha lo miró con suspicacia desde el otro lado de la cocina.

—¿Qué haces aquí?

—Intento mantenerme ocupado hasta que sepamos algo de los trombos. —Fue hasta la nevera, sacó una lata de cerveza Narragansett y la abrió.

—No te cortes —dijo Sasha con sorna.

—Las he comprado yo.

—Pues guárdalas en tu casa.

—¿Por qué te pones así? —preguntó Mullin con el ceño fruncido.

—¿Así cómo?

—¿En plan cabrona todo el tiempo?

—Porque no te quiero aquí. Y, sin embargo —Sasha hizo una pausa—, aquí estás siempre.

—Pero tú no. Así que ¿qué más te da?

—Me da porque lo lógico sería que ya hubieras pasado página. Rompimos hace más de quince años, y todavía tengo que verte cada dos por tres. Sencillamente, no lo entiendo.

—Bueno, pues desde luego no lo hago para intentar reconquistarte, dado lo encantadora que eres —dijo Mullin con amargura.

—Ya me lo imagino —dijo Sasha con una mueca de enfado.

La enfurecía que Mullin estuviera en su casa haciendo el papel de hijo abnegado cuando ni siquiera formaba parte de la familia. Cuando la había echado de allí a codazos. Toda ofendida, salió por las puertas correderas y bajó los escalones del porche hasta el jardín. Había un arce japonés nuevo plantado en un rincón al fondo, de un metro y medio de altura y brillantes hojas rojo oscuro. Lo rodeaban amsonias de hojas amarillo brillante, un macizo de astilbes con aspecto de penachos y una hilera de pequeñas plantas de boj. «¡Hala!», murmuró Sasha. Parecía un reportaje de la revista *Cottages & Gardens*, nada que ver con los parterres enmarcados en hormigón entre los que habían buscado gusanos y jugado a hacer pasteles de barro cuando ella era pequeña. Fue hasta el arce y lo observó con atención. Escrutó las cuerdas que alguien había atado alrededor de la base para mantener alejados a los animales. Miró el pulcro césped que ahora cubría lo que una vez había sido un terreno pelado e irregular. Cerró los ojos y escuchó con atención, los sonidos de su infancia eran muy distintos de los de Pineapple Street. Aquí oía el ladrido lejano de un perro, el chasquido de la puerta mosquitera de un vecino al abrirse, el susurro de las hojas en la brisa. En Brooklyn Heights vivía rodeada del rítmico ronroneo del camión refrigerado aparcado bajo su ventana con los pedidos de supermercado, las sirenas de coches de policía y de bomberos en Henry Street y, en ocasiones, los domingos por la mañana, el ruido metálico del afilador, un encantador rasgo del barrio, un tipo que recorría Cobble Hill, Carroll Gardens y los Heights tocando una campanilla para que bajaras corriendo con tus cuchillos de cocina a que te los afilara por veinte pavos. Sasha se dejó llevar por su imaginación. ¿Era posible que no fuera a vivir allí nunca más? ¿Pasaría el resto de su vida en Brooklyn criando a sus hijos a solo unas horas en coche de sus padres? Deseaba con todas sus fuerzas que su padre se recuperara, que pudiera enseñar a su hijo a pescar, a dar la vuelta a una tortita en la sartén, a vadear el río en busca de un ancla, a silbar con una hoja de hierba, a pasar horas rebuscando entre las moscas artificiales hechas a mano que vendían en la parte de atrás del bar Morgan's.

¿Por qué estaba tan enfadada con Mullin? ¿Por qué la enfurecía verlo en su casa? Sí, había sido un novio horrible, pero eso había ocurrido una eternidad atrás. Seguía castigándolo. ¿Era tan mala como los Stockton? ¿Estaba igual de obsesionada por mantener a su familia de nacimiento a salvo de extraños? De pronto se dio de bruces con lo irónico de la situación. Menuda hipócrita estaba hecha. Se había mudado a Pineapple Street y se había puesto furiosa con Georgiana por exactamente lo mismo que le había estado haciendo ella a Mullin durante los últimos quince años. Joder.

—Oye, Mullin —lo llamó mientras iba hacia la puerta—. ¿Has ayudado tú en lo de las plantas nuevas?

—Ajá —dijo Mullin antes de dar un sorbo de su lata de cerveza.

—Están preciosas.

—Ya lo sé. Me gano mi buen dinero haciendo esas cosas.

—Pues te lo mereces —dijo Sasha contrita—. Seguro que mis padres están encantados.

Mullin bajó despacio las escaleras e inspeccionó el jardín.

—Me encantaría saber lo que estás pensando.

—No sé si decírtelo —contestó Sasha con tono inexpresivo—. Me siento culpable por no haber sabido lo mal que estaba mi padre.

—Creo que ha sido una sorpresa para todos —quiso consolarla Mullin.

—Ya. Pero he estado totalmente ensimismada. Me he portado como una mala hija. Espero que mi madre me perdone —confesó en voz queda.

Mullin estuvo un momento pensativo.

—¿Te acuerdas de los bailes a los que íbamos en secundaria? ¿Los del gimnasio?

Por supuesto que Sasha se acordaba. Eran lo que más le gustaba del mundo. Sus amigas y ella elegían cómo iban a vestirse con semanas de antelación, quedaban antes y se rociaban de perfume barato, se ponían pendientes largos comprados en Claire's Boutique, dedicaban horas, armadas de tenacillas y laca, a lograr el flequillo perfecto.

—Cuando estábamos en séptimo, bailaste una canción con Andrew Bowalski, ¿te acuerdas? —preguntó Mullin.

Sasha meneó la cabeza. Por supuesto que se acordaba de Andrew Bowalski. Había estado en su clase desde la escuela infantil hasta bachillerato. Estaba en el programa de alumnos con talentos especiales. Llevaba el pelo rapado y gafas de montura gruesa, era desgarbado y empollón y llevaba años enamorado de

Sasha. Ella lo encontraba ligeramente ridículo, pero no era mal chico. Nunca salió con él y durante el bachillerato llegó un momento en que Andrew pasó página. Estaba en el equipo de ajedrez, lo admitieron en Rutgers y terminó saliendo con una chica de Boston. Sasha creía recordar que se habían casado.

—A Andrew le gustabas muchísimo y les dijo a todos que aquella noche iba a pedirte que bailaras lento con él *Stairway to Heaven* porque era la canción más larga. —El recuerdo hizo reír a Mullin—. Y bailaste. Todos sabían que no te gustaba, pero recuerdo que te portaste muy bien y dejaste que te cogiera por la cintura y estuvisteis meciéndoos de atrás adelante durante siete minutos. Ahí fue cuando me enamoré de ti.

—Mullin... —trató de interrumpirle Sasha.

Fuera lo que fuera a decir, no quería oírlo. No estaba enamorada de Mullin y no iba a cambiar de opinión al respecto.

—Pero la cosa es —insistió Mullin— que yo te quería, pero lo que veía en realidad era lo querida que eras. Que tenías una familia increíble, unos padres dispuestos a hacer cualquier cosa por ti, una madre que te dejaba comprarte la ropa que quisieras para un baile, un padre que entrenaba a tu equipo de sófbol. Tenías amigos, estabas tan rodeada de amor que te resultaba fácil darlo. Podías bailar con Andrew Bowalski y hacerle feliz por una noche. Eras tan abierta y tan luminosa, y me di cuenta de lo cerrado y oscuro que era yo. Tendría doce años, pero ya sabía que no quería vivir así. Quería tener un amor como el tuyo. Así que me enamoré de ti. Y no, lo nuestro no funcionó, y fue por mi culpa. Me porté como un idiota. ¿Y quién sabe? Quizá si no me hubiera portado así tampoco habría funcionado, éramos unos críos. Pero estar contigo y con tu familia me salvó. Eso lo sé. Y entonces también lo sabía. Tu madre te perdonará porque ella es así.

Mullin tenía la mirada fija en el jardín y Sasha vio el esfuerzo que le costaba decir todas aquellas cosas, confesarlas a alguien que le había hecho tanto daño. Ahora podía dejar de hacerle daño. Podía ser más amable con Mullin de lo que nunca habían sido los Stockton con ella. Podía mostrarse abierta aunque los Stockton fueran tan cerrados.

—¿Sabías que la piña simboliza la bienvenida y la hospitalidad?

—Sí. —Mullin arrugó el ceño, divertido—. En tiempos, los marineros las traían de sus viajes y las ponían delante de sus casas.

—Exacto. Pero la historia es más compleja. Colón las descubrió en Brasil y le llevó una a los reyes de España. Para las élites era una fruta con mucho prestigio. Un símbolo que solo los ricos podían permitirse. Vemos la piña como una fruta extravagante, cuando en realidad representa el colonialismo y el imperialismo.

—Interesante. —Mullin asintió con la cabeza, sonriendo.

—Y ahora ya sabes en qué estaba pensando.

—Ven aquí.

Mullin le tendió los brazos. Sasha se acercó y se dejó abrazar. No estaba segura de haber tenido esos brazos rodeándola desde los diecinueve años; era curioso. Su olor le resultaba familiar y extraño a la vez, la forma en que la barba de Mullin le raspaba la mejilla, la anchura de su pecho. Cuando Mullin la soltó, se sentaron en el peldaño inferior a mirar el arce y escuchar los ruidos del vecindario.

La madre y los hermanos de Sasha llegaron una hora después. El tratamiento había ido bien. El padre tenía los pulmones llenos de trombos, así que los médicos le habían inyectado la medicación que usaban para pacientes con ictus. Le había regularizado el flujo sanguíneo y ahora estaba heparinizado. Seguiría seis meses con anticoagulantes, pero ya respiraba mejor. Era una tregua, una tregua de una fatalidad que a Sasha ni siquiera se le había ocurrido temer, tan abstracta como el camión que se salta una intersección una hora después de que tú estés en casa sana y salva haciéndote un sándwich, como el andamio que se derrumba en una calle vacía cuando tú estás cómodamente acostada en tu cama. ¿Cómo podía Sasha saber de qué debía preocuparse cuando el mundo era tan arbitrario? Se ponía aún más nerviosa cuando imaginaba lo fácil que habría sido estar trabajando, estudiando distintos tonos de color crema, comiendo sándwiches para el té con una corona de flores en el pelo, espiando lo que decía su marido a la puerta de su propia habitación mientras, a solo unas horas de allí, su familia se encontraba al borde del dolor y la pérdida. Escribió un mensaje a Cord dándole la buena noticia y dejó que su dedo se demorara un poco antes de dar a Enviar, preguntándose por un momento por qué razón no estaba su marido allí con ella.

17
Georgiana

El lunes por la mañana Georgiana amaneció con dolor de cabeza por la potente combinación de clonazepam, Blue Arrows y remordimientos, pero no recordaba nada de la noche anterior. Sabía que se había puesto en evidencia, se sentía muy culpable, pero no estaba segura de por qué.

Se duchó, se vistió y se fue a trabajar; en el cuartito de servicio, intentó concentrarse para escribir un artículo, pero era incapaz. Georgiana estaba cansada de sí misma. Estaba cansada de estar borracha y resacosa. Estaba cansada de arreglarse para ir a fiestas. Estaba cansada del tenis de clubes privados. Estaba cansada de que los camareros le preguntaran si quería agua con gas o sin gas. Estaba cansada de que Berta le cocinara y le fregara los suelos. Estaba cansada de trabajar delante de un ordenador en la habitación más pequeña de una enorme mansión simulando hacer algo —lo que fuera— importante cuando, en todo lo que era su vida fuera del trabajo, no era más que otra pieza del engranaje que alejaba cada vez más todo de la equidad, la justicia y la humanidad. No podía seguir viviendo así. No lo soportaba más.

Necesitaba cambiar. Pero no tenía ni idea de cómo hacerlo y eso la entristecía tanto que solo tenía ganas de llevarse las manos a la cara y llorar.

En su cuenta del trabajo tenía un correo de Curtis McCoy.

Hola, Georgiana. Me encantó verte en la gala. ¿Te apetece quedar este fin de semana? Me han dicho que en Whitney hay una exposición de desnudos en la que podríamos pasar un rato incómodo. Igual puedes llevarte las gafas de sol.

Georgiana no tenía intención de arrastrar a nadie consigo a su tristeza. Tecleó una respuesta rápida:

Hola, Curtis. Ahora mismo estoy muy liada, así que no es buen momento. Gracias.

Pulsó Enviar y oyó el zumbido de su nota despegando hacia el ciberespacio. Miró por la ventana e intentó analizar lo ocurrido la noche anterior. ¿Por qué se sentía tan mal? ¿Qué había pasado en la fiesta? Cuando le vibró el teléfono con un mensaje de Lena, se le hizo la luz.

Hola, George, ¿por qué no me dijiste que Brady había MUERTO? Lo siento muchísimo. Te quiero mucho y estoy aquí para lo que necesites. Dime cómo puedo ayudarte.

Mierda. Entonces ¿Lena sabía lo de Brady? Georgiana no contestó al mensaje. Una hora más tarde, le llegó uno de Darley.

Hola, Sasha nos contó lo de Brady. ¿Por qué no habías dicho nada? Tenemos que hablar.

¿Así que Sasha se lo contó? ¿A todos? A Georgiana se le revolvió el estómago y temió ir a vomitar. Entonces le entró un mensaje de su madre.

He reservado pista para el miércoles a las seis. Después podemos pedir comida en Jack the Horse Tavern.

La humillación recorrió el cuerpo de Georgiana de la cabeza a los pies. Había montado un número, algo relacionado con el dichoso tema del género binario. Sus amigos y familia sabían lo de Brady, sabían lo que había hecho. De pronto tuvo una arcada. Iba a vomitar. Se levantó de la mesa y fue por el pasillo hasta el cuarto de baño con el gran mapa de Camboya y se encerró. La cabeza le daba vueltas y una oscuridad se extendía por los bordes de su campo de visión, de modo que apenas veía los alfilerazos de luz ante sus ojos. Era pánico. Tenía la sensación de caer desde una gran altura, pero el suelo no se levantaba para ir a su encuentro.

Se recostó contra la puerta y se deslizó hasta sentarse en el suelo del baño, se abandonó al ataque de pánico. Era como si una fuerte ola la hubiera atrapado, y zarandeara su cuerpo, la hundiera a más y más profundidad. Cerró fuerte los ojos y recordó una ocasión cuando era estudiante de bachillerato en la Henry Street School y estaba jugando un partido amistoso de baloncesto con un equipo del Bronx. Cada vez que Henry Street metía un tanto, sus compañeros de clase se burlaban del otro equipo coreando: «¡Volved al McDonalds!». También un día a los nueve años; Berta y ella acompañaron a una compañera de clase que había perdido el autobús. Cuando Georgiana vio la casa amarilla llena de desconchones de la niña, dijo: «¿Cuándo van a pintar tu casa?», y la niña salió del coche sin contestar. Otro a los doce años, en un campamento de verano, cuando un monitor le dijo que recogiera su plato y ella sonrió despectiva y le dijo al joven que ese no era su trabajo. Georgiana había sido horrible. Había sido horrible durante muchísimo tiempo y ahora estaba esforzándose por dejar de serlo, pero no lo lograba. Porque aquello no había empezado con Brady. Acostarse con Brady no era lo que la convertía en una mala persona; siempre lo había sido y no conseguía ser buena ni siquiera cuando se lo proponía. Y así estuvo un rato, sentada en el oscuro cuarto de baño, tiritando, con el nombre de Brady resonando dentro de su cabeza.

Lo que la hacía horrible era el dinero. La había convertido en una consentida, una malcriada y una ruin y no tenía ni idea de cómo cambiar eso. Entonces, con un respingo, recordó algo de la noche anterior. Se había quitado los zapatos y se había metido en la cama de sus padres. Estaba alteradísima. Enfadada con todo el mundo. Frustrada y perdida, y con la impresión de que no podía hacer nada para dejar de ser como era y convertirse en otra persona. Pero entonces vio el recorte de periódico en la mesilla. Era el reportaje sobre Curtis, claro.

Georgiana abrió los ojos y vio el mapa de Camboya. El suelo había dejado de moverse, ya no tenía la sensación de estar cayéndose de lado. Se puso de pie, todavía algo mareada, y se miró en el espejo. Estaba roja y acalorada como si acabara de subir corriendo doce tramos de escaleras, pero se encontraba bien.

Se secó la cara con papel higiénico y volvió despacio a su mesa sin llamar la atención de nadie. Entró en su Gmail y localizó el último extracto de su fondo fiduciario que le había enviado el gestor. Llevaba años sin abrir uno de sus correos, y muchos más sin consultar los extractos. No estaba segura de tener contraseña, pero probó con la que usaba para todo, desde Neiman Marcus a Amazon: SerenaWilliams40-0. Funcionó. La página era confusa, no había una simple cuenta con un saldo total. Estaba desglosada en distintas secciones, quizá dos docenas de apartados.

Arrancó un papel de su cuaderno de notas y sumó los totales, convencida de que se estaba dejando algo fuera, pero necesitaba hacerse una idea aproximada. Lo sumó todo. Al parecer, tenía unos treinta y siete millones de dólares. Tomó una decisión: se desprendería de toda su herencia. Donaría todo el dinero, igual que había hecho Curtis, y atajaría el problema de raíz. Cambiaría. Lo cambiaría todo de una vez sin posibilidad de vuelta atrás.

Concertó una cita con Bill Wallis, el gestor de inversiones. Conocía a Bill, era amigo de la familia desde que Georgiana era pequeña. Lo había visto en las bodas de Darley y Cord, recordaba haber comido una vez con él y su mujer en un restaurante junto al mar en Ogunquit, Maine, estando todos allí de vacaciones. Hablaba con voz suave y usaba gafitas de montura redonda; tenía aspecto de alguien que dedica su tiempo libre a jugar al bridge o a estudiar arquitectura.

La mañana de la cita Georgiana se vistió con cuidado, con blusa de seda metida por dentro del pantalón, como si fuera una adulta profesional y no alguien que cena mantequilla de cacahuete directamente del frasco. Cogió el metro a Grand Central Station y subió por Park Avenue hasta las oficinas de Brotherton Asset Management, con sede en una torre tan reflectante que parecía invisible al recortarse contra el cielo. Una secretaria la recibió y le ofreció agua mineral, que Georgiana rechazó cortésmente —plástico de un solo uso— antes de acompañarla al despacho de Bill y dejarla instalada en una silla frente a la ventana.

El despacho era gigantesco, del tamaño del comedor de la casa de Pineapple Street. Bill tenía un gran escritorio de caoba, un sofá de cuero color tostado, una orquídea en una peana y una mesa baja adornada con una serie de jarrones de porcelana blancos. Las paredes eran de cristal y, desde donde estaba sentada, Georgiana veía las bóvedas de Grand Central y las columnas de piedra del viaducto de Park Avenue. Le picaban las axilas por el sudor, y entonces llegó Bill y Georgiana se puso de pie, dejó que la besara en ambas mejillas. Bill sonrió afectuoso.

—¡Georgiana! ¡Hace años que no tengo el placer de verte en la oficina!

Era cierto, Georgiana no había estado allí desde que su abuelo murió y toda la familia fue a firmar documentos relativos a su fondo fiduciario.

—Gracias por recibirme hoy mismo, Bill —dijo Georgiana con rigidez—. Me gustaría cerrar la cuenta.

—¿Qué quieres decir? —Bill sonrió desconcertado.

Georgiana no había ensayado esta parte, pero insistió.

—Entiendo que gran parte de mi fondo está ahora mismo invertido. Me gustaría vender todas mis participaciones en cuanto sea factible y luego quiero sacar todo el dinero y donarlo a obras de caridad.

—¿Has hablado con tu familia de esto? —preguntó Bill con la frente arrugada de preocupación.

—No, y no quiero hacerlo. Esto es decisión mía.

—Bueno, no es decisión tuya, y me temo que es algo más complicado que eso. Eres la beneficiaria del *trust*, no la administradora. El fondo tiene dos administradores y para hacer cualquier cambio importante en tus inversiones necesitas que ambos estén de acuerdo.

—Mi padre me ha dicho que el *trust* es mío —balbuceó Georgiana—. Me dijo que él no lo supervisaba.

—Y no lo hace. No es administrador.

—Entonces ¿quién es? —Georgiana era consciente de que tenía el cuello y las mejillas ruborizadas.

—Uno soy yo, el otro es tu madre.

—¿Mi madre?

—Sí. Cuando tus abuelos crearon el *trust*, fijaron como condición que tu madre y un gestor financiero de Brotherton te ayudaran a administrarlo.

—¿Para que no pudiera hacer algo como lo que quiero hacer ahora?

—Bueno, existen numerosas razones para asignar administradores a un fondo fiduciario. En realidad lo que se busca es proteger al beneficiario.

—¿Por si de repente me hiciera adicta a las drogas o me volviera ludópata?

—Eso también, claro. —Bill asintió con la cabeza, comprensivo.

—No soy adicta a las drogas ni tengo problemas con el juego. —Georgiana comprobó horrorizada que había empezado a llorar. Se secó los ojos, pero las lágrimas siguieron brotando de sus ojos. Qué impotencia.

—Creo que deberías hablar con tu madre.

—¡Pero es que no puedo! —A Georgiana se le quebró la voz.

—Georgiana —dijo Bill con suavidad—, cuéntame qué pasa. Seguro que te puedo ayudar.

Georgiana le contó que se había enamorado de un hombre casado que había muerto en Pakistán y que ahora lo único que se le ocurría para mejorar las cosas era deshacerse de su dinero. Habló a toda prisa y, cuando terminó, aceptó un pañuelo de papel de Bill y se secó la cara que tenía cubierta de lágrimas, y la nariz, que tenía llena de mocos.

—Perdón —susurró, exhausta.

—No hay nada que perdonar —contestó Bill con amabilidad—. Me parece que lo que quieres hacer es maravilloso y se me ocurren algunas ideas.

Durante el último año de Georgiana en el instituto su madre tuvo que operarse de codo de tenista y estuvo ocho meses sin poder jugar. Aquel fue el punto más bajo de la relación madre-hija, peor incluso que cuando Georgiana se cortó el flequillo a los quince años y su madre la obligó a llevar sombrero en su presencia hasta que le creció. Sin el tenis, eran como dos desconocidas que, por casualidades del destino, tenían orejas idénticas.

Georgiana aceptó la invitación de Tilda para jugar en el Casino y decidió de antemano que la dejaría ganar, en parte para compensarla por la fiesta del Sombrerero Loco y en parte en preparación para la conversación sobre el *trust*, pero, una vez en la pista, no lo pudo evitar y la derrotó con una dejada que habría llevado a Andy Roddick a romper una raqueta. Tilda se lo tomó con mucha elegancia e incluso aplaudió antes de cambiarse de calzado y volver con Georgiana a Orange Street.

Por suerte, Chip estaba en una cena de negocios, así Georgiana podría hablar con su madre a solas. Pidieron comida por teléfono; Tilda no se fiaba de los pedidos online e insistió en hablar con su camarero preferido, Michael, para hacer el pedido. Georgiana se ponía mala viendo a su madre exigir un nivel de servicio mejor que el de los demás, pero al menos dejaba buenas propinas. Habían decidido que comerían hamburguesas, pero cada una las desvirtuó de maneras completamente distintas. Tilda pidiendo una poco hecha y sin pan y acompañada de ensalada, Georgiana al elegir una hamburguesa vegetariana con aguacate y queso y acompañada de patatas fritas. Tilda sirvió dos copas de vino blanco y se arrellanaron en el cuarto de estar a esperar la comida.

—Oye, mamá —empezó a decir Georgiana.

—Sí, cariño —contestó Tilda con un ligero exceso de entusiasmo.

—¿Has hecho alguna vez algo de lo que te avergonzaras profundamente? —Tilda inclinó la cabeza en señal de concentración y Georgiana siguió hablando—: ¿Te has parado alguna vez a preguntarte: «¿Soy una buena persona o mi paso por este mundo solo está sirviendo para empeorar un poco las cosas en lugar de para mejorarlas?»? —Tilda continuó asintiendo con la cabeza—. ¿Has tenido alguna vez la sensación de que no puedes seguir por el mismo camino y de que necesitas parar y evaluar despacio lo que significa formar parte de este planeta? ¿Lo que significa ser una persona decente?

—Por supuesto, cariño —dijo Tilda.

—Y ¿qué hiciste cuando te sentiste así?

—Pues muchas cosas, cariño. —Tilda reflexionó—. Cuando estoy muy triste, me gusta comprarme un ramo de flores. No de las del *deli* de Clark Street, aunque son mejores de lo que cabría esperar, sino que voy a esa floristería de Montague, la que a veces saca una mesa con suculentas a la calle, y le pido a la mujercilla que trabaja allí que me haga un ramo con flores de la cámara refrigerada. No de esos que ya tienen hechos, a esos siempre les ponen demasiado verde, sino uno que sea alegre y esté muy fresco. Solo oler y mirar las flores es un remedio maravilloso para el alma.

—Yo no te estoy hablando de eso, mamá.

—Bueno, pues a otras personas les gusta mirar el mar —sugirió Tilda mientras asentía con la cabeza con aire pensativo.

—A ver, mamá, te lo voy a explicar de otra manera. ¿Estuviste enamorada antes de conocer a papá? ¿Quisiste a alguien de verdad antes de él?

—Bueno, estuve prometida, eso lo sabes.

—Esto..., no, mamá. No lo sabía —dijo Georgiana, sorprendida.

—Ah, pues sí, lo estuve. Se llamaba Trip.

—¿Cómo es que nunca me lo has contado?

—¡Porque nunca me lo has preguntado! —contestó Tilda con tono indignado.

—¿Qué? O sea, que nunca te dije: «Oye, mamá, ¿antes de casarte estuviste prometida con un señor llamado Trip».

—¡Exacto! ¡Jamás me lo preguntaste!

—Bueno, no era consciente de lo específicas que tenían que ser mis preguntas sobre tu pasado —dijo Georgiana, sarcástica.

—Sabes que para mis hijos soy un libro abierto —dijo Tilda, magnánima—. ¡Lo que pasa es que nunca se os ocurre preguntarme cosas sobre mí!

—Ah, vale. Lo he entendido. Tengo que hacer mejor las preguntas.

—Pues igual sí —dijo Tilda con tono digno.

—Muy bien. Entonces, a ver: ¿tengo algún hermano secreto o medio hermano que no conozco?

—¡No y no digas tonterías!

—Esto..., ¿te han detenido alguna vez por posesión de estupefacientes?

—¡No, por Dios!

—¿Fuiste tú la que se tiró el pedo aquella vez que coincidimos con Martha Stewart en el ascensor del Carlisle?

—¡GEORGIANA!

Georgiana no pudo evitar echarse a reír. Llegó la comida y la sirvieron en el comedor. Mientras comían, Georgiana volvió a la carga. Igual que se había sincerado con Bill Wallis, un hombre al que apenas conocía, en su despacho acristalado de un rascacielos, lo intentó de nuevo, esta vez con la mujer que más la sacaba de quicio, una mujer a la que no siempre comprendía, que la había criado y gestado en su vientre y que, a pesar de ello, en ocasiones sentía muy lejana. Tilda la escuchó.

18
Darley

Darley sabía que era una naranja. En su juventud, su grupo de amigas se divertían decidiendo cuál de ellas era «Charlotte», cuál «Samantha» y cuál «Carrie» (ninguna era Miranda). Decidían quién era «Blanche», quién «Dorothy» y quién «Rose». Pero Darley tenía un juego diferente al que jugaba solo con sus hermanos según el cual cada uno era una fruta del vecindario. Cord era, evidentemente, la piña. Era alegre bordeando lo bobalicón, hacía más festiva cualquier reunión. Por su parte, Georgiana era el arándano. Era la benjamina de la familia, era lista y guapa, pero no del todo dulce. En consecuencia Darley era la naranja: aburrida, estable, siempre se podía contar con ella y rara vez se la festejaba. También, y ella lo sabía, estaba protegida por una gruesa corteza y era accesible solo para aquellos dispuestos a invertir tiempo en pelarla.

Hacia la mitad de su vida Darley tuvo que enfrentarse a su completa impotencia, algo de lo que culpaba a un imbécil de sangre azul llamado Chuck Vanderbeer. Si Chuck Vanderbeer no hubiera filtrado información a CNBC y provocado que despidieran a Malcolm, entonces Malcolm aún tendría su trabajo, podrían seguir pagando los plazos de la hipoteca y Darley nunca habría necesitado enfrentarse al hecho de que había renunciado a su fortuna y a su carrera profesional y no tenía el control de su propia vida. Pero aquel imbécil había tenido que forzar un momento de la verdad y a veces Darley sentía ganas de ir a quemarle la casa. Cuando Malcolm le dijo que no había conseguido el trabajo en capital riesgo, Darley intentó comportarse como si no importara. Le dijo que no habría sido capaz de mudarse a Texas. Le dijo que para los niños era mejor seguir en el colegio de Henry Street. Le dijo que no se preocupara. Por primera vez desde que se casaron, le mintió.

Se enfureció de nuevo por el hecho de que sus padres hubieran dado la casa de Pineapple Street a Cord. Sí, de acuerdo, Cord y Sasha estaban esperando un hijo, pero ¿y si solo tenían uno? Ella tenía dos. (Tres no. Tener tres no era una posibilidad). Su máxima ilusión había sido criar a sus hijos en el hogar familiar. ¿Por qué no le había preguntado nadie si quería vivir allí? Quería darles de desayunar huevos revueltos en la mesa rinconera de la cocina, quería leerles cuentos para dormir en la cama con dosel de madera de caoba, quería organizar la comida de padres en el salón con la araña de porcelana de Capodimonte, quería ver a Poppy bajar las escaleras para reunirse con su acompañante en su puesta de largo. Le encantaba aquella casa y sabía, gracias a la espantosa fiesta de revelación de sexo, que a Sasha no. ¿Por qué aceptaba una casa que ni siquiera le gustaba? ¿Por qué les había ocultado la crisis de Georgiana? Esto era algo que a Darley le resultaba inconcebible. Georgiana era una niña. Era una niña ingenua y tímida que siempre se había escondido detrás del tenis, de los deberes escolares y de sus padres. La habían seducido, se había enamorado, había sufrido una pérdida terrible y, cuando pidió ayuda, cuando se confesó a la mujer de su marido, solo había recibido silencio. A Darley le dolía en el alma que Georgiana no hubiera confiado en ella cuando le preguntó por el accidente de avión. También que Sasha se hubiera guardado el secreto mientras fingía ser su amiga.

De poder retroceder en el tiempo, Darley haría muchas cosas de manera distinta. Habría pedido a Malcolm que firmara el acuerdo prematrimonial. Habría dicho a sus padres que quería la casa. Habría estado más atenta a su hermana. Y se habría obligado a seguir trabajando cuando se quedó embarazada de Hatcher. Habría vomitado cada mañana en la papelera de la estación de metro de Canal Street. Habría llevado su neverita con leche materna sin hacer caso de los asociados que mugían igual que vacas en su redil. Se habría entregado a su trabajo, contaría con ingresos propios y tendría el control de su vida, en vez de estar por completo a merced de un sistema racista y nepotista que repudiaba a su marido por la metedura de pata de un estúpido niñato.

Era pasada la medianoche y Darley estaba despierta, tumbada en el sofá del salón, absorta en su teléfono cuando en la pantalla apareció una notificación de correo de Cy Habib. Darley se incorporó y lo abrió.

> Darley:
>
> He sacado tu dirección de correo del listín del colegio. Espero que no te importe que te escriba así por las buenas. Me encantó charlar contigo en la subasta. No es frecuente conocer a personas tan

enamoradas como yo de la aviónica del SR22. ¿Os apetecería a tu marido y a ti tomar una copa conmigo la semana que viene?

Sobra decir que, después de la subasta, Darley había buscado a Cy en Google. Había estudiado su perfil de LinkedIn, las menciones que le hacía *The Wall Street Journal*, las fotografías en que sonreía en una gala benéfica en el Lincoln Center. Consideró la posibilidad de esperar a la mañana siguiente, pero en lugar de ello contestó enseguida, llevada por un impulso.

Cy:

Qué alegría saber de ti. Nos encantará quedar la semana que viene. Dime hora y sitio.

Darley

A la mañana siguiente, Darley dejó a Poppy y a Hatcher con sus padres en Orange Street. Malcolm había ido en coche a Princeton para acompañar a sus padres a misa y Darley, como una tonta, se había ofrecido a organizar la Fiesta de los Libros y de los Juguetes de la Henry Street School y tenía que asistir a la primera de unas setecientas reuniones.

A las doce y media corrió a casa de sus padres a recoger a los niños y su madre prácticamente se los sacó a la calle antes de despedirla. Habían accedido a quedarse con ellos con menos entusiasmo del habitual y, una vez más, Darley deseó que los Kim vivieran en el vecindario.

Poppy y Hatcher llevaban sendas mochilas gigantes con una botella de agua dentro de un bolsillo exterior de rejilla, llaveros con animales de peluche y cintas con cuentas colgando de las cremalleras. Iban por la calle como si fueran pequeñas tortugas saltarinas con la casa a cuestas. Hatcher arrastraba los pies, así que pronto tendría otro par de zapatos con las punteras rozadas.

—¿Lo habéis pasado bien? —preguntó Darley a Poppy mientras recorrían con paso torpe las tres manzanas hasta su casa.

—Ha sido el peor día de mi vida —dijo Poppy.

—¿Y eso? —preguntó Darley riendo.

—La abuelita no sabe encender la televisión y de comer solo tenía aceitunas y guindas de jarrón chino.

—De marrasquino —la corrigió Darley. Su padres habían alimentado a sus hijos con cosas del mueble bar—. ¿A qué habéis jugado?

—La abuelita nos dejó ver YouTube un rato en su teléfono para que el abuelito y ella pudieran discutir.

—¿Sobre qué discutieron?

—Sobre la tía George.

—Ah.

Darley suspiró. Sus padres debían tener cuidado con lo que decían delante de Poppy y Hatcher. Los niños se habían convertido en espías perfectos y cotilleaban con el fervor propio de escolares de primaria.

—La tía George quiere regalar todo su dinero y el abuelito dice que por encima de su cadáver. El abuelito tiene ya casi cien años, ¿no?

—No, tesoro, el abuelo tiene sesenta y nueve —murmuró Darley.

¿De qué habrían estado hablando sus padres? Cuando llegó a casa, llamó al móvil de su padre.

—Papá, me ha dicho Poppy que Georgiana quiere donar todo su dinero.

—Un momento —dijo el padre y Darley lo oyó caminar por el pasillo y cerrar una puerta—. Georgiana se ha empeñado en que tener superioridad económica es una especie de abominación y que el único camino para ella es donarlo todo como una especie de samaritana comunista millennial. Por algo no quería yo que estudiara en Brown.

—¿Quiere donar todo su fondo fiduciario? ¿Cuándo? ¿Y a quién?

—Lo antes posible. Concertó una reunión con Bill Wallis a nuestra espalda. Está planeando crear una fundación.

—Papá, sois conscientes de que está teniendo una crisis de salud mental, ¿verdad? Es todo por lo ocurrido con aquel tipo casado. No podéis dejar que haga esto. —Darley caminaba por el pasillo y posiblemente estuviera gritando.

—El problema es que yo no puedo hacer nada. Es mayor de veinticinco años y no soy administrador del fondo. Tu madre sí. Habla con ella.

—¡Mamá no quiere hablar conmigo! Le dije que Georgiana necesita terapia y dijo: «Lo que pasara con ese amigo de Georgiana es asunto exclusivamente suyo», como si yo fuera una desconocida.

Darley colgó el teléfono y sintió una descarga de adrenalina. Georgiana era adulta a duras penas. Ni siquiera sabía lo que significaba el dinero. Nunca había tenido que preocuparse por él, nunca le había faltado. ¿Quién sabía lo que podía pasar en un futuro? ¿Y si se enamoraba de un artista? ¿O tenía un hijo con discapacidad? ¿Y si de repente necesitaba un tratamiento médico? ¿Y si había una guerra nuclear y tenía que huir a otro país? ¿Y si despedían a su marido? ¿Y si, y si, y si? Había innumerables cosas que podían salir mal, y el dinero era la mejor protección frente a la tragedia. Darley no podía quedarse de brazos cruzados y ver cómo su hermana lo tiraba todo por la borda.

La llamó por teléfono, pero le salió el buzón, así que le mandó un mensaje:

George, por favor, llámame. Estoy muy preocupada por ti. Sé que lo estás pasando mal, pero estás cometiendo una gran equivocación.

A continuación escribió a Cord:

Georgiana ha ido a ver a Bill Wallis para sacar todo el dinero de su fondo fiduciario. ¿Lo sabías?

Cord contestó:

¿Qué? No. Pero papá estaba insoportable ayer en el trabajo y quería frenar la nueva adquisición de Vinegar Hill con el argumento de que «vamos a ser pobres», así que tiene sentido.

Darley escribió: «Voy para allá», y, cuando Cord contestó: «Ahora mismo estoy liado», no lo vio porque ya estaba de camino.

La casa de Pineapple Street estaba llena de gente cuando llegó Darley acompañada de sus hijos. Mandó a Poppy y a Hatcher al jardín trasero y encontró a su hermano en el salón hablando con una mujer con grandes gafas de montura metálica y una tablet.

—Hola, Cord —dijo Darley desconcertada—. ¿Qué pasa aquí?

—Ah, hola, Darley. —Cord parecía avergonzado, era posible que por primera vez en su vida—. Me están haciendo un presupuesto. Nos queda una media hora.

—¿Un presupuesto de qué?

—Vamos a llevar los muebles, los cuadros y más cosas a un guardamuebles. Necesitamos sitio para el bebé.

—¿Cómo que el bebé? —preguntó Darley incrédula—. ¿Me estás diciendo que un bebé que va a tener el tamaño de una rebanada de pan va a necesitar que saquéis el reloj musical de madera de caoba? ¿Que metáis la silla de pared de Napoleón III de Geegee en un guardamuebles?

—Voy a ver qué tal van arriba. —La mujer de gafas se disculpó con torpeza y se escabulló de la habitación.

—Pue sí, Darley —dijo Cord con una mueca de enfado—. Sasha no tiene por qué vivir en el museo de la familia Stockton.

—No es un museo, Cord. Es un hogar.

Darley se sentó en el sofá, pero entonces recordó el sarpullido y se cambió a la butaca de terciopelo.

—No sé qué otra cosa puedo hacer —dijo Cord y se sentó a su lado—. Sasha es muy desgraciada aquí. Dice que se siente excluida de la familia, que no se encuentra cómoda con nosotros. Así que pensé que igual si saco todo lo que hay en esta casa, podrá decorarla a su gusto.

—Pero si prácticamente nos dijo que odia la casa. Eso sí que estuvo feo por su parte.

—Y Georgiana y tú la llamasteis cazafortunas. ¿Eso no te parece feo?

Darley hizo una mueca.

—Eso estuvo muy mal. De verdad que lo siento.

—Eso igual deberías decírselo a ella. —Cord se frotó los ojos, parecía cansado.

—¿Pero no te cabrea que no nos contara lo de George? Lo mantuvo en secreto.

—Sí, estoy muy enfadado. —Cord pasó varias veces la mano por el terciopelo del respaldo de la butaca.

Darley suspiró.

—¿Y dónde está ahora Sasha? ¿Trabajando?

—No, se ha ido unos días a casa de sus padres. Su padre está en el hospital.

—¿Que su padre está en el hospital? —pregunto Darley, atónita.

—Sí, tenía trombos en los pulmones, pero se va a poner bien.

—¡Por Dios, Cord, tienes que contarme esas cosas! —Darley se puso en pie de un salto como si fuera a salir corriendo a ayudar.

—Es que estabais tan enfadadas la una con la otra que supuse...

—¿Y qué? ¡Seguimos siendo familia! —lo interrumpió Darley.

Hablaba en serio. Había cometido una equivocación, lo mismo que Sasha, pero la quería y Sasha quería a su hermano y ahora tenía la oportunidad de enmendar la situación. Así que cogió el teléfono y encargó un ramo a una florista de Rhode Island tan lujoso que su compañía de tarjeta de crédito tuvo que llamarla para asegurarse de que no era una compra fraudulenta.

19
Sasha

Sasha no podía dormir. Su padre había salido ya del hospital, su respiración había mejorado, estaba animado, pero, aun así, Sasha no encontraba la postura en su cama de infancia, daba la vuelta a la almohada en busca de un poco de frescor que calmara sus frenéticos pensamientos. Desde el principio había sido la Georgiana de la familia, echando a Mullin a codazos porque no era miembro de ella. Pero en su caso había una diferencia crucial: sus hermanos le habían hecho saber que, si tenían que tomar partido, escogerían a Mullin. ¿Había hecho Cord lo mismo? No. Él se las había arreglado para jugar en ambos lados, sin llegar a reconvenir a sus hermanas, pero sin comprometerse tampoco a elegir a Sasha, a ponerla a ella primero. Era doloroso. Sasha era consciente de que cuando se enamoró de Cord había dicho que quería a alguien que la amara, pero no la necesitara. Pero quizá se había equivocado. Quizá, ahora que estaban casados, también necesitaba que Cord la necesitara.

Se quedó dormida en algún momento del amanecer y cuando despertó oyó los ruidos de los vecinos colarse por la ventana entornada. Oyó pájaros en los árboles, coches de camino al embarcadero, el rugido de un aspirador de hojas, pero también voces en la cocina, así que se puso un pantalón de chándal, se retiró el pelo de los ojos y bajó al piso de abajo. Una vez allí, se detuvo y sonrió. Detrás del despliegue de astromelias y bocas de dragón que había enviado Darley estaba Cord sentado a la mesa, tomando café con sus padres y con una tabla de cortar llena de bagels y queso crema delante.

—Buenos días, dormilona. —Cord se puso en pie de un salto y le dio un beso de buenos días antes de agacharse para darle otro en la barriga—. Os he traído el desayuno del Hot Bagel de Montague Street.

—¿Me has traído el de arcoíris? —Sasha simuló inspeccionar el contenido de la bolsa.

—Ya sabes que sí.

Cord sacó un bagel con grandes aspavientos. Los remolinos rojos y verdes le daban más aspecto de plástico que de pan.

—El colorante alimentario le añade sabor —insistió Sasha, feliz, y se puso a cortarlo en dos y untar cada parte con la cantidad exacta de queso crema. Cord ya se había comido tres bagels y le estaba echando un ojo a un cuarto, para espanto de los presentes.

—Cuando terminéis de comer, ¿podéis ir a achicar el barco, por favor? —preguntó la madre de Sasha—. Anoche llovió y tu padre pretende hacerlo él y terminar en una ambulancia.

—Papá, no seas absurdo —gruñó Sasha con la boca llena—. Acabas de empezar a respirar bien otra vez, no te vas a poner a achicar el dichoso barco.

—Y tú estás embarazada. Tampoco puedes. Además, yo no estoy peor que si me hubiera comido un taco en mal estado. Me encuentro perfectamente —dijo su padre en tono beligerante.

Pero Cord insistió en ocuparse él, así que, después de desayunar, se abrigaron bien, cogieron remos y dos garrafas de leche vacías y bajaron caminando al río. Sasha recordaba la combinación del candado del dingui y subió a bordo mientras Cord lo separaba del muelle y saltaba dentro. Juntos remaron hasta el barco que, efectivamente, tenía medio palmo de agua. Cord usó las garrafas de leche para sacarla y, cuando terminó, se sentó y se puso a estirar los brazos y a subir y bajar los hombros. Era un día otoñal de entre semana y el embarcadero estaba tranquilo. Los pescadores de verdad habían salido horas antes, los veraneantes hacía tiempo que se habían marchado y los vistosos barcos de fin de semana cabeceaban vacíos en sus amarres.

—Oye, te he echado de menos. —Sasha se inclinó y besó a Cord en la mejilla—. ¿Cómo es que has venido?

—Estaba preocupado por ti. Y por tu padre. Esta última semana me he sentido como un tonto. Tendría que haberme subido en el coche contigo en cuanto me enteré.

—Bueno, tampoco te di ocasión —reconoció Sasha.

—No... —empezó a decir Cord.

—Y luego es que estaba enfadada con todo el mundo —continuó diciendo Sasha.

—Ya lo sé. Siento lo de Georgiana. Y lo de Darley.

—También estoy enfadada contigo, Cord.

—Sí, lo sé. Pero a mí tampoco me encantó cuando te pusiste a gritar a todo el mundo. Te pasaste bastante.

—¡Erais tres contra una! ¡Toda tu familia se puso contra mí! Tú estabas de su lado..., como siempre —exclamó Sasha.

—No estoy de acuerdo con eso que dices. —Cord frunció el ceño.

—Sabes por qué no les gusté a tus hermanas desde el principio, ¿no? —insistió Sasha—. No les gusté porque no soy de tu misma clase social. Porque mi familia no es rica de toda la vida.

—De eso nada. —Cord negó con la cabeza y arrugó el ceño—. Eso no tiene nada que ver.

—Claro que sí, Cord —insistió Sasha—. Ya sé que es incómodo hablar de clase, sé que cada vez que sale el tema te pones todo tenso y en plan WASP. Y sobre todo es incómodo para los verdaderamente ricos y los verdaderamente pobres. Pero lo cierto es que tú y yo somos de clases distintas. Y es complicado. Cuando te casas con alguien que no es de tu misma clase se vuelve difícil incluso hablar del tema. Así que lo hemos evitado.

—Lo hemos evitado porque a ninguno de los dos nos importa —dijo Cord.

—Dios. ¿Sabes qué es quizá lo peor de todo? —Sasha calló y apretó los labios, como si no estuviera segura de si debía seguir hablando.

—¿Qué?

—Que es probable que me gustara que fueras rico. Me siento una persona horrible diciendo eso. Evidentemente no es la razón por la que estoy enamorada de ti. Te quiero porque eres divertido, bueno y sexy y le das emoción a todo. Cuando nos conocimos no sabía nada de ti. Pero es probable que, en cierto sentido, me resultara atractivo. Me siento asquerosa diciéndolo. No soy una cazafortunas. Solo estoy siendo sincera.

Cord miraba a Sasha con atención y esta siguió hablando.

—Lo que no sabía es lo que eso significaría en nuestras vidas. No sabía que siempre me sentiría como una intrusa.

—No eres ninguna intrusa. Eres mi mujer.

—Pues me siento intrusa. Y tú no estás haciendo lo bastante para ayudarme a no sentirme fuera de lugar en tu familia.

—¿Y qué más puedo hacer?

Sasha se inclinó hacia él y apoyó su frente en la suya.

—Puedes elegirme a mí —susurró.

—Eso ya lo hago.

—Quiero que estés de mi lado. Quiero ser tu familia. Quiero que me pongas a mí primero.

Sasha nunca había pensado que diría una cosa así. Nunca pensó que se vería en la situación de hacerlo. Pero necesitaba oír a Cord decirlo.

—Lo voy a hacer. Te voy a poner a ti primero.

Sasha le miró. Cord estaba muy serio, con una expresión que le había visto pocas veces, con las cejas arrugadas y los ojos brillantes. Sabía que estaba siendo sincero. El embarazo estaba cambiando las cosas entre los dos. Sasha notó que su ira y su irritación se desvanecían.

—¿Sabes qué? Creo que el centro de flores que mandó Darley ha costado más que todas las flores de nuestra boda.

—Esta mañana he visto a tu madre tomarse un antihistamínico.

—Y también me mandó una nota de disculpa. Por lo de «cazafortunas».

—¿Me la dejas ver?

—Sí, mira.

Sasha se sacó el teléfono del bolsillo y abrió el hilo.

Sasha, he estado pensando mucho en ti, deseando que tu padre esté mejor. Pero también he pensado en lo que dije y me siento como una completa idiota. ¿Te acuerdas de cuando Hatcher cogió un mechón del suelo de Choo Choo Cuts y me lo metió en el bolso y estuve semanas encontrándome pelos? ¿O de cuando me equivoqué de lata de cerveza en el Fornino's del puerto y cuando fui a dar un sorbo casi me trago una colilla? ¿O cuando en la tintorería llevaron por equivocación un vestido de Pucci de mi vecina a mi casa y deduje que era de mi madre, así que me lo puse y la vecina me vio en el vestíbulo y se puso a gritarme? Pues esto es mucho peor que cualquiera de esas cosas. Por favor, perdóname.

Cord no pudo evitar reír.

—¿Sigues enfadada con ella?

Le devolvió el teléfono a Sasha.

—¡Qué va! Ya hemos hecho las paces. —Sasha sonrió.

—Gracias a Dios. A ver, ¡por supuesto sigo estando de tu lado! Pero doy gracias de que seáis amigas otra vez.

Sasha se inclinó y le besó y Cord correspondió a su beso. Le metió una mano por debajo de la cazadora. Cuando Sasha se separó, sonrió.

—¿Crees que el barco volcará si...?

—Si volcamos el barco, tendrán que ingresar otra vez a mi padre —repuso Sasha riendo.

Se estiró la cazadora por donde se la había levantado Cord y juntos subieron al dingui y se alejaron remando de los yates de fibra de vidrio y las pequeñas canoas de aluminio, de vuelta a la orilla.

Sasha y Cord cenaron temprano con los padres de ella, pasta y albóndigas con servilletas de papel en la cocina, sin asomo de centro de mesa, y a continuación fueron a reunirse con los hermanos de Sasha en el puerto deportivo. Nate tenía novia nueva con barco y al parecer llevaba viviendo a bordo con ella desde que se conocieron en un bar unos meses atrás. Sasha aparcó en el parking y bajaron por la pasarela, Cord llevando un pack de seis cervezas IPA. El padre de Sasha tenía amarrado su barquito de aluminio en el río, mientras que el puerto deportivo estaba reservado a las embarcaciones que eran demasiado grandes para llegar hasta el muelle con marea baja. El puerto deportivo tenía enchufes y conexión wifi y era habitual que habitantes del pueblo se instalaran allí cuando se cansaban de vivir siempre entre las mismas cuatro paredes. Sasha conocía de vista casi todos los barcos, y al pasar por delante se los fue señalando a Cord. Estaba el enorme Chris-Craft de diez metros de eslora que pertenecía a su entrenador de fútbol de secundaria, una caravana flotante con zona para dormir, una mesa de comedor y un baño bajo cubierta. Se llamaba *Sweet Samantha* por la hija, de la que Sasha sabía que se había casado con un kickboxer croata que tenía todos los brazos tatuados. Estaba el yate a motor modelo Tollycraft Sundeck de 1985 llamado *Wifey*, propiedad de una pareja gay que vivía en Marsh Road. Estaban la pequeña y bonita lancha Bayliner con rayas azules y blancas llamada *Fishin' Impossible*, el Axopar 37 Sun Top llamado *Liquid Assets*. Olly, el hermano de Sasha, había fantaseado a menudo con comprarse un yate y llamarlo *Wet Dream*, sueño húmedo, pero por suerte no tenía dinero ni para un kayak. Al pasar, Sasha saludó con la mano a cada barco, cuyos dueños se relajaban en cubierta con vasos de papel rojo en la mano o cenando en el puente, y por un momento tuvo la sensación de estar atravesando una serie de cuartos de estar.

—¿Dónde están Nate y Olly? —se preguntó Cord.

—No me ha dicho dónde tiene el amarre, pero seguro que los oímos —contestó Sasha con sarcasmo.

Doblaron un pequeño recodo del embarcadero y la voz de Olly resonó por encima del agua.

—¡Sashimi! ¡Cordón umbilical!

—Ahí los tienes. —Sasha puso los ojos en blanco.

Sus hermanos estaban tirados en la cubierta de un yate a motor de dieciocho metros de eslora con el nombre, *The Searcher*, estarcido en el espejo de popa, con el puerto de matriculación, Newport, RI, escrito debajo. Era una embarcación de gran tamaño, vieja pero blanquísima, con escalerillas que conducían a una cubierta acristalada, el puente y la cabina. Detrás de unas puertas correderas, Sasha atisbó un camarote.

—Oye, bonita carraca —dijo Cord con un silbido de admiración.

—Lo compró Shelby hace unos diez años. —Nate se levantó para darles un abrazo de bienvenida y Olly sacó una lata de cerveza de la nevera—. Lo compró cuando aún vivía en California.

Apareció una mujer en la escalerilla, descalza, vestida con vaqueros y una sudadera con capucha azul claro.

—¡Ey, ya estáis aquí! —Era alta y delgada, tendría cuarenta y pocos años y llevaba el pelo recogido en una coleta corta—. ¡Qué alegría conoceros! —Abrazó calurosamente a Sasha y a Cord y empujó a Nate para que les hiciera sitio en el asiento acolchado—. ¿Qué tal está hoy tu padre? He estado preocupada.

—Bueno, yo lo he visto como siempre —contestó Sasha—. Estaba volviendo loca a mi madre negándose a quedarse sentado y hacer reposo. Ha comprado cuatro cajas de lombrices para ir a pescar, pero mi madre no le deja, así que tenemos la nevera de la cocina llena de gusanos.

Sasha había visto a visitantes en la casa retroceder horrorizados cuando se daban cuenta de que esas cajas blancas brillantes de pastelería estaban llenas de cebo vivo y no de galletas o bombones.

—Pues las usaremos nosotros, ¿verdad, Nate? —sonrió Shelby—. Estamos saliendo a pescar casi todas las mañanas antes de trabajar.

—¿En qué trabajas? —preguntó Cord.

—Ah, pues desarrollo apps. —Shelby hizo un gesto vago con la mano—. Oye, Sasha, ¡felicidades por el bebé! ¡Tenéis que estar ilusionadísimos! ¡Y no os he ofrecido nada de comer ni de beber! Tengo gaseosas. —Metió la mano en la nevera y sacó dos gaseosas con alcohol White Claw, una con sabor a limón y otra a mora.

—¡Ah! —Sasha sonrió cortés—. No bebo desde que estoy embarazada. A ver, estoy segura de que si me tomo una copa no pasaría nada, pero es que he perdido el gusto por el alcohol.

—Pero si son refrescos —dijo Shelby sin comprender.

—Son refrescos con alcohol —explicó Sasha—. Como una cerveza.

—¡Ahí va! —Shelby rio—. ¡Pues llevo toda la tarde bebiéndolos! ¡Por eso estaba de tan buen humor! Creo que me he tomado cuatro.

Sasha trató de llamar la atención de Nate —su novia era bastante graciosa—, pero este sonreía y meneaba la cabeza.

—¿Cuánto tiempo lleváis juntos? —preguntó Cord a Nate.

—Un par de meses, creo.

—Me lo ligué en el Cap Club.

—No, me la ligué yo a ella. —Nate restregó la nariz contra el cuello de Shelby.

—¡Qué horror! —Olly frunció el ceño.

—Deberíais salir a pescar con nosotros mañana. Últimamente estamos teniendo mucha suerte con las lubinas rayadas.

—¿De esas que te puedes quedar? —preguntó Cord.

—Alguna sí. —Shelby sacó su teléfono y tocó un icono—. Es uno de mis proyectos. Una app que te permite hacer una fotografía de lo que has pescado y te dice qué es. Luego escaneas el tamaño y te informa de si puedes quedártelo o tienes que devolverlo al agua.

—Huy, pues me la voy a descargar. —Cord se sacó el teléfono del bolsillo y se acercó a Shelby para que lo ayudara a localizar la app.

—Cord —dijo Olly—, ¿en qué momento piensas pescar cuando estés en Brooklyn Heights?

—A ver, no es algo que vaya a hacer todos los días —murmuró Cord.

—Tú tranquilo, Cord —dijo Shelby riendo—. Siempre estoy trabajando en un montón de ideas a la vez. No sé cuál va a ser mi siguiente proyecto.

—De hecho, yo tengo una idea para una app —dijo Cord alegrando el semblante—. No soporto a la gente que toca el claxon a la más mínima ocasión. Quiero una app que registre cuántas personas tocan el claxon y que luego por la noche, cuando estén intentando dormir, su teléfono emita un ruido que los atruene durante exactamente el mismo tiempo que hayan estado pitando.

—Cord, me caes muy bien, pero ¿quién coño iba a querer descargarse eso en su teléfono? —preguntó Nate.

—Vale, yo tengo una —intervino Olly—. Metes la información de contacto de la chica con la que estás enrollado y cada jueves por la noche le envía automáticamente el mensaje: «Hola, preciosa, ¡estoy pensando en ti!».

—No pienso desarrollar esa app. —Shelby clavó un dedo a Olly en el hombro.

—Ya lo tengo —dijo Sasha—. Una app para apuntar con el teléfono a un aguacate y que te diga si por dentro está fibroso o marrón.

—Yo quiero una que se llame Ricoexprés —dijo Nate—. Revisa tus fotos y en todas te añade un Rolex y un caballo.

Todos rieron y pasaron la hora siguiente proponiendo pésimas ideas que Shelby, con buen humor, prometía considerar. Al cabo de un rato Sasha necesitó ir al cuarto de baño y Shelby la acompañó abajo y le enseñó los dos camarotes, la cocina, el comedor, el salón y, por último, el baño. Aunque el barco tenía al menos quince años, estaba limpio y bien conservado, con cromo reluciente y detalles de madera de cerezo. Un auténtico apartamento flotante.

Shelby preparó un aperitivo en la cocina, galletas saladas Ritz con cuadrados de queso cheddar de Vermont, uvas y galletas Oreo en una bandeja de plástico. Lo sacó todo a cubierta junto con un fajo de servilletas de papel que llevaban el nombre del barco, *The Searcher*, en elegantes letras doradas. Hacia medianoche Sasha bostezó, así que Cord, Olly y ella se despidieron y dejaron a los tortolitos solos en su nido flotante.

Olly se ofreció galantemente a llevarse la basura y el reciclaje a los contenedores del aparcamiento y los tres recorrieron el muelle hablando en voz baja para no despertar a nadie que pudiera estar durmiendo dentro de algún barco.

—Es encantadora —susurró Sasha—. Parece que Nate le gusta mucho.

—Inexplicable, ¿verdad? —contestó Olly.

—Espero que alguno de sus proyectos salga adelante —dijo Sasha.

—Seguro que sí.

—Es que cada año salen millones de apps. Es una carrera profesional complicada.

—Bueno, lo hace sobre todo porque le divierte. Prácticamente está jubilada desde los treinta años.

Olly tiró la basura al contenedor.

—¿Cómo que jubilada? —preguntó Sasha, confusa.

—Shelly era la empleada setenta y tres en Google. Eso son millones de dólares en acciones.

Sasha abrió mucho la boca. Shelby estaba forrada, era supermegarrica. Se echó a reír.

—Ay, este Nate... —dijo meneando la cabeza—. Ahora resulta que sí puede comprarse el Rolex y el caballo.

20
Georgiana

Cuando Georgiana era adolescente, la residencia de Truman Capote se vendió por la cifra récord de doce millones y medio de dólares al fundador de Rockstar Games. La casa, de cinco plantas y fachada de cuatro vanos situada en Willow Street, entre Pineapple Street y Orange Street, era un solar sagrado en el vecindario. Mientras vivía allí, Capote había escrito sus famosos *Desayuno con diamantes* y *A sangre fría*, había holgazaneado en el porche, había publicado un ensayo autobiográfico sobre el barrio y ofrecido a sus amigos visitas guiadas. Capote era hijo predilecto de las calles con nombre de fruta. Cuando el creador de *Grand Theft Auto* sacó su talonario y se hizo con las llaves del número 70 de Willow Street, el sonido del rasgado de vestiduras colectivo se oyó desde la Promenade hasta Montague Street. El nuevo dueño solicitó varios permisos: para hacer una piscina, para retirar la pintura amarilla y para echar abajo el porche. Fue un auténtico escándalo. Resultaba inconcebible que alguien que viviera en Brooklyn Heights quisiera cambiar a Audrey Hepburn por algo así.

En las semanas que siguieron a la horrible fiesta de revelación de sexo, Georgiana no dejaba de pensar en la casa de Truman Capote. El Comité por la Conservación de Monumentos se reunió con el nuevo propietario y juntos idearon un plan. El propietario se construiría una piscina, pero a continuación rescataría la herencia neogriega del edificio: restauraría la fachada original, completaría el ladrillo histórico y usaría los millones de *Gran Theft Auto* para devolver a la casa todo su esplendor decimonónico. El nuevo dueño viviría en ella cómodamente a la vez que estaría honrando la historia y la cultura que había heredado. Las mejoraría incluso. Quizá eso era lo que estaba haciendo Sasha con la casa de Pineapple Street. Quizá Georgiana no era más que una vecina que se aferra a su collar de perlas y una esnob como un piano.

Kristin tenía una psicoterapeuta en Remsen Street y Georgiana empezó a visitarla semanalmente. La primera hora la pasó contando lo sucedido con Brady y gastó media caja de pañuelos de papel, pero durante las semanas siguientes hablaron de la familia, de dinero, de Sasha y el acuerdo prematrimonial. Georgiana empezaba a darse cuenta de que su relación con el dinero estaba unida inextricablemente a sus ideas sobre la amistad y el matrimonio. Sin ser consciente de ello, durante toda su vida la habían enseñado a proteger su riqueza. Su familia tenía asesores fiscales y de inversión que cada final de año hacían cuidadosos ajustes para compensar pérdidas y, si bien disfrutaban de los frutos de su trabajo (o los del trabajo de sus antepasados), también les habían inculcado el principio sagrado de que nunca, jamás en la vida debían tocar el principal. Entremezclada con esta doctrina estaba también el hecho de que, si te casabas con alguien que no fuera de tu clase, la riqueza se diluiría. Para los ricos era mejor casarse con ricos. Georgiana nunca había sido consciente de lo interiorizada que tenía esta creencia.

El hecho de haber llamado Cazafortunas a Sasha le provocaba una intensa vergüenza. Georgiana había estado equivocada al decir que Sasha no había firmado el acuerdo prematrimonial, pero eso ni siquiera era lo más importante. Era clasista, era esnob y encarnaba precisamente la clase de actitud con la que tenía que luchar. No podías combatir la desigualdad en el mundo y al mismo tiempo alimentarla en tu propia familia.

—Es como con la casa de Truman Capote —le explicó a su terapeuta mientras retorcía un pañuelo de papel con las dos manos, sentada en el sofá de tweed del estrecho despacho. Su psicoterapeuta era una atildada mujer en la sesentena, que vestía en discretos colores neutros, una vecina del barrio que compartía despacho con una psicóloga infantil, por lo que las estanterías acogían no solo a Freud y a Klein, también figuritas de plástico, de papás, mamás y bebés en miniatura. A veces Georgiana sentía ganas de jugar con ellas mientras hablaba.

—En el barrio se indignaron muchísimo cuando vendieron la casa de Truman Capote a un nuevo rico —explicó con tono escandalizado.

—¿Sabes lo más curioso de eso? —preguntó la terapeuta con chispas de alegría en los ojos—. Que Capote ni siquiera era propietario del número 70 de Willow Street. Un amigo le había alquilado el apartamento del sótano. Las visitas guiadas de la casa las hacía cuando su amigo estaba fuera de vacaciones.

Georgiana no tuvo más remedio que echarse a reír.

Aquella noche cuando llegó a casa, llamó a Sasha y esperó a que contestara mordiéndose el labio. Odiaba con toda su alma hablar por teléfono —a su edad todos escribían mensajes—, pero, cuando Sasha descolgó, Georgiana carraspeó y se sobrepuso a su incomodidad.

—Sasha, soy George —dijo—. Quería preguntarte si te apetecería jugar al tenis algún día.

Georgiana había empezado a enfrentarse a unas cuantas verdades incómodas sobre sí misma, y aquella mañana de domingo, tumbada en el sofá de Lena, se sintió preparada para admitir una más: le gustaban los aros de cebolla. Aquel domingo no tenía ninguna disculpa para pedirlos. No tenía resaca, no estaba en el lecho de muerte y ni siquiera había salido a correr por la mañana, pero tenía que reconocer que estaban maravillosamente crujientes y dulces, de modo que, a medias con Lena y Kristin, pagó diez dólares por una ración extragrande de Westville.

Mientras holgazaneaban viendo a mujeres ricas peleándose en la televisión y haciendo tiempo hasta que llegara la comida, se dedicaron a diseccionar la velada anterior. Habían salido por Cobble Hill y Kristin había terminado besando al barman del Clover Club. Toda una equivocación, pues ahora ya no podían volver allí y servían unos cócteles riquísimos.

—Tiene que librar alguna noche —se quejó Lena.

—Me parece que es el encargado. No hay nada que hacer —dijo Kristin suspirando, llena de remordimientos—. Entonces, George, ¿qué vas a hacer con lo de Curtis?

Kristin se estaba bebiendo el segundo Gatorade de la mañana, llevaba puesto un chándal que le daba aspecto de Hailey Bieber, pero también de Teletubby estiloso.

—Pues no lo sé. Si yo fuera él, seguramente bloquearía mi número. Me he portado como una auténtica veleta —reconoció Georgiana poniéndose el perro de Lena en el regazo para darse apoyo emocional.

—¿Qué fue lo último que os dijisteis? —preguntó Lena.

—Yo le dije que estaba demasiado liada para quedar.

—¿Y no puedes decirle que ya estás menos liada?

—No, creo que quedaría falso. Le mentí sobre Brady, y, si quiero llegar a algo con él, probablemente debería ser sincera de ahora en adelante.

—Puaj. La sinceridad es lo peor —gimió Kristin.

—Lo peor —convino Georgiana y se levantó para abrir la puerta al repartidor que traía los aros de cebolla.

Unos días después Georgiana se quedó trabajando hasta tarde. Miró cómo sus colegas apagaban sus ordenadores en los dormitorios, salones y antecocinas de la casa, respiró hondo y abrió el programa de maquetación de Scribus que usaba para componer el boletín de la compañía. Cambió la fuente a Times New Roman y redactó su versión del mea culpa, lo más parecido a John Cusack sosteniendo en alto un radiocasete en la película *Un gran amor*, una comunicación escrita en que desnudaría su alma de una manera que era posible que Curtis entendiera.

> Es noviembre y el grueso del entorno de Georgiana Stockton ha huido a los confines de Brooklyn Heights, donde el clan se atavía con vestidos de lentejuelas y baila música pop de los noventa mientras trasiega vodka y come encurtidos. Georgiana lleva ya más de veinticinco años participando despreocupadamente en estas fiestas de disfraces, y sus inquietudes se centran, sobre todo, en encontrar buenos atuendos para las fiestas temáticas y mantener un ranking de 5.5 en el tenis. Pero ahora, a la edad de veintiséis años, Georgiana Stockton está preparada para hacerse adulta.
>
> Georgiana forma parte de un movimiento cada vez más nutrido de millennials que han crecido siendo parte del famoso uno por ciento, pero empiezan a darse cuenta de que son unos capullos. «Las

personas como yo no deberíamos existir —declara Stockton desde su apartamento de Brooklyn—. Tengo veintiséis años. No hay una justificación lógica por la que yo deba tener unas gafas de sol de Chanel». Además de todo ello, resulta que Stockton no ha sido sincera con alguien a quien le gustaría conocer mejor. Cuando ese alguien asistió a la presentación del trabajo que realiza su organización en Pakistán, Stockton le hizo creer que únicamente su amiga Meg había fallecido en el accidente de avión. Lo cierto es que también había estado acostándose con un hombre casado que murió ese mismo día. Su dolor y su sentimiento de culpa eran reales, pero ahora lamenta profundamente haber ocultado la verdad a alguien que tan amable había sido con ella. Stockton sabe que a la gente le resultará difícil creer que ha hecho borrón y cuenta nueva, pero confía en que, al reconocer por fin sus equivocaciones en este artículo, Curtis McCoy, rompecorazones del barrio y experto en el arte de besar, quiera darle una segunda oportunidad.

Georgiana arrastró una foto suya posando con expresión resentida y guardó el artículo como PDF. Creó un correo a Curtis, adjuntó el archivo y escribió únicamente: «Por si te perdiste el suplemento *Estilo* de esta semana». Le dio a Enviar y escuchó el silbido mientras su misiva surcaba el aire, se fragmentaba en paquetitos de datos que saltaban de un nodo a otro, transportados por las líneas aéreas del ciberespacio antes de recomponerse a ojos de Curtis.

Confió en que lo leyera. Confió en que comprendiera cómo una buena persona podía hacer algo tan estúpido. Confió en que la ayudara a ser mejor.

Georgiana quería desesperadamente ser mejor, pero aún le quedaba mucho trabajo por delante. Bill Wallis había ideado un plan para que pudiera crear una fundación y financiarla con un millón procedente de su fondo fiduciario. También había accedido a estar en el consejo de administración, lo mismo que Tilda. Los tres juntos acordarían las concesiones de ayudas a organizaciones sin ánimo de lucro y Georgiana tenía la esperanza de que, con el tiempo, transfirieran más y más dinero de su fondo a la fundación, hasta que no quedara nada de él.

Seguía pensando en Brady, seguía pensando en Amina. En ocasiones se preguntaba si siempre seguiría viendo igual a Brady. O si, con el tiempo, tomaría en consideración el hecho de que fuera mayor que ella y más poderoso como prueba de que no la había tratado justamente. No estaba segura. De momento confiaba en que Amina estuviera bien, que se encontrara en paz. Georgiana sabía que era posible que sus caminos se cruzaran algún día y coincidieran trabajando codo con codo por el mismo bien común, y quería pensar que algo así complacería a Brady. Saber que su legado en esta tierra, por complicado que fuera, se había duplicado en su ausencia, que las dos mitades de su corazón estaba unidas en un mismo objetivo, que todo el amor que le había demostrado a Georgiana iba a dar lugar a algo verdaderamente bueno.

21

Darley

Darley y Malcolm se arreglaban para tomar una copa con Cy Habib. Darley se roció perfume en las muñecas, se aplicó máscara de pestañas, se cepilló el pelo hasta que lo tuvo brillante y se puso su medalla de san Cristóbal.

Hasta donde le alcanzaba la memoria, la madre de Malcolm siempre se ponía una medalla de oro de san Cristóbal, en el centro de la cual un hombre sostenía un báculo y llevaba un niño al hombro. Soon-ja le había contado la historia del santo, un hombre gigantesco que transportaba a personas al otro lado del río sanas y salvas. Era el santo patrón de los viajeros.

Con doce años, Malcolm tuvo que competir en un torneo de fútbol a tres horas de casa, de modo que Soon-ja y Young-ho metieron el equipaje en el Ford Explorer verde hoja y los tres emprendieron el viaje. Cuando llevaban una hora de camino, circulando a casi cien kilómetros por hora en la autopista de peaje de New Jersey, un camión articulado perdió el control de los frenos y chocó contra el costado del coche. El Ford Explorer dio una vuelta de campana y aterrizó del derecho, a continuación derrapó y se detuvo con un chirrido terrible junto al guardarraíl. Según Soon-ja, cuando abrió los ojos tuvo la sensación de haberlo soñado todo. Se giró para mirar a Malcolm, sentado en el asiento trasero, con el cinturón puesto y la Game Boy en las manos. Young-ho estaba en el asiento del conductor, asido al volante y completamente ileso. Los tres abrieron sus portezuelas, temblorosos, y se abrazaron y cogieron de las manos en el arcén de la autopista. Ninguno tenía una sola herida, ni una contusión, ni un arañazo, ni una torcedura. Llegaron paramédicos a examinarlos, la policía hizo un informe, llamaron a un camión de bomberos como medida de precaución. Cuando el técnico en emergencias inspeccionó el coche, encontró una cosa: la medalla de san Cristóbal que Soon-ja había llevado al cuello, colgando del espejo retrovisor.

El día de la boda de Darley, Soon-ja le regaló la medalla a Darley y esta se la ponía cada vez que hacía un viaje largo en coche, cada vez que necesitaba una dosis extra de suerte. Mientras Malcolm y ella recorrían las aceras arboladas de Willow Street para reunirse con Cy, el tacto fresco de la cadena contra su pecho la hizo sentir bien. Su aliento expulsaba nubecillas de vapor al aire frío, su largo abrigo aleteaba elegantemente a cada paso que daba y el vecindario olía un poco a humo de leña. Darley se sintió afortunada y cogió la mano de Malcolm.

Darley y Malcolm habían pasado la semana empollando como para un examen, aprendiendo todo lo posible sobre Cy Habib. Cy era vicepresidente de la división de Asuntos Aeropolíticos e Industriales de las líneas aéreas Emirates. Había empezado en el programa de formación de British Airways, antes de que lo reclutara Cathay Pacific. Tenía tanto talento y su reputación era tan buena que Emirates le había hecho una oferta y creado un puesto especialmente para él. Cy ilustraba a la perfección el atractivo que ejercía la industria de la aviación: su éxito no se basaba en su pedigrí, no era producto de la jerarquía bancaria, sino en una meritocracia que premiaba la inteligencia y la pasión por sí mismas.

Cuando llegaron al Colonie, en Atlantic Avenue, Cy ya estaba sentado en una mesita cerca de la entrada. Darley hizo las presentaciones, Cy pidió una botella de vino y los tres hablaron de aviación: compararon aventuras que habían tenido con Cessna y Cirrus, intercambiaron sus lugares preferidos para aterrizar. El de Malcolm era la pista del Ingalls Field, en Hot Springs, Virginia, uno de los aeropuertos más altos al este del Mississippi, con una pista de aterrizaje hecha en la cima de una montaña. Cy era un sentimental y le gustaba el First Flight Airport en Carolina del Norte, donde los hermanos Wright practicaban el vuelo sin motor. Les gustaba Block Island a pesar de lo corta que era la pista, los dos estaban locos por hacer una excursión al Gran Cañón y Cy les enseñó en su teléfono el vídeo de su aterrizaje en Dauphin Island, Alabama, donde la pista empezaba a solo un kilómetro del agua.

Darley presumió de Malcolm, del blog que había hecho siendo un niño, de su ascenso meteórico de analista a director general, de su ética profesional y de aquel año en que viajó tanto que logró el estatus máximo de viajero frecuente en las tres grandes compañías aéreas americanas. A continuación, Malcolm habló de Emirates, de su mercado tal y como él lo veía, de su esperadísima salida a bolsa y de cómo creía él que se desarrollaría.

Lo estaban pasando tan bien que terminaron cenando juntos, pidieron más vino e incluso postre, y no se levantaron hasta que los camareros empezaron a recoger discretamente las sillas de las mesas del fondo del local.

A diferencia de Darley, cuya fascinación por los aviones nacía de su interés en la parte financiera de la industria, Malcolm de niño había querido ser piloto. Terminó yendo a la escuela de negocios, pero en cuanto tuvo algo de dinero ahorrado, contrató clases de vuelo. Se levantaba al amanecer y cogía un tren en New Jersey hasta el aeropuerto de aviación general de Linden, a ocho kilómetros al sur del de Newark. Volaba durante una hora o dos y a continuación, ya vestido de traje, se unía a los trabajadores que viajaban a la ciudad y a las nueve menos cuarto ya estaba sentado detrás de su mesa de Wall Street.

Había días en que Darley sentía resentimiento hacia Malcolm, era consciente de haber sacrificado su carrera profesional por la familia, renunciado a una vida importante, interesante, para tener hijos, pero entonces se acordaba de todo lo que había sacrificado Malcolm también: una carrera pilotando los aviones que había estudiado, madrugones hasta el aeródromo de New Jersey, ese olor a carbón y a combustible que le provocaba un entusiasmo que raras veces alcanzaba a sentir en tierra firme.

—Ha ido bien, ¿no te parece, amor? —preguntó Darley cuando volvían a casa por la Promenade con los dedos entrelazados.

—Muy bien —contestó Malcolm—. Ha sido una maravilla poder mantener una conversación de verdad con alguien después de meses de andar con pies de plomo.

—¿Por qué con pies de plomo? —preguntó Darley. ¿Se refería a ella?

—Ha sido muy duro fingir que todo está bien, no decir nada a tu familia, no contar que me habían despedido.

—Ah, bueno. Eso sí. —Darley asintió con la cabeza y puso los ojos en blanco.

—Pero tenemos que contárselo todo pronto —insistió Malcolm—. Ha pasado ya mucho tiempo.

—Sí, sí. Ya lo sé. Pero es que me da terror hablar con mis padres de dinero después de todo lo que ha pasado con George.

—Tengo que serte sincero, Darley, cuanto más intentas mantener mi despido en secreto, más humillado me haces sentir al respecto —dijo Malcolm con voz queda.

—¡No me digas eso! —Darley se detuvo y se volvió a mirarlo—. ¡No quiero humillarte! ¡Solo te estoy protegiendo! Ya sabes cómo son mis padres.

—A ver, sé cómo son. —Malcolm le soltó la mano—. Les gusta que tú y yo nos conociéramos en la escuela de negocios, les gusta que yo trabaje en banca. Pero Darley, tenemos dos hijos, llevo diez años celebrando con ellos las Navidades, Pascua y mi cumpleaños. Creo que a estas alturas ya me conocen y me aceptarán aunque ahora mismo esté en el paro.

—Ay, por favor. Pues claro que sí.

Darley hizo un puchero. No había sido consciente de cómo sufría Malcolm, de que, con cada día que pasaba sin contar la verdad, le estaba diciendo a su marido que solo podía ser bien recibido en la familia Stockton mientras siguiera teniendo una nómina.

Malcolm abrazó a Darley y esta pegó su mejilla a su camisa azul almidonada.

—Da una oportunidad a tus padres, Darl. Creo que te sorprenderás.

Aquella noche, acostada junto a Malcolm y oyendo su respiración acompasada, tan reconfortante como el ronroneo de un gatito, Darley intentó comprender por qué quería mantener en secreto lo ocurrido con él. ¿Por qué le preocupaba tanto que pudiera exiliarlo de su mundo?

Darley había reparado en algo relativo a las personas con dinero: que se apoyan las unas a las otras. No porque sean intrínsecamente superficiales o materialistas o esnobs, aunque por supuesto podían darse todas esas cosas, sino porque, cuando estaban juntas, no tenían que preocuparse de las diferencias que el dinero suponía en sus vidas. Cosas tales como invitar a un amigo a pasar el fin de semana a las Bermudas, el precio de los vuelos a Montreal, de los coches de alquiler y de los restaurantes caros, la obligación de llevar chaqueta y corbata a los clubes no suponían un problema. Sus amigos podían seguirles el ritmo, podían costearse su parte, no había lugar a incómodos ofrecimientos de pagar a medias, de tener que prestar un esmoquin o esperar al viernes para que alguien cobrara. Simplemente se daba por hecho que si un viaje, una fiesta o algún otro plan parecían divertidos, sus amigos se sumarían y, una vez allí, sabrían exactamente qué hacer.

Otra cosa sobre la que resultaba muy desagradable hablar era la secreta y siempre acechante preocupación de que los demás te utilizaban. Te utilizaban para disfrutar de tus casas de campo, tu alcohol de calidad, tus espaciosos apartamentos, tus fiestas, tus becas, tu ropa..., tu dinero al fin y al cabo. Darley lo veía todo el tiempo en distintos grados: hombres que regalaban joyas a sus novias y las invitaban a viajes caros pero en realidad las estaban sobornando para tener una relación con ellas; hombres que atraían a un ejército de parásitos cada vez que invitaban a botellas en reservados o a casas en los Hamptons. Había una diferencia entre compartir tu buena suerte y que se aprovecharan de ti y en ocasiones discernirla podía romperte el corazón. Hasta cierto punto, era más fácil quedarse cerca de las personas que te apreciaban pero que no necesitaban tu American Express para divertirse.

Había un grupo de excompañeras del instituto con las que Darley quedaba a comer alguna que otra vez, cuando sus amigas se encontraban enfermas o de viaje. Las llamaban las Chicas Arroz porque, como todos decían riendo, «eran todas blancas y siempre iban pegadas». El grupo de amigas de Darley estaba exento de dicha mofa porque Eleanor era china, pero en el fondo sabía que era lo mismo: salía con un grupo de mujeres ricas que habían tenido educaciones casi idénticas. Todas tenían padres y abuelos ricos, todas tenían criadas y niñeras, todas se iban de vacaciones al trópico, celebraban los cumpleaños en restaurantes, tenían armarios llenos de esquís y raquetas y, en el caso de Eleanor, un juego de palos de golf que costaba tres mil dólares.

Los Stockton eran ricos con solera y por tanto no hacían gran ostentación del vil metal. Volaban en clase turista a no ser que el vuelo fuera muy largo, usaban el mismo coche hasta que se caía a trozos y jamás en la vida redecoraban sus casas. Pero, si se miraba con atención, el coste de su nivel de vida era desorbitado. El mantenimiento y los impuestos de la casa de Pineapple Street, las cuotas de los clubes Casino, Knickerbocker y Jupiter Island, la matrícula del colegio de los niños en Henry Street (el jardín de infancia y el primer curso costaban cada uno cincuenta mil dólares) y el sueldo de Berta sumaban un buen pico. En ocasiones Darley se preguntaba si su padre sabía siquiera cuánto dinero salía de las cuentas o si su asistente le hacía directamente los cheques y él los firmaba sin molestarse en apartar la vista de sus planos.

Cada vez que una factura o un gasto sorprendían a Darley —los gastos de escrituración cuando se compró su apartamento, una derrama del club Jupiter Island cuando un huracán arrancó el porche—, su padre se encogía de hombros y decía: «Es un error de redondeo». Y era verdad. Podía ganar o perder más en una sola operación de lo que cualquiera de la familia podría gastar en cinco años, incluidos los años en los que compraban propiedades. Era una vida de enorme privilegio y comodidad, y Darley se sentía agradecida. Pero también sabía que le hacía más difícil tener amistades. Solo había un número determinado de personas capaces de entender una existencia como la suya.

Una vez, cuando Darley le comentó esto a Cord, su hermano parpadeó y adoptó una expresión perpleja. No parecía compartir en absoluto su sensación. «Tienes que relajarte, Dar. Esta ciudad está llena de gente interesante». Para Darley esta era la principal diferencia entre su hermano y ella y también la razón por la que ella había terminado con Malcolm y él con Sasha. Ella necesitaba alguien que conocía y en quien confiaba desde hacía años, mientras que Cord podía enamorarse de una chica en un bar. Para Darley, las relaciones profundas se cultivaban a lo largo del tiempo, mediante años de amistad, un descubrimiento gradual de las muchas capas en que nos envolvemos. Había terminado escaldada demasiadas veces por culpa de supuestas amistades: la compañera de cuarto de la universidad que dejó las clases y le pidió un préstamo de dos mil dólares para ayudar a su madre enferma. Hasta meses después, Darley no supo que no había ninguna madre enferma, solo una adicción a la cocaína, y que jamás recuperaría el dinero. Las amigas del campamento que le robaron la tarjeta telefónica, que usaron para llamar a sus novios desde la cabina del comedor y gastaron cien dólares en seis semanas. Las chicas de su primer año en Yale que iban a ver películas en su proyector y le cogían prestado el coche para ir a comprar pizza, pero después a sus espaldas la tachaban de niña rica mimada. La vez que una de esas chicas le hizo una abolladura en el coche y ni siquiera se ofreció a costear parte de la reparación. Darley sabía que el dinero de su familia la hacía vulnerable a esta clase de sanguijuelas, de manera que, años atrás, había levantado barreras con las que protegerse. Le había preocupado que Cord no hiciera lo mismo, que siguiera a ciegas la pista a mujeres y amigos igual que un piloto volando en la niebla. Por eso se había resistido a Sasha, por eso había tardado tanto en aceptarla como parte de la familia.

Pensó, por enésima vez, en su acuerdo prenupcial. Vale, quizá había cometido un error estúpido al renunciar a su fondo fiduciario. Pero su gran equivocación había sido permitir que el dinero tuviera tanto poder sobre su vida. Al guardar el secreto del despido de Malcolm, estaba dando por buena la idea de que su mundo era un club accesible solo a aquellos con una renta de siete cifras. Y no quería vivir de esa manera. Quería, por primera vez en su vida, retirar la cáscara amarga que la recubría y dejar salir la dulzura que había dentro.

Todos decían siempre que, en cuanto dejabas de intentar quedarte embarazada, concebías un hijo. Que el amor lo encontrabas cuando dejabas de buscarlo. Que tu vestido *midi* de seda de La DoubleJ se pondría de rebajas al día siguiente de que te lo compraras sin rebajar. (De acuerdo, tal vez eso no fuera lo mismo, pero también irritaba a Darley). Así, por esa misma ley, Malcolm consiguió un trabajo nuevo una semana después de que los dos confesaran su despido a los Stockton.

Tilda y Chip se indignaron en nombre de Malcolm por el desastre de Azul. Enseguida comprendieron que la filtración a CNBC no había sido culpa suya, empatizaron inequívocamente con lo duro de su experiencia y, lo que fue aún mejor, Tilda decidió tomarse la justicia por su mano y servirla de la manera más altiva posible: se aseguró de que Chuck Vanderbeer y Brice MacDougal entraban en la lista negra de todos los clubes privados de Nueva York y se les retiraba la invitación a todas las fiestas de sociedad, desde el baile de invierno de la Junior League a la Armory

Party del MoMA. No podrían reservar nunca una pista de squash en la ciudad y Darley no pudo evitar reír sabiendo que Tilda les había dado donde más les dolía.

Después de la inolvidable cena en el Colonie, Cy Habib presentó a Malcolm al jeque Ahmed bin Said Al Maktoum, presidente de Emirates, y este creó un puesto para Malcolm: presidente y director general de estrategia. Malcolm trabajaría desde Nueva York y, entre sus muchas responsabilidades, estaría supervisar la salida a la bolsa de Nueva York de la compañía. Era el sueño de Malcolm hecho realidad. Dejaba la banca, podría ascender dentro de la compañía de líneas aéreas más importante del mundo y, aunque era improbable que lograra repetir la hazaña de tener máximo estatus en las tres grandes compañías aéreas americanas, dispondría de mucho más tiempo para estar en casa y ver a sus hijos crecer y obsesionarse con la mortalidad de las palomas. La tarea de supervisar la enormemente lucrativa salida a banca de Emirates traía aparejado un beneficio añadido: Malcolm era quien decidiría a qué bancos de inversión se invitaría a participar en la operación. Invitó a todos… excepto a Deutsche Bank. Tilda lo resumió muy bien: los invitados equivocados te pueden estropear incluso la mejor de las fiestas.

22
Sasha

Chip cumplía setenta años y todos estaban demasiado ocupados para planear una celebración como es debido, pero, si algo había aprendido Sasha, era que no se puede subestimar a un padre, y además tenía que compensar de alguna manera a la familia por haber calificado la casa de «decrépita». Le dijo a Tilda que le organizaría a Chip una cena de celebración en Pineapple Street y que el tema sería Todo a babor, en homenaje a la afición juvenil de Chip por la navegación. Sería su expiación. Una amiga de Vara, Tammie, era utilera en películas de gran presupuesto, así que Sasha la reclutó y juntas convirtieron el comedor de Pineapple Street en una fantasmagoría marinera. Colgaron redes de pesca de la araña del techo, creando un dosel sobre la mesa que después decoraron con luces de verbena, pequeños señuelos centelleantes y moscas artificiales que sujetaron mediante anzuelos. Derritieron velas rojas en botellas de vino, enrollaron gruesas cuerdas en la mesa y en cada plato pusieron una concha de almeja que los invitados tendrían que abrir para localizar su sitio. Sentó a Chip y a Tilda en las dos cabeceras. Era posible que, técnicamente, Sasha fuera la anfitriona, pero no se imaginaba presidiendo la mesa en Pineapple Street.

Cuando llegó Tilda, vestida con pantalones de marinero con botones dorados, blusa blanca y elegante pañuelo rojo al cuello, y vio la habitación, se le llenaron los ojos de lágrimas. «Qué preciosidad, gracias, cariño», dijo y abrazó con fuerza a Sasha y esta estuvo segura de que a Tilda la había emocionado más la decoración de aquella mesa que enterarse de que Cord y ella iban a ser padres. Todos los Stockton llegaron más o menos puntuales, más o menos disfrazados de acuerdo con el tema de la fiesta y admiraron la obra de Sasha. Cord estaba nervioso, con sombrero pirata y casaca, y no dejaba de acercarse a Sasha por detrás, tocarle el trasero y susurrar: «Bien hecho». Sasha preparó cócteles de ron y cerveza de jengibre, aunque reparó en que Georgiana no bebía. Pasó una bandeja de plata con gambas y salsa rosa, pero, a pesar de sus esfuerzos por crear un atmósfera festiva, notaba tensión en el aire. Había aún mucha incertidumbre alrededor de la decisión de Georgiana de donar su herencia. Chip y Tilda andaban con pies de plomo y miraban a su hija pequeña como quien mira a un animal recién domesticado. Darley parecía distraída y Sasha se sintió más agradecida que de costumbre porque estuvieran Poppy y Hatcher. Los niños tenían la capacidad de diluir la incomodidad en situaciones sociales. Podías preguntarles cualquier cosa con la seguridad de que sus respuestas serían divertidas. Que necesitaran algo te daba la excusa perfecta para salir un rato de la habitación. Y, en el peor de los casos, al menos podías estar segura de que nadie diría demasiadas palabrotas estando ellos delante.

Cuando se sentaron a comer —bacalao negro con miso y ensalada de algas—, Sasha se esforzó por hacer de anfitriona e iniciar una conversación festiva.

—¡Bueno! —dijo en tono alegre—. ¿Qué os parece si cada uno contamos algo agradable que nos haya pasado esta semana?

Cord le dirigió una sonrisa medio aterrada y Sasha fue consciente de que había hablado como una demente.

—Empiezo yo —dijo Tilda animosa—. ¡Me he enterado de que van a hacer una venta privada en la tienda de tenis del club Jupiter Island! ¡Me encantan las faldas pantalón que tienen!

—¡Genial! —dijo Sasha con entusiasmo—. ¿Chip?

—El Knickerbocker ha cambiado el bufé de mediodía y ahora sirven espárragos blancos —dijo Chip pensativo—. Pero no me parece que sepan muy distintos de los verdes.

—Muy bien, ¿Georgiana? —sugirió Sasha confiando en no estar a punto de abrir la puerta a una arenga sobre la ofensiva historia de la cultura marinera de la navegación.

—Pues la verdad es que he tenido una mañana maravillosa. —Georgiana sonrió—. Me he reunido con una mujer que provee a colegios del noroeste de Pakistán de productos de higiene femenina. Me ha dicho que menos del veinte por ciento de las mujeres paquistaníes tiene acceso a compresas. El resto usa trapos. Y se les dice que no se bañen mientras tengan el periodo porque creen que eso las hará estériles. He donado diez mil dólares, lo suficiente para surtir de compresas durante un año a quinientas niñas en edad escolar.

—Qué maravilla —dijo Sasha. Y lo era. Qué fantástico poder hacer algo así.

—No sé si es un tema de conversación para la mesa, Georgiana —intervino Tilda.

Chip estaba algo verdoso y tenía la mirada fija en la salsa rosa de su plato.

—Mamá, creo que la pobreza es un tema de conversación muy importante para una cena —disintió Georgiana—. Me parece que, como familia, hemos cometido un gran error hablando solo de cosas con las que nos sentimos cómodos. Necesitamos hablar de cómo es la vida para la mayoría de las personas.

—¡Pero no hace falta que hablemos de la menstruación! —objetó Tilda.

—Muy bien —estuvo de acuerdo Georgiana—. Pero tampoco quiero oír hablar de espárragos blancos ni de ventas privadas. Hablemos de algo real.

—Vale. —Tilda arrugó el ceño en señal de concentración—. Sasha, ¿por qué no nos hablas de cómo fue crecer siendo pobre?

Todos la miraron. Cord, Darley y Malcolm parecían horrorizados. Georgiana se mordió el labio. Hatcher mordió un bollo de pan con mantequilla.

—Muy bien. —Sasha rio—. Aunque debo aclarar que no crecí en la pobreza. Mi familia era de clase media.

—Pues claro que sí, cariño —intervino Chip—. No sé si sabéis que el setenta por ciento de los americanos se considera de clase media. Pero la realidad está más cerca del cincuenta por ciento...

Se interrumpió y Sasha sonrió, divertida por la insinuación.

—Vale —empezó a hablar Sasha—. Tanto mi padre como mi madre trabajaban. Mi madre era orientadora en una escuela de secundaria en un pueblo cercano y mi padre trabajaba en una compañía que hacía uniformes para equipos deportivos.

Sasha intentaba pensar en qué aspectos de su vida podrían resultar chocantes a los Stockton. ¿Quizá todos? Sabía que para la gran mayoría de sus conocidos, la existencia que estaba describiendo era de lo más normal, pero los Stockton la escuchaban como si explicara cómo es criarse en una yurta en las salinas.

Parte de ella debió de preguntarse si en realidad no se avergonzaba de admitir sus relativamente modestos orígenes delante de su familia política. Chip y Tilda no conocían su casa familiar, apenas habían tratado a sus padres, pero mientras conversaba Sasha se sorprendió de la facilidad con que le salía su historia. Siguió hablando:

—Cuando fui algo mayor, empecé a trabajar los fines de semana y durante los veranos. Debía de tener unos catorce años cuando a mi padre lo despidieron y pasamos unos seis meses un poco estresantes. Tuvimos que recortar gastos. Luego mi padre consiguió un trabajo mejor que el anterior, en una compañía que hacía logos para ropa de marca, y las cosas volvieron a la normalidad. Cambiamos de coche y, unos años después, mi padre se compró el barco.

—¿Qué hacíais en vacaciones? —preguntó Darley. Había estado escuchando a Sasha con gran atención.

—Ah, pues cosas divertidas. Normales. Fuimos a las cataratas del Niágara en coche. A Orlando cuando yo tenía nueve años. También fuimos en coche a Quebec y practiqué el francés que había estudiado en el instituto y subimos en funicular a la ciudad vieja.

—Ah, yo he cogido ese funicular —dijo Georgiana.

—A ver, tuve una buena educación y me gradué en la universidad sin deudas, lo que ahora mismo resulta casi inconcebible. Y ahora tengo mi propio negocio y antes de conocer a Cord ganaba lo suficiente para pagarme un apartamento que estaba muy bien, un coche y un modelo nuevo de iPhone cada vez que el viejo se me estrellaba contra la acera. He sido afortunada. Espero algún día poder dar a los demás como ha hecho hoy Georgiana.

Sasha sonrió con complicidad a su cuñada.

—Pero Georgiana es demasiado joven —intervino Darley—. Todavía no sabe para qué puede necesitar el dinero. Tú tienes marido y casa, Sasha. Aunque te fueran mal las cosas, seguirías viviendo bien.

—Y aunque me fueran mal las cosas yo también seguiría viviendo bien —la interrumpió Georgiana—. Tengo treinta y siete millones de dólares. Y eso sin contar el dinero en bienes inmuebles que heredaré de mamá y papá. No hay acontecimiento mundial que pudiera hacerme necesitar tal cantidad de dinero.

—Eso no lo sabes aún, George —dijo Cord—. Eres jovencísima. Las cosas pueden cambiar mucho.

—En realidad no soy tan joven. He vivido entre algodones. Y, de hecho, quiero que cambien las cosas, Cord —dijo Georgiana—. Estoy muy agradecida por el dinero. Valoro mucho lo que hacéis, mamá, papá. Y también lo que hicieron los abuelos. El dinero es un regalo. Es la oportunidad que tengo de dar sentido a mi vida y de salvar de verdad a personas.

—¿Qué es lo quieres hacer? —preguntó Sasha mirando a su cuñada.

De pronto encontraba cambiada a Georgiana. Si en los últimos meses había estado llena de energía furiosa, ahora en cambio transmitía calma y emanaba una fortaleza que Sasha solía asociar a personas que hacían mucho yoga o usaban lociones corporales con cannabidiol.

—Bueno, Bill Wallis y yo tenemos un plan —explicó Georgiana—. Mi fondo da ahora mismo más de un millón de dólares de dividendos al año. Hasta ahora los he dejado acumularse. Pero hemos pensado que puedo empezar poco a poco y crear una fundación que ofrezca ayudas por un millón de dólares. Mientras me organizo, el principal del dinero lo voy a dejar invertido. Pero la idea es, con el tiempo, transferir todas mis acciones a otras organizaciones sin ánimo de lucro.

—¿Qué tipo de organizaciones? —preguntó Darley.

—Todavía lo estoy pensando. Necesito investigar más, pero quiero centrarme en la salud femenina en Pakistán. Es en lo que estaba trabajando Brady cuando murió. Es un lugar donde mi dinero puede servir de mucho. Y donde ha habido mucha estigmatización y desinformación en torno a la salud y la sexualidad de las mujeres. Nadie debería avergonzarse de tener la regla. Las mujeres necesitan tener acceso a anticonceptivos. Necesitan educación sexual.

—¿No es lo mismo que haces en tu trabajo? —preguntó Cord.

—De manera indirecta. Pero quiero hacer más. Estaba pensando que, en lugar de encargarme de la comunicación, podría ser benefactora y unirme a algunos proyectos. Se está preparando un viaje a Benín, en África occidental, y quiero preguntar al fundador si puedo hacer un donativo e ir a conocer el programa de salud reproductiva. Igual algún día también pueda ir con ellos en un viaje a Pakistán. Pero también quiero trabajar con otras organizaciones sin ánimo de lucro. Tengo que informarme sobre otros lugares. Mi amigo Curtis tiene un equipo de personas que contrató para que lo ayudaran a documentarse sobre las mejores organizaciones. Estoy segura de que tardaré un par de años en encontrar la forma idónea de hacer las cosas.

—La verdad es que no hablas como alguien en pleno brote psicótico —reconoció Cord.

—Gracias —dijo Georgiana sarcástica.

—Pues yo creo que las fundaciones no deberían ser la respuesta. Los verdaderos problemas son las leyes fiscales, las políticas anti mano de obra y la excesiva lentitud de la expansión del estado del bienestar —dijo Chip.

Todos se volvieron a mirarlo como si el perro se hubiera puesto a hablar en holandés.

—Cierto —Georgiana ladeó la cabeza—. Pero eso ahora mismo no lo puedo controlar. Solo lo que hago con mi vida.

—Bueno..., puesto que hablamos de grandes cambios vitales, Sasha y yo también tenemos algo que anunciar. —Cord miró de reojo a Sasha y esta asintió con la cabeza—. Nos gustaría dejar esta casa y que se instalaran en ella Darley y Malcolm.

Darley apoyó su copa, sorprendida. Todos se volvieron a mirarla y se llevó las manos a las mejillas.

—¿De verdad?

Miró a todos como si pensara que se trataba de una broma.

—Sí —dijo Sasha con una sonrisa—. Lo tienen que decir Chip y Tilda, claro, pero vosotros sois cuatro y nosotros tres.

—¡Pero bueno! ¡Muchísimas gracias! ¿En serio? Malcolm, si nos mudamos aquí podríamos decir a tus padres que se vinieran también, si quieren —dijo Darley.

—Me encantaría —dijo Malcolm asintiendo con la cabeza.

—Por supuesto, a nosotros nos parece bien —convino Tilda—. La casa es vuestra. Podéis hacer lo que queráis con ella. Pero, como le dije a Sasha, ni se os ocurra quitar las cortinas del salón. Esas ventanas son enormes —dijo muy seria.

—¿Dónde os vais a ir? —preguntó Georgiana a Cord y a Sasha.

—Todavía no lo sabemos —dijo Sasha—. Tenemos que mirar.

—Están esos túneles debajo de los antiguos edificios de los testigos de Jehová —dijo Cord pensativo—. Podríamos vivir en esos túneles, ¿no, Sasha? ¿Como si fuéramos topos? Sacaríamos al bebé a la superficie en ocasiones especiales, como su cumpleaños.

—Cállate —dijo Sasha con una risita y le pinchó por debajo de la mesa.

Después de cenar pasaron al salón, donde Chip sirvió copitas de coñac y brindaron por su cumpleaños. Por el nuevo nieto. Por el nuevo trabajo de Malcolm. Y también por el gran éxito de Sasha organizando su primera cena con el tema Todo a babor. En cuanto la familia bajó los peldaños de entrada de la casa de piedra caliza y salió a la noche, una de las velas del comedor volcó, prendió un trocito de red y las llamas crecieron por la habitación en una enorme hoguera.

Epílogo

Curtis McCoy encontró su buzón atestado de catálogos de agencias de viajes en papel satinado. ¿Es que no sabía la gente que los millennials solo compran cosas anunciadas en Instagram? Los subió a su apartamento y los fue revisando y tirando uno a uno a la papelera de reciclaje. Medio enterrado en el montón había un grueso sobre color crema con remite de Orange Street. Los Stockton. Deslizó el dedo por debajo del pliegue y extrajo una felicitación navideña. La parte frontal era una fotografía de la familia, claramente hecha en verano. El jardín estaba en flor y sin embargo todos vestían tela escocesa en distintas tonalidades de rojo y verde. Chip y Tilda estaban sentados en el centro, Chip con una americana de lana, Tilda con sus perlas y las manos recatadamente enlazadas en el regazo. Su hijos los rodeaban, sudando vestidos de terciopelo y tweed, y los nietos estaban a sus pies igual que animales de compañía. Malcolm y Sasha ocupaban los laterales; el embarazo de Sasha aún no visible bajo la blusa. La mirada de Curtis se detuvo en Georgiana antes de dar la vuelta a la tarjeta para leerla.

Queridos amigos:

¡Feliz Navidad de parte de toda la familia! Esperamos que estéis de maravilla. Estas fiestas tenemos mucho que agradecer. Mi compañera de tenis, Frannie Ford, y yo ganamos el campeonato del Brooklyn Heights Casino para mujeres mayores de sesenta por tercer año consecutivo. Estamos preparadas para enfrentarnos a muchas de esas mismas estupendas contrincantes en el torneo del club Jupiter Island en Año Nuevo. ¡Chip va a participar en el de cróquet, por si alguien se anima!

Malcolm y Darley están felices. Malcolm se ha unido a las líneas aéreas Emirates y Darley vuelve a ser parte de la población activa con un empleo en un fondo de cobertura. Sin duda será una auténtica locura compatibilizar dos carreras profesionales con el cuidado de los hijos, pero Chip y yo siempre hemos estado encantados de dedicar tiempo a nuestros queridos nietos. Por su parte, Cord y su encantadora mujer, Sasha (¡que tendrán su bebé número uno esta primavera!), se han comprado una original casa en Red Hook, a diez minutos en coche de Brooklyn Heights. Aún no conocemos a los habitantes de ese vecindario en particular, pero hemos oído que está muy de moda entre los artistas, ¡así que estamos deseando que nos cuenten anécdotas de su vida bohemia! Y, por último, Georgiana ha decidido dedicarse a la filantropía. Está organizando un viaje a Benín y estoy ocupadísima preparándole una cena de despedida con el tema Memorias de África, inspirada en la escena en que Robert Redford va a casa de Meryl Streep y esta lo recibe con unas maravillosas calas como centro de mesa. ¡Ya tengo los salacots para el aperitivo!

Queremos dar las gracias a todos aquellos que os pusisteis en contacto con nosotros después del incendio en Pineapple Street el mes pasado. La buena noticia es que las obras de reparación han terminado y Darley y su familia se han mudado ya e instalado allí su hogar. El entelado del comedor resultó dañado en el incendio, pero Darley lo ha sustituido con un estampado encantador de motivos botánicos, con unos preciosos naranjos en miniatura. La mesa del comedor Luis XVI por desgracia no se salvó, pero encontramos con qué sustituirla en Scully & Scully. La auténtica tragedia fue la pérdida del sofá Chippendale con respaldo estilo joroba de camello que adornaba la mansión del gobernador cuando vivía yo en ella siendo niña. ¡Pero hemos sobrevivido!

Felices fiestas desde las calles frutales,

Señor y Señora Stockton

Curtis rio para sus adentros. Ahora que Georgiana y él salían oficialmente, pasaba bastante tiempo con los Stockton y el sofá de respaldo de joroba de camello había sido el tema de conversación de innumerables brunchs en Orange Street. Curtis dio la vuelta a la tarjeta, donde Georgiana le había escrito una nota personal.

Hola, amor. Ni se te ocurra intentar librarte de esta cena de despedida, mamá ya te ha encargado el salacot. Bs

Agradecimientos

Escribí la mitad de esta novela en mi apartamento de Pineapple Street a las cinco de la mañana mientras el vecindario dormía, o sentada en la tapa cerrada del váter mientras mis hijos jugaban durante horas en el baño hasta estar arrugados como pasas, las pasas más limpias de Brooklyn Heights, eso sí. La otra mitad la escribí en la mesa del comedor de la casa de mis suegros en Connecticut mientras mi marido supervisaba la escuela por Zoom y reaprendía matemáticas de parvulario. Estoy agradecida a mi familia: Carol Williams y Ken Jackson, Dan Jackson, Roger y Fa Liddell por acogernos, alimentarnos con galletas de avena saladas, llevarnos a cazar cangrejos ermitaños y leernos cuentos antes de dormir.

Esta novela se inspiró en parte en el fantástico artículo de Zoë Beery en *The New York Times*, «The Rich Kids who Want to Tear Down Capitalism» [Los niños ricos que quieren derribar el capitalismo]. Otras fuentes de inspiración han sido las reseñas de Kate Cooper sobre *Melania the Younger* y *Melania* en *The Times Literary Supplement*, el divertidísimo artículo de Emilia

Petrarca «Before We Make Out, Wanna Dismantle Capitalism?» [Antes de enrollarnos, ¿te apetece desmontar el capitalismo?] en *The Cut* y el artículo de Abigail Disney «I Was Taught from a Young Age to Protect My Dynastic Wealth» [Desde pequeña me enseñaron a proteger mi fortuna heredada] en *The Atlantic*. Gracias a mis primeros lectores: Todd Doughty, una auténtica «piña»; Lexy Bloom; Lauren Fox; Sierra Smith, y Ansell Fahrenheit. Gracias a Alli Mooney. A mi familia en Knopf: Maris Dyer, Tiara Sharma, Jordan Pavlin, Reagan Arthur, Maya Mavjee y Dan Novak, que sería interpretado por Daniel Craig en la adaptación cinematográfica, tengo suerte de contar con vosotros.

Ha sido un placer trabajar con Pamela Dorman, Venetia Butterfield y Nicole Winstanley, que han editado este libro con esmero y humor y me han brindado una maravillosa amistad. Gracias al equipo de Pamela Dorman Books y Viking: Marie Michels, Jeramie Orton, Lindsay Prevette, Kate Stark, Mary Stone, Kristina Fazzalaro, Rebecca Marsh, Irene Yoo, Jane Cavolina, Brian Tart y Andrea Schulz. Gracias a Madeline McIntosh. Gracias a Tom Weldon, Claire Bush, Laura Brooke, Laura O'Connell, Ailah Ahmed y al grupo de Hutchinson Heinemann. Gracias a Kristin Cochrane, Bonnie Maitland, Dan French, Emma Ingram, Meredith Pal y a todo el equipo de Penguin Canada. Gracias a Inés Vergara, Hedda Sanders, Alix Leveugle, Quezia Cleto, Cristina Marino y Anna Falavena. Gracias a Jenny Meyer, Heidi Gall, Brooke Erlich, Erik Feig y Emily Wissink. Gracias a DJ Kim y a todos los genios de The Book Group. Brettne Bloom es un portento, y su amistad de más de veinte años un regalo que solo puede crecer.

Por último, gracias a Wavy y Sawyer y a Torrey Liddell por tener una caja de zapatos llena de pilas nuevas, por conseguir que la impresora se conectara mágicamente, por hacer la vida tan divertida y por darme permiso para robarles todos sus chistes.